M

Papel certificado por el Forest Stewardship Council®

Primera edición: noviembre de 2023

Printed in Spain – Impreso en España

ISBN: 978-84-19421-79-1
Depósito legal: B-15.716-2023

Compuesto en Compaginem Llibres, S. L.
Impreso en Liberdúplex, S. L.
Sant Llorenç d'Hortons (Barcelona)

GT 21791

VICTORIA VÍLCHEZ

NO TE ENAMORES DE BLAKE ANDERSON

Montena

A cada una de las personas que ha empleado un minuto de su tiempo para disfrutar de mis historias. No dejéis de soñar.

Raylee

—Ya he cumplido los veintiuno, Thomas —le recuerdo, sonriendo de oreja a oreja porque sé lo mucho que eso lo saca de quicio—. Puedo tomarme una copa si quiero.

Mi hermano Thomas se casa. Su prometida Clare y él no querían una ceremonia tradicional, así que se les ocurrió que era mejor arrastrarnos a todos a un pueblecito del sur de California y celebrar el enlace en un lujoso complejo junto al mar. La boda no es hasta dentro de una semana, pero ambos debían estar aquí unos días antes para concretar algunos detalles y me han traído con ellos.

Aunque yo no soy la única a la que han invitado a compartir estas minivacaciones preboda. Blake Anderson, el mejor amigo y padrino de mi hermano, también está aquí. Ahora mismo, mientras Thomas y yo discutimos sobre mi derecho a consumir alcohol como la adulta que ya soy, Blake y Clare están a unos metros de nosotros, bailando en una pequeña pista al aire libre. Descalzos en la arena y rodeados de otras dos docenas de clientes del hotel.

Thomas me dedica uno de sus ceños fruncidos, de esos que reserva para las reuniones de trabajo en las que le encargan un proyecto en un plazo inasumible. Es arquitecto y forma parte de un enorme conglomerado de empresas que se dedican a un número aún mayor de actividades; Blake trabaja con él.

—Que puedas beber no significa que tengas que hacerlo.

Me encojo de hombros y desvío la vista hacia el atractivo camarero que me está preparando un cóctel de nombre impronunciable y aspecto delicioso. Sombrillita de papel incluida.

—Creo que eso es exactamente lo que significa —le digo, solo para fastidiarlo.

Llevarnos la contraria es casi una tradición entre nosotros. Todos los que tengáis hermanos mayores sabréis a lo que me refiero; las discusiones son inevitables.

El camarero regresa, coloca la bebida frente a mí, haciendo caso omiso de la mirada asesina de Thomas, y me dedica un guiño.

—Vas a meterte en problemas —afirma mi hermano con un suspiro. Y no, no es una pregunta.

Me bebo un sorbo y le doy un golpecito con el dedo a su copa.

—No seas hipócrita.

Thomas es siete años mayor que yo y a veces se comporta más como un padre que como un hermano. Supongo que el hecho de que perdiésemos al nuestro cuando yo era demasiado pequeña siquiera para guardar algún recuerdo de él lo marcó de una forma que no soy capaz de comprender del todo.

Cuando le doy otro sorbo más largo a mi copa, él mira a su alrededor como si buscase a alguien que le diese la razón. Pero Clare y Blake siguen bailando y no hay nadie para echarle una mano.

—Mamá va a matarme —murmura para sí mismo, resignado—. No tenía que haberte traído.

Mi madre no llegará hasta el día antes de la boda. Pero, por mucho que proteste Thomas, no va a cargarle el muerto de nada. Al contrario que mi hermano, mamá es muy consciente de que ya no soy una niña.

Bebo un nuevo trago del cóctel para no poner los ojos en blanco, y el alcohol me abrasa la garganta, como fuego líquido derramándose hasta mi estómago y calentándolo todo a su paso.

—Solo es una copa —trato de tranquilizarlo. Mi intención es beberme unas cuantas más, pero él no necesita saber eso—. ¿Por qué no vas con Clare? Seguro que quiere bailar con su futuro marido.

Su expresión se relaja en cuanto menciono a su novia. Llevan juntos desde el instituto y no he visto jamás a una pareja más enamorada el uno del otro.

Tras unos segundos de duda, me brinda una sonrisa repleta de cariño y me dice:

—Prométeme que no te meterás en líos.

El día que repartieron la sensatez, Thomas Brooks se quedó con la suya y con la que me correspondía a mí, así que no lo culpo por preocuparse. Pero, antes de que pueda hacerle una promesa que no sé si seré capaz de cumplir, Blake irrumpe en la conversación. Se abalanza sobre mi hermano al tiempo que ríe a carcajadas y le da unas palmaditas en el hombro.

Nunca sabréis lo que es una risa de verdad si no habéis escuchado reír a Blake Anderson. Claro que para él la vida consiste en fiestas, alcohol y un desfile continuo e interminable de chicas despampanantes. Sigo sin saber por qué no lo han despedido aún. Aunque, por lo que suele contar mi hermano cuando me llama, Blake se transforma en un tipo eficiente y capaz cuando está en la oficina. El trabajo debe ser con lo único que se compromete de verdad.

Thomas y él no pueden ser más distintos. Mientras que mi hermano va a casarse con la primera y única novia que ha tenido, a Blake no se le conoce una relación seria desde…, bueno, desde nunca. Mamá siempre le dice que debería encontrar una buena chica con la que sentar la cabeza, pero él no duda en afirmar que las buenas chicas no quieren salir con alguien como él.

Es mentira, claro. Cualquier chica estaría encantada de echarle el lazo a Blake Anderson.

—Vamos, ve con Clare —le dice Blake a mi hermano—. Yo le echaré un ojo a tu hermanita.

No me gusta cómo suena «hermanita», tampoco el «pequeña» o «enana» con el que a veces se refiere a mí. Pero no digo nada. Si consigue que Thomas se largue, me olvidaré del hecho de que él también debe creer que sigo siendo una cría.

Miro a mi hermano con mi mejor expresión de inocencia.

—Me portaré bien —afirmo, y Thomas aún se lo piensa un momento más.

Al final, le pueden las ganas de ir junto a Clare y nos deja a solas. Blake se desliza a mi lado y apoya el codo sobre la barra.

—Raylee —pronuncia mi nombre con una suavidad que me pone los pelos de punta, al tiempo que inclina la cabeza y un mechón dorado resbala sobre sus brillantes ojos azules.

Tiene el pelo alborotado, probablemente porque ha estado saltando junto a Clare al ritmo de la música durante la última media hora. Justo el tiempo que Thomas ha dedicado a sermonearme.

La anchura de su espalda y el casi metro noventa de puro músculo atraen las miradas de todas las chicas que se afanan por conseguir una copa en el chiringuito. Blake siempre ha llamado la atención allá donde va. Incluida la mía. Por desgracia, nunca ha ocurrido a la inversa. Tal vez porque con mi escaso metro sesenta, a su lado, parezco diminuta. Nada de interminables piernas asomando bajo el dobladillo de mi vestido y tampoco rasgos llamativos; solo ojos castaños y una larga melena color chocolate que hoy llevo recogida en una coleta alta debido al calor asfixiante.

Blake se toma la mitad de mi cóctel de un trago y acto seguido yo apuro lo que queda. Ahora que lo tengo delante, mi determinación se tambalea. Es imposible que se fije en mí. Si no lo ha hecho en todo este tiempo, ¿por qué iba a hacerlo ahora? Claro que los últimos años, tras mi marcha a la universidad, solo hemos coincidido en un puñado de ocasiones, y antes de eso yo sí que era una cría. Al igual que Thomas, Blake tiene ahora veintiocho.

Aprovecho que está intentando llamar la atención del camarero para contemplar de reojo su perfil. Dios, debería ser ilegal que los hermanos mayores tuvieran amigos tan atractivos.

—Necesito otra copa antes de eso —le digo, señalando por encima de mi hombro hacia la zona de baile.

Creo que he visto a Thomas dando saltitos de una forma vergonzosa y sin ningún tipo de coordinación.

Blake suelta una carcajada, pero tampoco él me ha mirado a la cara aún.

—Otra ronda para la dama —le grita al camarero, y yo vuelvo la vista al frente para evitar que me pille observándolo.

Cuando ya nos han servido, le da un largo trago a su bebida y por fin se gira hacia mí. Sus ojos resbalan por mi torso hasta mis piernas con una lentitud perezosa, y me pregunto cuántas copas se habrá tomado ya para permitirse ese derroche de atención. Casi parece que estuviera *mirándome* de verdad.

—Te veo muy bien, peque —dice, como si supiera exactamente lo que estoy pensando.

Mascullo una palabrota. No por el halago, sino porque lo de llamarme «peque» contradice la idea de que el repaso que me ha dado sea verdaderamente apreciativo.

Blake debe haberme escuchado. Suelta otra carcajada, ronca y sensual, y el sonido hace eco en partes demasiado íntimas de mi cuerpo. El calor se apropia de mis mejillas con sorprendente rapidez, algo que no suele ser habitual en mí, cuando percibo sus ojos fijos en mi rostro.

—Odio que me llames «peque».

—Es que lo eres. Tamaño bolsillo —bromea, y, ahora sí, me giro en el taburete para encararlo y fulminarlo con la mirada de una forma adecuada.

Me lo encuentro más cerca de lo que esperaba, inclinado sobre mí y con una sonrisa bailando en los labios. Tan tan tentadores. Tiene la mirada algo turbia, seguramente debido al alcohol, pero incluso así es el tipo más guapo que he visto jamás. Pómulos altos y bien formados, nariz recta, largas pestañas de un tono algo más oscuro que el de su pelo. Y sus hoyuelos…, una marca a cada lado de sus labios que dan ganas de lamer…

Un triángulo de piel morena asoma bajo el cuello desabrochado de la ridícula camisa hawaiana que lleva. Solo él podría vestir algo así y estar encantador igualmente. Aunque no pueda verlo, soy muy consciente de que bajo la prenda hay un estómago firme, trabajado y delicioso.

De mi boca brota un bochornoso gemido que empeora la rojez de mis mejillas.

—¿Estás bien, enana? —me pregunta, y su mirada se demora más de la cuenta sobre mis labios.

Se inclina un poco más hacia mí. Su aroma, mezcla de sal, playa y algún tipo de perfume con toques cítricos y amaderados, me deja aturdida durante un momento.

Como no respondo, gira mi taburete para colocarme de espaldas al chiringuito y apoya las manos en la barra, a los lados de mi cuerpo, dejándome acorralada. Normalmente no suele acercarse tanto; claro que mi hermano siempre está pululando a mi alrededor para evitar que cualquiera de sus amigos se tome excesivas confianzas conmigo. Thomas lleva todo eso de la sobreprotección a niveles realmente ridículos.

—¿Enana?

—Estoy bien. —Le sonrío con una seguridad que no siento—. ¿No estás demasiado cerca?

Sus cejas se elevan hasta formar dos arcos perfectos. ¿Por qué tiene que ser tan absurdamente atractivo?

—¿Te incomodo? —inquiere, y esboza una sonrisa ladeada, marca de la casa.

—Invades mi espacio personal.

Y allá vamos…

Si Thomas y yo discutimos, la dinámica entre Blake y yo no es muy distinta; o al menos así ha sido desde que recuerdo. Me pone nerviosa, y eso hace que no me pare a pensar demasiado en lo que digo. Y, cuando no pienso lo que digo, acabo soltando barbaridades por la boca.

—Y eso te incomoda —insiste, sin dejar de sonreír. Pongo una mano sobre su pecho y lo empujo; no soy capaz de pensar teniéndolo tan cerca. Pero él no se retira ni permite que yo lo mueva—. No es mi intención.

—Sigues haciéndolo. Invadir mi espacio —aclaro, y vuelvo a empujarlo, esta vez con las dos manos.

Ni él cede ni yo retiro las manos. Así que, por un momento, permanecemos inmóviles, observándonos. Hasta que él baja la mirada hacia el lugar donde mis manos se apoyan en su pecho y deja escapar un ruidito desde el fondo de la garganta. Puede que sea lo más erótico que he escuchado jamás. O igual es el alcohol, que me hace escuchar lo que quiero. No me extrañaría.

Cuando por fin retrocede, me bajo de un salto del taburete. Una pésima idea, si me permitís, porque el alcohol de las dos copas que me he bebido sentada se agita en mi estómago y luego se me sube directo a la cabeza. Lo siguiente que sé es que Blake me tiene sujeta por la cintura y estamos aún más cerca que hace unos segundos. Su aliento me acaricia la mejilla y el calor de sus dedos traspasa la fina tela de mi vestido.

—¿En qué momento has crecido tanto, Raylee? —susurra muy bajito, tanto que no estoy segura de que sea eso lo que ha dicho.

Pero quizá sí que lo haya escuchado bien. Y tal vez, después de todo, mi plan de vivir una noche loca con Blake Anderson no sea tan descabellado.

Blake

«¿Qué demonios estás haciendo, Blake?», me digo, mientras mantengo a Raylee apretada contra mi cuerpo.

¡Es la hermana de Thomas! ¡Su hermana pequeña! Aunque ese detalle parece haber perdido importancia hace rato; en concreto, en el momento en el que ella se ha girado para mirarme con los labios entreabiertos y expresión indignada.

Estoy borracho. Tiene que ser eso. Además de ser un gilipollas. Pero hasta ahora nunca había sido un gilipollas cerca de Raylee. A lo mejor porque no la he visto demasiado desde que se fue a la universidad y me ha pillado desprevenido.

No es que haya crecido ni nada de eso, sigue siendo ridícula y encantadoramente bajita.

—¿Qué es lo que has dicho? —exige saber. Para ser tan pequeña, se gasta un humor de mil demonios.

Tiene las mejillas sonrojadas y, aun así, me observa con una expresión tan desafiante como deliciosa y de la que no estoy muy seguro de que ella sea consciente.

—¿Blake?

En algún momento, mis manos han resbalado hasta sus caderas y continúan aferrándose a ella casi con desesperación. No tengo ni idea de lo que me ha preguntado, pero sí de lo fina que es la tela de su vestido y de que, bajo ella, puedo notar el elástico de sus bragas rodeándole la cadera. También sé que no lleva sujetador, porque los pezones se le marcan de tal forma que me hacen desear alzar la mano y comprobar si están tan duros como parece.

Yo sí que lo estoy, y ni siquiera sé cómo cojones ha ocurrido. Joder, soy un puto pervertido.

—Nada. Olvídalo —murmuro, esperando que eso me libere de lo que sea que he dicho antes.

—Sigues invadiendo mi espacio personal —señala, tras unos tortuosos segundos, sin que ella haga nada para interponer distancia entre nosotros.

Se me curvan los labios de forma maliciosa. Si supiera lo que de verdad me gustaría invadir en este momento…

Me aclaro la garganta antes de contestarle, pero la voz me sale mucho más ronca de lo que suele ser habitual de todas formas. Rezo para que no se dé cuenta.

—Soy un poco sobón, ya deberías saberlo.

Otra mentira.

Normalmente espero a que una tía me dé pie para ponerme cariñoso, pero nunca he sido un sobón con Raylee. Primero, porque no era más que una cría (algo que, al parecer, ha cambiado radicalmente sin que yo me percatara); y segundo, porque Thomas me habría cortado las pelotas si se me hubiera ocurrido acercarme a su hermana. Algo que, con toda probabilidad, sigue vigente hoy. Mi historial de citas rápidas y revolcones de una noche no habla precisamente en mi favor, y Thomas es mi mejor amigo, así que conoce de sobra mi política de no comprometerme con nada salvo con mi trabajo. Además, siempre ha actuado como un padre con Raylee, uno de esos que cree que su hija no debería tener relaciones sexuales al menos hasta los treinta; si es con una boda previa, mejor que mejor.

—Invítame a un chupito, anda —me dice, dando un paso atrás. Mis manos se deslizan y caen a los lados de mi cuerpo; no estoy muy seguro de qué hacer ahora con ellas—. Nunca me he tomado uno.

El aire vuelve a entrar en mis pulmones y me doy cuenta de que he estado conteniendo la respiración, aunque mi sangre sigue concentrada toda en el mismo sitio.

«Quítatelo de la cabeza».

Como si fuera tan fácil.

Me sitúo a su lado y hago lo posible por no mirarle las piernas; al inclinarse sobre la barra se le ha subido el bajo del vestido y muestra un montón de piel suave y cremosa.

—¿Se puede saber qué has estado haciendo en la universidad entonces?

Raylee se encoge de hombros antes de contestar a mi pregunta.

—¿Estudiar?

Lleva tres años lejos de casa; dudo mucho que no haya ido a fiestas de fraternidades en las que beber y follar es casi lo único que se puede hacer.

Vuelvo a mirarla. Tal vez no beba cuando sale, aunque el límite legal para hacerlo no se respeta en ningún campus. Pero imaginarla en una fiesta, rodeada de idiotas intentando quitarle las bragas, por algún motivo me pone de mal humor.

«Como si eso no fuera lo que quieres hacer tú», me reprocho mentalmente.

—No —suelto en voz alta.

—No ¿qué?

Agito la cabeza.

—Digo que no puede ser que no te hayas bebido un chupito nunca en la universidad.

Se muerde el labio y me mira desde abajo, la barbilla alta para poder alcanzar mis ojos.

—Tengo un montón de clases, un trabajo y una beca que no puedo permitirme perder. No me queda tiempo para mucho más. Pero no estoy aquí para hablar de mis miserias contigo, Blake —se apresura a añadir—. Vamos, pide un par de chupitos de una vez.

A pesar de que sé que es un error, obedezco. El camarero nos pone dos tequilas y le digo que lo cargue todo a la habitación de Thomas.

—¿Sabes cómo va? —le pregunto, señalando la sal y el limón.

—Tú primero.

Me lamo el trozo de piel entre el pulgar y el índice, y echo la sal por encima; luego paso la lengua sobre ella, me trago todo el tequila de una sola vez y me meto el limón en la boca. El líquido me arde en el estómago al asentarse.

—Tu turno.

En vez de usar su mano, Raylee echa la sal en la mía; y yo, como soy un idiota y un pervertido, no hago nada a pesar de estar bastante seguro de lo que se propone.

«Vas a ir directo al infierno de los peores mejores amigos».

Me agarra los dedos y se inclina para lamer la sal de mi piel, y mi polla responde con una sacudida. A continuación, Raylee se traga el chupito también de golpe y aprieta el limón entre los labios. No es precisamente lo que yo quiero que se meta en la boca en este momento, la verdad.

Doy un paso atrás y echo un vistazo por encima de mi hombro a la pista de baile.

—Tu hermano me va a matar —le digo, aunque no tiene nada que ver con el hecho de que esté ayudándola a emborracharse y sí con mis sucios pensamientos.

—No vamos a decírselo. —Raylee me guiña un ojo, aunque es más bien un amago de mueca.

No puedo evitar sonreír.

—Me parece que ya has bebido más que suficiente por hoy, enana —digo, aunque sé que se pondrá como loca por llamarla así.

Tal vez de esa forma me mande a paseo y yo deje de comportarme como un imbécil. Pero, en vez de eso, Raylee se apoya en el taburete y desliza la mirada por mi cuerpo con el despreocupado descaro que le proporciona el alcohol. Doy gracias por llevar la camisa por fuera de las bermudas, al menos así no se dará cuenta del lío que tengo montado en los pantalones.

De repente, una mano me aferra del hombro y tira de mí hacia atrás, y estoy convencido de que es Thomas que viene a partirme la cara. O al menos a darme el consabido sermón sobre la distancia mínima que debo mantener con su hermana. No puedo decir que no me lo merezca.

—¡Ey! Clare quiere ir a ese pub del pueblo que le recomendaron sus amigas. —Es Thomas, sí, pero no parece hostil; más bien, achispado.

Escucho resoplar a Raylee a mi espalda. Debe ser la primera vez en su vida que ve a su hermano borracho. Thomas tampoco bebe mucho, quizá sea cosa de familia.

—Yo no voy —dice ella.

Thomas esboza un mohín más propio de Clare que de él. Dios, me reiría un poco a su costa si no tuviera demasiado presente la presión que ejerce mi polla contra la bragueta y lo incómoda que resulta la situación.

Supongo que mi amigo contaba con no tener que vigilar a su hermana pequeña, y si ella no va…

—Id vosotros. Yo me quedaré con Raylee y la acompañaré luego hasta su bungaló.

Mala idea.

«¿Qué demonios haces, capullo?».

—¿No te importa? —pregunta él, esperanzado.

Al infierno de cabeza…

—Nah, no te preocupes.

Hace amago de darme un abrazo, porque supongo que ya ha llegado a ese punto de la borrachera, pero lo distraigo con un golpecito conciliador en el hombro. Sería un poco violento que me abrazara y acabara frotándose contra la erección que me ha provocado su hermana.

Evito el desastre por poco. Thomas se vuelve hacia Raylee y la apunta con el dedo.

—No le des la lata a Blake, ¿me oyes? —Ella asiente, y Thomas se relaja visiblemente—. Os veo mañana en el desayuno.

Thomas regresa con su novia dando vergonzosos saltitos y no puedo evitar echarme a reír. Aunque fuimos juntos a la universidad, nunca lo había visto tan desmadrado. Él estudiaba a todas horas, como, por lo visto, también hace Raylee. Perdieron a su padre cuando ella acababa de cumplir tres años y desde entonces la economía de su familia nunca ha sido demasiado buena. Solo ahora, que Thomas por fin ha afianzado su puesto en el despacho de arquitectos para el que ambos trabajamos, ha podido permitirse casarse y establecerse con Clare.

Y aquí estoy yo, pensando en su hermana de una forma en la que no debería pensar. Soy un capullo, joder.

—Vamos, te acompaño —le digo sin atreverme a mirarla.

Casi espero que se ponga a protestar porque le he dicho a Thomas que nos quedaríamos un rato más, pero no creo que eso sea una buena idea. No confío demasiado en mí mismo esta noche. Pero Raylee echa a andar hacia el caminito adoquinado que discurre a lo largo del complejo y que lleva a la zona de los bungalós.

Caminamos el uno junto al otro en silencio. Voy a llevarla hasta su habitación, esperaré a que entre y luego me iré a la mía. Así de sencillo. Sin embargo, Raylee parece dispuesta a cargarse mis planes. Al llegar, asciende los tres escalones de madera y se da la vuelta para mirarme. Tiene las mejillas encendidas, no sé si por el alcohol o debido al bochorno y la humedad.

—¿Quieres entrar?

La pregunta tiene un tono inocente y casual, pero yo niego. Ella ha bebido y yo he bebido; mis intenciones esta noche son una mierda, así como mi voluntad para resistirme a ellas.

—¡Blake! ¡Espera! —me dice cuando empiezo a darme la vuelta para marcharme—. ¿No vas a esperar a que entre?

Hago un gesto con la mano, indicándole que abra la puerta, aunque hay algo en su expresión que me hace pensar que debería salir corriendo. Se lleva las manos al dobladillo del vestido y…

No lleva bolso ni tiene bolsillos.

«Mierda».

—¿Qué haces? —le pregunto, mientras tira hacia arriba de la tela y deja a la vista uno de sus muslos. Un muslo torneado y delicioso.

Sé que debería darme la vuelta y no mirar, pero mi cuerpo no responde. Así que me quedo aquí plantado. Contemplándola. Mientras, sus dedos siguen empujando más y más tela hasta que alcanza la cadera. Mis ojos se pierden en la tira de encaje blanco bajo la cual se encuentra la tarjeta magnética del bungaló.

—No tenía dónde guardar la llave.

Trago saliva sin dejar de observar cómo la desliza por su piel para sacarla. El vestido vuelve a caer y la tapa. Pero, aun entonces, no logro apartar la mirada. Mi polla vuelve a estar en forma, lista y dura.

—Entra —atino a decirle, sin pararme a suavizar la orden, mis ojos aún fijos en su cadera.

—¿Blake?

—¿Qué?

—Aquí arriba —se ríe, y solo entonces consigo levantar la vista hasta su rostro.

Parece a punto de añadir algo más; Dios sabe que a mí no me sería posible decir algo coherente ni aunque mi vida dependiera de ello. Pero su expresión se vuelve titubeante. Y, en vez de eso, desciende los tres escalones y avanza hasta mí.

—Hay algo que quiero que hagas por mí —murmura en voz baja, y casi parece avergonzada.

«No. Dile que no. Sea lo que sea. No te metas en líos».

—¿El qué? —me encuentro preguntando.

Vuelve a dudar, y estoy seguro de que eso no es buena señal. Debería largarme antes de que haga alguna gilipollez de las mías. No soy conocido por mis buenas decisiones.

—Raylee, ¿qué quieres que haga por ti? —Prácticamente le estoy suplicando que me lo diga.

Esto está mal. Todo esta noche está yendo como el culo.

—Hay algo…, algo que tampoco he hecho en la universidad. Nunca, en realidad.

«¡Oh, joder, no! No, no y no. Thomas va a matarme».

No.

Daré por zanjada la conversación y me marcharé ahora mismo. No preguntes, es mejor no saber.

—¿El qué?

«Mierda, Blake».

Es virgen, tiene que ser eso. No se ha acostado con nadie y va a pedirme que me lo monte con ella. Una parte de mí quiere reírse. No por el hecho de que sea virgen, sino porque solo un capullo como yo puede creer que alguien como Raylee le pediría tal cosa.

—Tú tienes experiencia —prosigue, mirándome entre las pestañas—. Así que he pensado…

Raylee ya era en su momento una niña dulce y bonita, pero ahora se ha convertido en una mujer preciosa. Es pequeña, diminuta en realidad, aunque eso solo consigue que sea aún más sexy, a pesar de que yo no me haya dado cuenta hasta hoy. Tiene unas tetas que apuesto a que puedo abarcar con la mano y unas caderas curvilíneas, además de unos labios increíblemente apetecibles y una sonrisa por la que cualquier tío se dejaría hacer cosas horribles.

Pero no pienso comportarme como un cabrón con ella. Con Thomas o sin él, da igual. Se merece a un tipo decente y tengo muy claro que ese no soy yo. Si así fuera, no estaría aquí imaginándome cómo sería alzarla en vilo y follármela contra la puerta del puto bungaló.

—¿Eres…, eres virgen? —consigo decir.

Se parte de risa en mi cara, o en mi pecho para ser más exactos, porque esa es a la altura que me queda su rostro. ¿Por qué mierda se está riendo así?

—Tengo veintiuno, Blake. No soy virgen —me dice, sin parar de reír, aunque su sonrisa se va apagando hasta desaparecer segundos después y convertirse en otra cosa.

De repente, la idea de otro tío empujando dentro de ella me pone de los nervios. A punto estoy de interrogarla al respecto. Hasta que me recuerdo que eso no es asunto mío, ni de nadie. Ni siquiera de Thomas. Salvo de Raylee. Ella es la que decide qué hacer con su cuerpo.

—No quiero que me desvirgues —repite, por si no me ha quedado claro, y no puedo evitar esbozar una mueca de dolor—. Pero quiero que me ayudes con otra cosa.

—Lo que sea —replico en un impulso estúpido.

«Vete. Vete de una puta vez», me digo. Pero, por lo que se ve, hoy no es el día en el que hago caso de mis propios consejos.

—Me da vergüenza. —Hay una nota de pánico en su voz que despierta algo en mi interior, pero no me paro a pensar de qué se trata. Este es un momento pésimo para ponerme a descifrar mis emociones.

Alzo la mano y le paso uno de sus mechones rebeldes tras la oreja con lentitud, para luego dejar la palma contra su mejilla. Hace al menos diez años que la conozco, cuando Thomas y yo coincidimos en la universidad y nos hicimos amigos. Por aquel entonces, ella solo tenía once y las veces que iba de visita a su casa no dejaba de perseguirnos para que jugásemos juntos. Sigo sin entender en qué momento se ha convertido en una mujer.

Teniendo en cuenta que no me está ofreciendo su virginidad, y que soy un completo cabrón por haber creído que así era, no entiendo por qué se avergonzaría.

—Vamos, no pasa nada —le susurro al oído, mientras repaso la línea de su pómulo con el pulgar. Tiene la piel endemoniadamente suave—. Puedes contarme lo que sea.

—Nunca he tenido un orgasmo —escupe de forma apresurada. Algo así como *nunquetenidunorgasmo*.

Mi mente tarda unos segundos en procesar la información; mi cuerpo, en cambio, vuelve a ir por libre.

—¡¿Qué?! —pregunto, convencido de que no la he entendido del todo bien.

—Que nunca me he corrido.

De algún modo consigo atragantarme con mi propia saliva.

—Es… No… —Joder, esto es surrealista—. No te has corrido.

Ella asiente; aunque parece abochornada, no aparta la mirada ni se separa de mí.

—Tú tienes mucha experiencia, ¿no? —continúa, dado que mi capacidad de formar frases coherentes parece haberse ido de vacaciones—. Esperaba que pudieras ayudarme. Solo esta noche. Solo eso —prosigue, envalentonándose—. Nadie va a enterarse, y mañana podemos hacer como si no hubiera sucedido nada.

Tiene que ser una broma. O tal vez sea uno de esos sueños estrafalarios que no tienen ni pies ni cabeza. No puede ser que Raylee me esté ofreciendo sexo sin ataduras tan alegremente.

Aunque sigo sin dar crédito a lo que está sucediendo, mi cuerpo está encantado con la oferta, más incluso que hace un rato. Tengo que marcharme a mi bungaló, darme una ducha de agua fría y fingir que esta conversación no ha tenido lugar. Eso es lo que tengo que hacer.

O al menos es lo que creo que tengo que hacer hasta que Raylee avanza un poco más y nuestras caderas se encuentran. Su estómago se aprieta contra mi polla y a mí se me escapa un gemido.

Un-puto-gemido.

Esto no me puede estar pasando; no con Raylee, por Dios. ¿Qué se supone que me está pidiendo? ¿Que haga que se corra? ¡Joder!

—Yo te gusto —me dice, y sus labios están tan cerca de los míos que tengo que hacer uso de toda mi fuerza de voluntad para no agarrarla de la nuca y devorar su boca.

Contonea las caderas contra mi erección para dejar claro cómo ha llegado a esa conclusión.

Definitivamente, voy a morir. Si Thomas se entera de que mi polla ha rozado siquiera a su hermana, me la cortará y la tirará al mar.

Y luego me matará.

—Joder, Raylee.

—Precisamente eso es lo que quiero que hagas. Joderme.

La palabra sale de su boca y va directa a mi polla. A estas alturas, la ducha fría no va a servirme de nada. Voy a tener que ocuparme yo mismo del asunto.

—Esto no está pasando —murmuro, con Raylee aún entre los brazos, dolorosamente consciente de cada centímetro de su cuerpo apretado contra el mío.

—Solo te estoy pidiendo que me folles, Blake —insiste, sin rastro de la vergüenza que ha mostrado hace unos minutos—. Y que te apliques un poco cuando lo hagas.

Le pongo los dedos sobre los labios para silenciarla.

—Vaya boca te gastas, enana.

Ella se ríe.

Empiezo a pensar que me la está jugando de alguna manera. De un momento a otro me dirá que esto es solo una broma y aparecerá Thomas y me arrancará la cabeza.

—Solo llamo a las cosas por su nombre. —Hace una pausa—. No te gusto —añade, y su sonrisa se desvanece.

Por extraño que parezca, en este instante lo único que me viene a la mente es que no quiero que deje de sonreír. Quizá por eso suelto lo primero que se me pasa por la cabeza.

—Desde el momento en el que te he visto en el chiringuito, no he podido dejar de pensar en desnudarte y follarte contra la pared.

«Qué-mierda-haces-Blake». No puedo creer que haya admitido eso en voz alta.

—Entonces... —Agita la tarjeta del bungaló frente a mi rostro a modo de invitación. Thomas le ha conseguido uno para ella sola, ya que él se queda con Clare y no quería meter a Raylee en la misma habitación que yo. Por un buen motivo, al parecer—. Por favor...

No. No puede estar suplicándome que me acueste con ella. ¡Como si necesitase rogar, por el amor de Dios! ¿Con qué clase de capullos inútiles se ha acostado para que no sean capaces de conseguir que tenga un orgasmo?

—Raylee, no es una buena idea... —comienzo, pero ella tira de mí de repente, haciendo que me incline hacia delante.

Para cuando quiero reaccionar, Raylee está besándome.

Raylee

No estoy segura de que soltarle mi propuesta a Blake a bocajarro haya sido una buena idea. Pero durante un momento he pensado que estaba a punto de salir corriendo por el camino de acceso al bungaló, he entrado en pánico y puede que me haya lanzado a soltárselo todo de un modo un poco brusco para evitar que se largase. Claro que no sé si eso ha ayudado demasiado.

Mi plan consistía en ser algo más sutil. Un poco. Pero al final me han podido la frustración y los nervios. ¡Quién lo diría! Considerando que acabo de contarle a Blake que nunca he tenido un orgasmo. ¿Se puede ser más ridícula?

Sí, se puede, lanzándote sobre el mejor amigo de tu hermano.

Tiro de él para desequilibrarlo; es tan alto (o yo tan bajita) que ni de puntillas alcanzo su boca. Pero debo pillarlo desprevenido porque ni de coña podría moverlo si él se estuviera resistiendo.

Blake parece tan conmocionado que no acierta a reaccionar cuando mis labios presionan los suyos con un entusiasmo vergonzoso. Pero… es Blake, el chico al que todas ponen ojitos; al que se giran para mirar al cruzárselo por la calle. Al que se insinúan en cada ocasión, seguramente con más acierto y elegancia que yo. Así que supongo que mi entusiasmo está más que justificado.

Alcanzo a rodear su cuello y me aprieto un poco más contra él. Si no me devuelve el beso pronto, prometo que me retiraré con la poca dignidad que me quede y me meteré en mi bungaló sin decir una palabra más. ¿Y si lo estoy incomodando? Tal vez no sepa cómo rechazarme sin herir…

Una de sus manos sale disparada y me agarra de la nuca; luego sus labios se entreabren y su lengua irrumpe en mi boca sin ningún tipo de suavidad o pudor. Recorre cada rincón con cierta desesperación. Hambriento. Y esa voracidad apenas contenida me arranca un gemido que él se bebe con una necesidad feroz.

—Joder, Raylee —repite una vez más, apretándome contra su cuerpo.

Un instante después se separa lo justo para mirarme a los ojos. No sé qué debe ver en ellos, porque de repente parece paralizado. Sus brazos caen y el tipo de tensión que se había apropiado de sus músculos cambia por completo.

Se acabó. Debe haberse dado cuenta de que esto es una locura, y yo, una perturbada.

—¡Joder! —repite, y se pasa la mano por la cara—. Necesito un trago.

Me arranca la tarjeta de la mano y sube los escalones que llevan al bungaló sin mirar atrás. El clic de la cerradura magnética resuena a mi espalda y sus pasos se pierden en el interior.

¿Debería entrar? Sí, probablemente sería una buena idea, aunque es posible que, en cuanto se tome esa copa que tanto parece necesitar después de besarme, comience a gritarme por haberme abalanzado sobre él.

No puedo creer que le haya contado que nunca he tenido un orgasmo. ¡Ja! ¡Que no me he corrido jamás! Ni siquiera yo misma he sido capaz de conseguirlo. Dios, ni que fuera defectuosa.

No. Eso sí que no. No voy a culparme ni a volver a pensar que estoy rota. Tuve un novio en el instituto con el que perdí la virginidad. Dejadme que os diga algo: fue un fiasco. Aunque, seguramente, él piensa lo mismo de mí. Éramos torpes e inexpertos, así que procuré no sentirme mal cuando no fui capaz de llegar al clímax. Él le puso mucho más empeño en las siguientes ocasiones, eso hay que reconocérselo, pero yo empecé a agobiarme con el tema y no era capaz de relajarme. Al final, acabamos rompiendo. Nunca dijimos que fuera por esa razón, pero me sentí aliviada cuando sucedió porque así no tenía que seguir fingiendo ni sometiéndome a esa tortura.

Sí, el sexo era una tortura para mí.

Luego, en la universidad, las cosas no mejoraron. Tuve un par de líos que no pasaron de la segunda base y otro que avanzó hasta llegar al final. Yo estaba tan tensa que el tipo casi no consiguió metérmela. A partir de ahí, todo fue cuesta abajo y la bola se hizo más y más grande cada vez.

Tara, mi mejor amiga, siempre me dice que no me preocupe. Que busque a alguien que me ponga a mil sin tocarme siquiera y que luego la cosa irá rodada.

Spoiler: nadie me pone a mil en la universidad.

Pero sí que hay alguien que lo hace fuera de ella: Blake. Acabamos de besarnos, ni siquiera ha sido un beso largo, y nunca he estado tan excitada.

—¿Vienes?

Blake está en la puerta. Ha asaltado el minibar de la habitación en tiempo récord. Tiene un vaso en la mano y le da un sorbo mientras me mira. Está aún más despeinado que antes, posiblemente porque no deja de pasarse la mano libre por el pelo una y otra vez. Siento una perversa satisfacción al verlo tan nervioso y al recordar lo duro que estaba contra mi cuerpo. Así que… Blake también se ha puesto a mil, de eso estoy segura.

Subo los escalones y él se aparta para dejarme pasar. Su delicioso aroma me golpea cuando me deslizo en el interior del bungaló. ¿Por qué tiene que oler tan bien? Alguien debería embotellar su aroma y venderlo; se forraría.

Se me aflojan un poco las rodillas cuando accedo a la habitación con él pisándome los talones. El sitio es realmente bonito. Con todos los muebles de mimbre, una cama inmensa cubierta con un dosel de tela blanca, baño propio y el mar visible desde el gran ventanal que ocupa casi una pared entera. Los cuadros y la decoración están plagados de motivos marinos.

Repaso cada detalle del mobiliario con una atención minuciosa; cualquier cosa con tal de no mirar a Blake y que empiece a llamarme loca. Él, un poco por detrás de mí, se ha sumido en un silencio inquietante. Aunque no puedo verlo, soy muy consciente de que su mirada está clavada en mí. ¿Es que no piensa decir nada? ¿Tan mal ha ido?

Dios, soy un auténtico desastre.

—Te he besado —me obligo a hablar, aún dándole la espalda.

«Muy locuaz, señorita Obviedades».

—Sí. —Eso es todo lo que responde, y por un momento me da la sensación de que no va a añadir nada más, pero luego dice—: Y yo te he dicho que quería follarte contra la pared.

Se me enroscan los dedos de los pies al escuchárselo decir de nuevo con esa voz tan grave y profunda. Nunca me había hablado así. Creía que había sido una especie de arrebato. ¿Lo habrá dicho en serio?

—¿Quieres?

Hace otro de esos ruiditos sexis con la garganta y yo me obligo a darme la vuelta para mirarlo. Está apoyado en la entrada, contra la puerta. El vaso que tiene en su mano está vacío, pero no se da cuenta porque se lo lleva a los labios para beber otro trago. Echa un vistazo al interior al comprobar que no queda nada y luego su mirada vuelve a posarse en mí. Aunque sus ojos son de un azul claro, están tan oscurecidos por el deseo que sus pupilas los llenan casi por entero.

—No puedes hablar en serio, peque —me dice, y yo me encojo un poco; la vergüenza perdida regresa a mí de repente—. Claro que quiero. Querer seguramente se queda corto. Muy muy corto.

Ahora soy yo la que deja escapar un suave quejido. Blake lo escucha y ladea la cabeza.

—¿Pero? —pregunto, porque estoy bastante segura de que hay un pero. Sin embargo, antes de que se lance a enumerar las razones por las que lo nuestro no es una buena idea, soy yo la que continúa hablando—: Thomas no se va a enterar. No vamos a decirle nada. Y solo va a ser esta noche. Una vez.

Sus cejas se arquean.

—Hasta que te corras.

—Eso. Hasta que me corra.

Dios, todo esto sonaba mucho mejor en mi mente antes de proponérselo. Pero ya está dicho, así que sigo adelante.

—Puedes hacerlo, ¿no?

Se le escapa una carcajada carente de humor, es más bien salvaje, como si le naciera de la parte más profunda del pecho.

—Eso espero.

No dice nada más.

¿Significa eso que va a hacerlo? Sigo sin creer que estemos hablando de esto, aunque, por otro lado, quizá si la gente se avergonzara menos al hablar de sexo (o no hicieran a los demás sentirse avergonzados), yo no tendría este tipo de problemas. Me niego a seguir dejando mi vida sexual en manos del destino.

Blake puede hacerlo; sinceramente, creo que podría hacer cualquier cosa en lo referente a las mujeres. Tiene esa clase de aura de dios del sexo que rara vez encuentras en un tío. Algo así como lo que pasa en las novelas románticas con los protagonistas. Es pura lujuria, aunque no pienso decírselo. No necesita que nadie alimente su ego.

—¿Y bien? ¿Vas a hacerlo desde ahí? —La pregunta es ridícula, claro. Solo intento que… avance.

Pero su hombro continúa contra la madera. Ha dejado el vaso en el mueble que tiene a su lado y su forma de mirarme sigue siendo tan directa e intensa que me hace sentir desnuda.

—Podrías hacerlo tú. Estaría encantado de mirar —me provoca. La voz le sale baja y ronca, y eso basta para volver a excitarme—. A lo mejor deberías tocarte para descubrir lo que te gusta antes de que lo haga yo.

Como si no lo hubiera intentado antes.

—Uf, no sé yo… —murmuro. No se me ocurre qué otra cosa decir.

Blake sonríe como un depredador, y su sonrisa se amplía cuando un calor familiar se me extiende por las mejillas. Buen momento para ruborizarme.

—Puedo… guiarte —añade, atragantándose con las palabras.

¿Está nervioso? ¿O solo está así por lo absurda que resulta la situación?

No deja de observarme, pero no se mueve. Así que decido ser yo la que dé un paso hacia delante. De perdidos al río, supongo. Dudo que pueda cagarla más.

Hago resbalar los tirantes del vestido por mis hombros, la prenda cae al suelo y se amontona alrededor de mis pies. Blake toma aire de forma brusca y se yergue, lo que hace que se separe por fin de la puerta.

—Mierda, Raylee. Eres…

Sus ojos descienden por mi cuerpo con cierta pereza y se detienen aquí y allá. En mi pecho, que siempre he considerado demasiado pequeño, aunque eso me permite no tener que usar sujetador la mayoría de las veces. En la suave curva de mi abdomen. En la redondez de mis caderas.

Su mirada permanece un poco más sobre las bragas de encaje blanco y luego vuelve a ascender hasta mi rostro.

—Eres condenadamente preciosa. Preciosa y perfecta.

Me ruborizo aún con mayor intensidad. Estoy segura de que ha estado con chicas más guapas que yo, más altas, lo cual no es difícil. Con más pecho, con curvas más armoniosas… Yo misma lo he visto con alguno de sus ligues en el pasado y todas eran tías buenas. Yo no estoy en esa categoría. Ni de coña. Pero el cumplido parece totalmente sincero.

—Esto… Esto no está bien —dice a continuación.

Mierda. No era lo que esperaba que dijera justo después de asegurar que soy perfecta.

—¿Vas a echarte atrás?

—No estoy seguro de poder.

No sé muy bien qué significa eso. Así que muevo ficha de nuevo. Camino hasta él. Intento balancear las caderas al andar, pero me siento ridícula, por lo que dejo de hacerlo de inmediato. Mis armas de seducción dan pena.

¿Está retrocediendo? ¿En serio?

Su espalda se topa con la pared y ya no tiene adónde ir. Me planto frente a él, aunque decido no tocarlo. Por ahora.

—¿Vas a echarte atrás? —insisto, y bajo la vista para ver cómo cierra y abre los puños.

¿Por qué no se mueve? Lo mismo me estoy pasando de la raya y en realidad no quiere acostarse conmigo; mucho menos tener que preocuparse de que yo también me lo pase bien.

Pero ha dicho que soy preciosa y perfecta, y eso debería de contar.

—Mira, sé que esto es un marrón… —comienzo a explicar.

—Bromeas, ¿no?

—Emmm… No, no bromeo.

Sacude la cabeza de un lado a otro como si no entendiera de lo que estoy hablando. Puede que seamos dos los que no entienden, porque yo no tengo ni la más remota idea de lo que estoy haciendo. Me había planteado seducirlo de un modo mucho más… ¿elegante? Pero ha quedado claro que nada está saliendo como esperaba. Probablemente, solo estoy haciendo el ridículo.

—Da igual, déjalo.

Me doy la vuelta para ir a por mi vestido, ansiosa por cubrir mi desnudez y sintiéndome realmente estúpida. Ya me he puesto bastante en evidencia. Pero los dedos de Blake se cierran sobre mi muñeca y me detiene.

—Me estás pidiendo que te folle —murmura, con un tono perplejo que no sé si se corresponde con una pregunta o no.

—Y que hagas que me corra —añado, solo por si acaso. Ya que hemos llegado hasta aquí, mejor dejarlo claro.

Vuelve a agitar la cabeza, pero también está sonriendo. Todo esto le debe parecer la mar de divertido.

—Lo he entendido.

—Vale.

—Vale.

No me ha soltado. Puede que sea una buena señal. Y ahora me está mirando las tetas, así que eso seguro que sí lo es.

—Vas a volverme loco, Raylee.

—Eso… ¿es bueno?

Sus dedos se aflojan, aunque solo para trazar un camino sinuoso por mi brazo. La caricia es delicada, un suave roce, pero me pone la piel de gallina y hace que piense en esos mismos dedos en otras zonas de mi cuerpo.

—Sí, eso es bueno. Demasiado bueno, seguramente, porque ahora soy yo el que quiere volverte loca a ti.

Blake

Estoy jodido. Muy jodido.

Es extraño pensar así cuando una chica preciosa se te ofrece de la manera en que lo ha hecho Raylee. Ya ni siquiera se trata de que sea la hermana de Thomas, que también, porque estoy seguro de que él me destrozará de forma lenta y dolorosa si llega a enterarse de que me he dado un revolcón con ella como si fuera otro más de mis ligues. Pero, además, Raylee Brooks se merece a alguien mejor que yo, un tipo que no se lo monte con una chica diferente siempre que puede. Que la lleve a cenar o a algún sitio bonito, alguien...

«Lo que quiere es que la follen bien. No flores o bombones», me recuerda una voz insidiosa. No le falta razón. Eso es lo que ha dicho Raylee, ¿no? Una noche. Solo hoy. Lo ha repetido al menos un par de veces...

Un momento, ¿eso es todo lo que quiere? ¿Debería indignarme que lo único por lo que me busque sea mi experiencia sexual? ¿Qué mierdas le ha contado Thomas sobre mí?

«La verdad».

No soy la clase de tío que tiene citas; no tengo tiempo ni ganas. Tanto Thomas como yo nos dejamos la piel trabajando. A él acaban de ascenderlo y yo lo conseguiré muy pronto. Sea como sea, si tengo un rato libre, no quiero complicaciones. No estoy hecho para ellas.

«¡Despierta, Blake! No te está pidiendo que os caséis». Solo quiere un polvo, memorable a poder ser.

Ni siquiera sé lo que voy a decir cuando abro la boca.

—Solo esta noche —le digo, condenándome del todo.

—Eso es.

Busco en su rostro alguna señal de que la idea de algo fugaz le desagrade, pero no veo nada más que una leve expresión de impaciencia ansiosa.

Ha bebido. Igual es eso. ¿Soy un cabrón si le doy lo que quiere en ese estado? ¿Me estoy aprovechando de ella?

—¿Estás segura? Tal vez mañana te arrepientas…

—No voy a arrepentirme, Blake —afirma, y de nuevo parece lúcida y convencida.

No debería gustarme tanto la forma en la que pronuncia mi nombre, pero me gusta. Mucho. Me pone aún más cachondo.

Permito que mis dedos continúen ascendiendo por su brazo hasta alcanzar la curva de su hombro. Ella se estremece en respuesta a la caricia. Tiene los pezones duros y erguidos, y la idea de llevarme uno a la boca hace que mi polla empuje una vez más dentro de mis pantalones. A este paso, los reventará para salir y conseguir de una vez por todas lo que está deseando y yo me niego a darle.

Pero esto no es para mí; no soy yo el homenajeado. Al menos, no de momento.

La presión de satisfacer las expectativas de Raylee cae entonces sobre mis hombros con una dolorosa claridad y, de repente, me siento como un chiquillo de quince años temeroso de correrme demasiado pronto si dejo que me toque.

—Túmbate en la cama —le ordeno.

No voy a ser ese crío. Ni de coña.

Raylee parece sorprendida por un instante, pero enseguida se aparta de mí para tumbarse sobre el colchón. La miro durante un momento, tan minúscula en esa cama enorme, solo cubierta por un pequeño trozo de tela que deja muy poco a la imaginación.

Se incorpora sobre los codos con los labios entreabiertos y los muslos apretados; las mejillas teñidas de nuevo de un adorable tono rosa que contrasta con su piel pálida.

Dios, esto va a ser más complicado de lo que creía. Lo único que deseo ahora mismo es ir hasta ella y hundirme en su interior de una sola embestida. Ni siquiera tendría que quitarle las bragas. Las apartaría y…

«¡Céntrate, joder!».

—Suéltate el pelo —le digo, mientras me esfuerzo por recuperar algo del control perdido.

Mi petición resulta una muy mala idea. En cuanto tira del elástico de la coleta y sus suaves ondas se derraman sobre la almohada, se apodera de mí la necesidad de enredar los dedos en ellos, tirar un poco de los mechones para obligarla a ladear la cabeza y devorar su boca hasta que suplique más.

Me contengo por los pelos.

Raylee me observa, expectante, con una expresión mezcla de curiosidad inocente y hambre lujuriosa. Debería decirle lo sexy que es sin proponérselo. En cambio, me llevo las manos a la nuca y tiro del cuello de mi camisa para sacármela por la cabeza. La lanzo a un lado en silencio y sin preocuparme de dónde cae.

No podría apartar los ojos de Raylee aunque quisiera.

Esto es una locura, estoy convencido de ello. Y también de que debe haber un sitio especial en el infierno dedicado en exclusiva a los tipos como yo. Cabrones afortunados. Ella es mucho más de lo que merezco.

—¿No vas a quitarte los pantalones? —pregunta, titubeante. Está nerviosa, no importa lo decidida que se haya mostrado hasta ahora—. Porque quiero verte desnudo y, además, no me pone nada follar medio vestidos.

Muy nerviosa, queda claro. Tiene la costumbre de hablar sin pensar cuando está así.

—Si sigues diciendo «follar» cada cinco minutos, esto va a acabarse muy rápido.

Me lanza una mirada desconcertada mientras niega. No tiene ni idea de lo mucho que me excita esa boca sucia que tiene. Nunca hubiera imaginado que fuera así.

—¿Estás segura de que no quieres tocarte tú?

Si se deja llevar, será capaz de correrse sin demasiados problemas. Estoy seguro. Pero ella hace una mueca ante la proposición.

—Puedes enseñarme luego si quieres —suelta con total naturalidad.

A punto estoy de volver a gemir. Puedo imaginarme perfectamente guiando sus dedos, animándola a deslizarlos entre sus piernas y observándola mientras lo hace, y esa imagen casi me hace perder el control.

—Vayamos despacio —sugiero, y lo digo más por mí que por ella.

Joder, no creo que nunca una chica me haya puesto tan cachondo sin siquiera haberme tocado. Todo lo que ha hecho ha sido tumbarse sobre la cama y yo ya estoy apretando el culo para no correrme en los pantalones.

Lamentable.

Aun así, sigo sin moverme. Probablemente esté en shock. A lo largo de mi vida me han hecho algunas proposiciones de lo más extravagantes en lo que a sexo se refiere, pero esta, sin duda, se lleva la palma. Aunque también es cierto que Raylee me ha pedido algo que suelo dar por sentado. No logro comprender qué clase de imbécil puede ir tan a lo suyo como para que no le importe si su compañera de cama disfruta. No hay nada como estar enterrado en una mujer y que se corra con tu nombre en los labios.

—Sigues sin acercarte —señala. Algo bastante obvio.

No la culpo. Si la situación ya es rara de por sí, yo me estoy comportando de forma aún más extraña.

Me obligo a avanzar hasta la cama y ella se reacomoda con un suave y delicioso contoneo de caderas.

—Y sigues medio vestido —añade, con la duda revoloteando en su voz.

Esbozo una pequeña sonrisa y me arrodillo sobre el colchón, a los pies de la cama. Enredo una mano en torno a su tobillo y la acerco a mí de un tirón. Raylee ríe al deslizarse sobre la colcha. Es una risita nerviosa, pero en ningún modo fingida. Y el sonido me provoca en el pecho una presión extraña pero agradable que no tengo ni idea de lo que significa.

—Escúchame bien —le digo mientras acaricio la piel suave de su tobillo, trazando círculos perezosos con el pulgar—. Si quieres parar, dilo. En cualquier momento. No importa lo lejos que hayamos ido. Me lo dices y me detendré. ¿Me oyes? No tienes que darme ninguna explicación al respecto. —Raylee asiente, pero necesito oírselo decir—. Prométemelo. No quiero que te sientas obligada a hacer nada que no quieras o que no te guste.

—Está bien.

—Promételo, Raylee—insisto. Quiero que le quede claro que es ella la que decide. Siempre.

—Lo prometo.

Ahora soy yo quien le dedica un ligero asentimiento con la cabeza. Mi mano asciende hasta alcanzar la parte trasera de su rodilla...

—Tú también. —Me detengo.

—¿Qué?

—Promételo tú también. Que no harás nada que no quieras.

Una sonrisa se apropia de mis labios sin que pueda hacer nada para evitarlo. Creo que nunca he sonreído de una forma tan sincera y espontánea en toda mi vida.

—Dudo mucho que haya algo que no quiera hacer contigo. —Levanto la mano cuando abre la boca para protestar—. Pero lo prometo. Tienes mi palabra.

Me devuelve la sonrisa, satisfecha por mi respuesta. La mezcla de descarado desparpajo e inocencia con la que se desenvuelve es exquisita y me pone a mil. Empujo su rodilla a un lado y me acomodo entre sus piernas, sentándome sobre el colchón. Aún no soy capaz de concebir que esté desnuda (o casi desnuda) frente a mí.

Me inclino sobre ella y beso el interior de su muslo mientras mis manos ascienden por la parte exterior hasta alcanzar sus caderas. Tiene la piel suave y caliente, y me hace preguntarme si su coño también será así. Cálido y húmedo, una verdadera delicia.

Dejo escapar un gruñido y levanto la mirada hacia su rostro. Ella está totalmente pendiente de mí, midiendo cada uno de mis movimientos, y su respiración acelerada eleva su pecho a un ritmo endemoniado.

—Estoy esperando —se ríe, con los ojos brillantes.

¿Se está burlando de mí? No me extrañaría. Así es Raylee. Siempre he pensado que no tenía miedo a lanzarse de cabeza al desastre, casi como yo; siempre metida en algún lío y volviendo loco a su hermano. Ahora es a mí a quien está haciendo perder la cabeza, pero de un modo muy distinto. Lo peor es que no puedo decir que no me guste.

—Eres…

—¿Impaciente? —completa la frase por mí.

Acerco los dedos al límite que marca el encaje de sus bragas, de un reluciente blanco, y paso el pulgar sobre la tela ejerciendo una ligera presión. Su expresión se transforma. Las pupilas se le dilatan hasta consumir el iris y de sus labios brota un pequeño jadeo.

¡Dios! Está empapada, incluso a través de la tela resulta evidente lo mojada que está. Podría enterrarme en ella ahora mismo y mi polla resbalaría en su interior sin encontrar ningún impedimento. Suave hasta llenarla por completo y arrancarle un nuevo jadeo a esa sucia boca que tan bien se le da emplear para llevarme al límite.

Aparto el pensamiento (y la vista) de su boca, porque es imposible mirarla y no pensar en ella dándole otro uso. Me concentro en su pecho. Los pezones rosados y endurecidos que no puedo esperar a saborear. No pienso hacerlo. Esperar, quiero decir.

Me inclino y capturo uno entre los labios.

—Dios, Raylee —gimo para mí mismo, mientras abarco su otro pecho con una mano.

Perfectos. Una puñetera exquisitez. Me demoro brindándoles la atención que merecen. Lamiéndolos. Mordisqueándolos. Repaso la curva inferior de cada uno de ellos con la punta de los dedos, la piel delicada y sensible. Y Raylee me recompensa con una serie de gemidos guturales que me hacen desear quedarme aquí para siempre.

—¿Te gusta?

Necesito saberlo. No para alimentar mi ego, sino porque esto va de ella disfrutando. Quiero saber lo que le gusta y lo que no. Qué la hace gemir y perder el control. Lo que la vuelve loca. Quiero disfrutar de cada una de sus reacciones y asegurarme de empujarla más allá de su límite.

—Sí. Mucho —murmura muy bajito.

Aunque su tono indica que está diciendo la verdad, busco su mirada para asegurarme. Pero mis ojos tropiezan con su boca y de repente sé que es ahí donde quiero estar.

Antes, en el exterior del bungaló, apenas pude saborearla. Lo último que esperaba era que me besase y, al reaccionar, me he comportado como una maldita bestia. Pero ahora sé lo que hago.

Continúo ascendiendo, pero no me tumbo sobre ella, sino a su lado. Acuno su rostro con una mano y ella vuelve la cabeza hacia mí. Nuestros labios se rozan durante unos pocos segundos. Luego otra vez, y otra; hasta que Raylee le franquea el paso a mi lengua con un suspiro. Me acerco un poco más y ladeo la cabeza para profundizar en el beso. Suave. Muy despacio. Deleitándome con el dulce sabor de su boca.

Raylee se aprieta más contra mi costado.

—Blake —murmura contra mi boca. Una súplica, un ruego. Para luego descolocarme de nuevo—. No quiero que seas... delicado conmigo. —Ahogo un gemido al escucharla, pero ella no se detiene ahí—. No voy a romperme. Quiero...

—¿Qué? —la interrogo, cuando me doy cuenta de que, lo que sea que anhela, no se atreve a pedirlo—. ¿Follar duro? ¿Es así como te gusta, Raylee?

Se le encienden las mejillas. Ha colocado el muslo entre los míos y prácticamente me está cabalgando la pierna. Se frota contra ella sin siquiera ser consciente de que lo está haciendo. Sus caderas se balancean para buscar alivio.

—Sí —admite finalmente.

Ruedo sobre ella en una reacción instintiva y me cuelo entre sus piernas, empujando con las caderas para observar su reacción. La agarro de las muñecas y la obligo a colocarlas por encima de la cabeza. Las mantengo ahí con una mano, presionando contra la almohada.

Ella se arquea bajo mi cuerpo, ansiosa y exigente a la vez.

—¿Qué más quieres, Raylee? ¿Que te folle desde atrás? ¿A cuatro patas? Mientras te tiro del pelo y te embisto una y otra y otra vez...

¡Joder! Ni siquiera sé si llegaré a tanto. Empiezo a pensar que con esta chica solo me dedico a alardear. Ni siquiera recuerdo la última vez que me excité tanto durante los preliminares. Pero todo parece distinto con Raylee. Más descarnado y salvaje. Más intenso.

Mejor, mucho mejor que con cualquier otra chica con la que haya estado. Tal vez sea por la tentación de lo prohibido. Quizá solo soy un cabrón y un pésimo amigo. Seguramente, la estoy cagando de mil formas diferentes.

Y lo peor de todo es que ya ni siquiera me importa.

Raylee

Para mí, nunca ha sido así con nadie. Ningún otro chico me ha hecho sentir tan excitada, tan expuesta y a la vez tan libre. Desde luego, ninguno ha sido tan explícito conmigo ni me ha pedido que lo sea yo.

Blake se muestra a ratos complaciente y en otros un poco mandón, la verdad: «Quieta», «Bésame», «Abre las piernas». Pero me gusta. Del mismo modo que me excita que no se muerda la lengua al hacerme saber lo que provoco en él.

Quizá, en otra ocasión, sea yo la que le dé órdenes…

No, no habrá más ocasiones. Le he prometido que mañana olvidaríamos lo que ocurra entre nosotros, aunque no estoy muy segura de que vaya a ser capaz de sacarme de la cabeza ni un solo detalle de lo que suceda esta noche. Pero el ahora es todo lo que tengo; lo que quería. Un orgasmo y se acabó…

Sigue sonando fatal cuando lo pienso.

Los dedos de Blake se enredan en la cinturilla de mis bragas y yo tiemblo de anticipación. Estoy lista para él. Más que lista, soy capaz de notarlo. También Blake se ha dado cuenta. Lo he escuchado susurrar acerca de lo mojada que estoy y soltar un gruñido de aprobación que me ha recorrido de pies a cabeza.

—¿Sigues conmigo? —me pregunta, con los dedos enganchados en la prenda, pero sin hacer nada para deshacerse de ella.

Caigo en la cuenta de que he cerrado las piernas y las estoy apretando con fuerza. En realidad, la presión de mis muslos es solo una forma de buscar alivio.

—Podemos parar. Solo dilo.

—¡No! —exclamo demasiado rápido. Desesperadamente rápido.

Blake me lanza una media sonrisa que hace asomar sus hoyuelos.

Mierda, es guapísimo. Su pelo está revuelto, aún más que antes si cabe. Mechones rubios salen disparados en todas direcciones. Su pecho, firme y musculoso, reluce bajo una fina capa de sudor y, más abajo, la piel dorada de su estómago está tensa. Líneas perfectas; valles y crestas deliciosas que siento deseos de lamer. Los hombros anchos, uno de ellos con una cicatriz en forma de largo arañazo que se hizo con un coral cuando practicaba surf. Recuerdo que Thomas me lo contó, como otras tantas de sus aventuras. Incluso esa imperfección pálida de su piel es perfecta.

Arrastra mis bragas hacia abajo y un triángulo de vello oscuro queda a la vista. Parece fascinado con la visión. Hambriento, parece realmente hambriento.

—Eres preciosa, Raylee.

—Eso ya lo has dicho —me burlo, casi sin querer, y él levanta la cabeza para observarme.

Sus ojos se iluminan, todo su rostro en realidad, como si fuera la primera vez que me ve reír. Como si eso fuera lo más importante, lo único importante en este instante.

—Era necesario repetirlo. Solo para que no queden dudas —señala, con otra de esas sonrisas socarronas y arrogantes—. No quiero que lo olvides.

Parece que fuera a decir algo más, pero el momento pasa y el silencio nos envuelve de nuevo. Termina de desnudarme del todo y permanece sobre el colchón, arrodillado, cada músculo de su cuerpo en tensión.

Me incorporo sobre los codos para seguir con la mirada el sendero que traza su mano a través de mi piel. ¿Está temblando?

¿A Blake Anderson le tiembla el pulso al tocar a una chica? Eso sí que es una novedad.

Pero entonces desliza el dedo entre los pliegues de mi sexo y el pensamiento se escurre de mi mente y me abandona.

—Oh, joder —mascullá para sí mismo, sin ser consciente de que lo escucho a la perfección.

Mis caderas se adelantan por sí solas, buscan el contacto. Anhelándolo. Y, cuando aprieta el pulgar contra mi clítoris inflamado, a punto estoy de correrme. Lo sé, lo noto... al alcance de la mano. El cosquilleo y la presión en la zona baja del vientre no dejan de crecer.

—Tengo que probarte —sigue mascullando, y hay un deje desesperado en su voz que me provoca otra oleada de anhelo.

Cuando se tumba boca abajo entre mis piernas, me incorporo un poco más hasta quedar sentada.

—¿Qué haces?

Blake levanta la cabeza y me mira, evidentemente divertido.

—Creía que eso ya lo habíamos dejado claro desde el principio —replica, y sus cejas se elevan dando forma a dos curvas perfectas y, en cierto modo, adorables.

—Me refiero a lo que estás haciendo ahora.

Intento cerrar las piernas, pero con él en medio resulta imposible. Tiene una mano sobre la cara interna de mi muslo y otra junto a mi ingle. Sus dedos avanzan mientras nos miramos, pero esta vez no se limita a acariciarme. Hunde un dedo en mi interior y pasan varias cosas a la vez. Mi cabeza cae hacia atrás y se me cierran los ojos, abrumada por la repentina y placentera invasión. Gimo, y el sonido se entremezcla con la brusca exhalación que sale de la boca de Blake, tan profunda que parece estar dejando escapar algo más que el aire de sus pulmones.

—¿Raylee? —farfulla, con el aliento entrecortado—. Quiero que me digas la verdad. Toda la verdad. —Trato de recomponerme y me obligo a mirarlo—. ¿Eres virgen?

La pregunta me pilla desprevenida a pesar de que ya me la ha hecho antes. Por lo serio que se ha puesto, no creo que esté bromeando.

—No. No lo soy —respondo, y es la verdad—. No —repito, mirándolo a los ojos.

Su dedo vuelve a deslizarse en mi interior y apenas consigo mantenerme erguida. Aunque Blake luce incluso más afectado que yo.

—Estás muy apretada, cariño.

¿Cariño? Hay una ternura desconocida en su forma de decirlo, exhalando con suavidad a la vez que pronuncia cada palabra. Es la primera vez que me llama así, estoy segura. Lo recordaría. ¿Qué fue de «pequeña»? ¿O «enana»?

—Muy muy apretada —repite, aunque está vez ni siquiera creo que esté hablando conmigo.

Sus ojos regresan a mi rostro. Se muerde el labio inferior y, de repente, parece mucho más joven. Vulnerable, un adjetivo que jamás hubiera asociado con Blake. Incluso cuando retira el dedo y me llena una tercera vez, no aparta sus ojos suplicantes de mí.

Un denso silencio se apropia del ambiente de la habitación mientras su mirada gana intensidad. Yo apenas puedo mantenerme erguida, y mis caderas están a punto de tomar el control y empezar a restregarse contra su mano. ¿Puede alguien follarse una mano? Porque yo podría; estoy bastante segura de ello.

—¿Blake? —lo reclamo, y él carraspea para aclararse la garganta antes de contestar.

Algo va mal. Tiene el aspecto de alguien que acaba de ser atropellado por un tren de mercancías. Roto y dolorido.

—Esto es lo que va a pasar —dice por fin, aunque no para de torturarme con sus hábiles dedos—. Voy a saborearte y te vas a correr. En mi boca —concluye, con una seguridad que no deja lugar a dudas.

—En tu boca —repito, solo para oírme decirlo.

Él asiente.

—Contra mi lengua.

Puede que esa información sea más de la que necesito. A este paso, con lo excitada que estoy, igual no llegamos a ese punto.

No sé lo que espera que diga, pero continúa observándome; los párpados ligeramente cerrados. Se humedece el labio inferior con la punta de la lengua y luego inspira profundamente.

—Eso es todo lo que puedo darte, Raylee. Lo tomas o lo dejas —asegura con cierto esfuerzo.

Me cruzo de brazos de forma instintiva.

—¿Qué hay de aquello de follarme contra la pared? —le reprocho, imitando el tono ronco y desgarrado que ha empleado rato antes conmigo.

Blake se echa a reír. El sonido es delicioso. Siempre ha tenido una risa franca y muy masculina.

—Conseguirás lo que querías.

Deposita un beso suave en la cara interna de mi muslo y sus dedos comienzan a moverse de nuevo de esa forma increíblemente maravillosa que me hace gemir y desear suplicarle.

—¿Qué hay de… ti? —pregunto entre jadeos.

Ni siquiera se ha quitado las bermudas. Mentiría si dijera que no siento una curiosidad malsana por verlo desnudo, gloriosamente desnudo, y tan duro como sé que está. Pero Blake no contesta. Me toma con la boca y yo pierdo la capacidad de formar palabras e interrogarlo al respecto.

Me dejo caer hacia atrás y mi cabeza golpea contra la almohada, mientras la lengua de Blake se apropia por completo de mí. La mueve con una lentitud tortuosa a lo largo de toda mi hendidura, para luego ejercer una ligera succión sobre mi clítoris que hace que me dé vueltas la cabeza. El corazón me late tan rápido que es probable que me esté dando un infarto. No me importa. Si me muero, quiero hacerlo con la boca de Blake cometiendo toda clase de perversidades sobre mi cuerpo.

—No pares, Blake —le ruego; la escasa vergüenza perdida sin remedio.

Otro dedo se une al anterior, sin dejar de provocarme con la lengua. Es imposible que esto sea lo mismo que mi novio del instituto hacía años atrás. No se parece en nada. Ni de lejos.

Mi ex parecía sentirse incómodo con el sexo oral, y estoy segura de que lo hizo por simple obligación. No creo que lo disfrutase. Blake, en cambio, se muestra tan entregado que cualquiera diría que soy yo la que se la está chupando.

La tensión entre mis piernas es tan intensa que estoy a punto de echarme a llorar. Él acelera el ritmo, como si fuera consciente de ello; aunque tal vez también tenga algo que ver con el hecho de que lo he agarrado del pelo. No parece molestarle.

—Vamos, Raylee. Déjate ir. —Lame, mordisquea y sus dedos me llenan una y otra vez sin compasión—. Córrete para mí.

Su tono inflexible y exigente convierten la petición en una orden imposible de desobedecer. Algo en mi interior estalla en mil pedazos. Me rompo en fragmentos diminutos y el placer me azota en oleadas, destrozándome y recomponiéndome de un segundo al siguiente, y no me queda más remedio que abandonarme por completo al placer furioso del clímax mientras pronuncio el nombre de Blake entre jadeos.

Mis músculos, tensos hasta ese momento, se aflojan todos a la vez. Me siento repleta de energía y, al mismo tiempo, más débil que nunca. Vacía y llena. Eufórica. Extenuada. Ni siquiera me importa si me llama «enana» o «pequeña». O «cielo». ¡Creo que incluso me gusta!

—Dios, Blake —susurro cuando se alza y asciende por mi cuerpo.

Deposita besos sobre mis párpados cerrados y luego roza con suavidad su boca contra la mía.

—Eres una delicia, Raylee.

Casi espero que añada alguna de sus bromas o comentarios sarcásticos. Tal vez algo arrogante… Pero en vez de eso se acuesta a mi lado y me envuelve con los brazos. Puedo notar su erección presionándome el muslo, porque lo que es seguro es que hay mucho que notar. Sin embargo, él no parece que vaya a hacer nada al respecto.

—Tú no has…

—Duérmete, enana —me interrumpe.

Vuelve a besarme, suave y lentamente ahora, y me aprieta un poco más contra su pecho. Tiene una mirada extraña, pícara, pero también… dulce.

Quiero discutir, saber exactamente qué es lo que piensa y por qué no ha querido llegar hasta el final, y también si ha sentido al menos una décima parte de todo lo que me ha hecho sentir a mí.

Pero estoy tan agotada, tan satisfecha y exhausta, que me quedo dormida antes de poder exigirle respuestas.

Raylee

Blake se ha ido. Aunque no esperaba encontrármelo en la cama al despertar, o tal vez sí. No lo sé.

Madre mía. Me he acostado con Blake Anderson. No, eso no es verdad. En realidad, le pedí que me proporcionara un orgasmo y eso ha sido justo lo que ha hecho. Un orgasmo glorioso, todo hay que decirlo.

Mierda. Tendría que haber sido más específica sobre el modo de conseguirlo. No es que me queje, porque…, madre de Dios, realmente Blake sabe lo que hace. Y eso que no tengo con qué compararlo. A lo mejor solo ha sido un orgasmo mediocre o en la media. Pero algo me dice que eso es imposible. Para empezar, ya hubiera tenido alguno antes de ser así, ¿no?

Sí. No. No sé…

La cuestión es que se ha largado con nocturnidad y alevosía. Ese era el trato, supongo, y ha cumplido su parte al pie de la letra. Prueba de ello es que aún siento un cosquilleo agradable al pensar en todo lo que sucedió anoche, además de unas ganas inmensas de repetir.

«Y todo eso sin que me empotrara contra la pared».

Dios, solo de pensarlo… Creo que estoy húmeda de nuevo.

Unos golpes resuenan en la puerta de entrada, acompañados de gritos.

—¿Lee? ¿Estás despierta?

Thomas.

Mi hermano es el único que me llama Lee. De pequeña, me dio a elegir entre Ray o Lee, porque el tío era tan vago que no iba a molestarse en pronunciarlo completo. A veces, aún me llama así.

—¿Lee? —insiste. Más golpes—. ¿Raylee?

Aparto la colcha a un lado y me froto los ojos. Y luego caigo en la cuenta de que estoy completamente desnuda. Una estúpida sonrisa se extiende por mis mejillas. Ridícula, teniendo en cuenta que lo de anoche no puede repetirse.

Mierda.

«Una noche. Solo una».

Doble mierda.

Thomas empieza a desesperarse y la intensidad de los golpes se redobla.

—¿Te has quedado dormida?

—¡No! ¡Sí! —le grito mientras recojo del suelo a la carrera mis bragas y el resto de la ropa—. ¡Voy a meterme en la ducha! Te veo en el bufet.

El complejo tiene varios restaurantes, pero ayer acordamos que desayunaríamos en el que está junto a la playa, uno de esos bufés en los que puedes elegir entre un montón de comida deliciosa. También dijimos que aprovecharíamos para organizar las actividades de estos días.

Thomas y Clare tienen algunas citas con la organizadora de la boda para concretar ciertos detalles de la ceremonia, pero el resto del tiempo estarán disponibles. Se supone que la idea es aprovechar lo máximo posible la amplia oferta de ocio con la que cuenta el complejo.

Sinceramente, yo podría pasarme la semana entera tirada en una tumbona con un mojito en la mano, tostándome al sol y dándome algún que otro chapuzón de vez en cuando. Bastante duro es estudiar y servir cafés al mismo tiempo durante todo el curso escolar. Me he ganado a pulso estas vacaciones.

—¡Está bien! ¡No tardes!

El alivio me inunda. Con mi suerte, casi esperaba que Thomas se negara a marcharse sin mí y exigiera que le abriera la puerta. No creo que fuera buena idea, entre otras cosas porque acabo de darme cuenta de que huelo a Blake. La piel de los hombros, las manos... Incluso el pelo me huele a él, esa mezcla de verano eterno y algo obscenamente masculino.

El aroma desata una cascada de imágenes en mi mente...

Me derrumbo sobre el borde del colchón y escondo la cara entre las manos. Mi plan no estaba nada mal, la verdad; al fin y al cabo, me he salido con la mía. Pero ¿por qué no me paré a pensar en lo que sucedería al día siguiente? Supongo que, en realidad, no esperaba tener éxito. Más bien me imaginaba que Blake se reiría de mí y me llamaría loca, todo ello con una expresión de profundo horror en el rostro.

¿Cómo voy a ser capaz de mirarlo a la cara después de haber tenido su boca entre las piernas? Ay, Dios. No. No puedo hacerlo...

«Nos olvidaremos de lo que ha sucedido». Eso fue lo que le dije y lo que él aceptó.

—Vale. No pasa nada. Puedo hacerlo —me digo en voz alta. Charla motivacional.

¿Funciona?

Nop.

Me meto en la ducha para no pensar más en ello y porque es probable que, si tardo demasiado, Thomas venga de nuevo a buscarme.

«Tú puedes, Raylee. Tú puedes», me repito a modo de mantra, pero de repente esa voz cambia a una masculina y la letanía se convierte en un «Muy muy apretada» y «Preciosa y perfecta».

Arggg...

No puedo hacerlo. Pero, aun así, de alguna forma, consigo ducharme, ponerme el biquini y terminar de vestirme. Elijo unos *shorts* vaqueros y una camiseta de tirantes; nada demasiado llamativo porque, al contrario que anoche, hoy no siento deseo de atraer la atención de nadie.

De camino al restaurante me doy la vuelta al menos en tres ocasiones, dispuesta a salir corriendo y encerrarme en el bungaló durante los días que quedan hasta la boda. Pero las tres veces me digo a mí misma que no he hecho nada malo. Bueno, tal vez un poco sí porque Blake es el mejor amigo de mi hermano y sé que, si Thomas se entera, no va a estar demasiado contento con ninguno de los dos, y no quiero que se peleen por mi culpa. Por un lado, mi hermano se toma de forma muy personal cuidar de mí, cree que tiene que protegerme de todo; por otro, Blake es su mejor amigo y la persona en la que siempre busca apoyo, además de Clare, pero estoy convencida de que en cuestión de relaciones amorosas no es exactamente lo que querría para mí.

Sea como sea, soy adulta; Blake también. Solo tengo que tomármelo como lo que es: una noche loca.

No debería llevarme demasiado tiempo llegar al bufet, ya que está en la playa, cerca del chiringuito en el que estuvimos anoche. Pero el trayecto se alarga de forma miserable e intento aprovecharlo para infundirme valor. Al menos sé que Blake no va a contárselo a mi hermano, eso seguro.

Para cuando llego, Thomas y Clare están sentados ya en una mesa. De Blake no hay ni rastro.

—¡Ey! —saludo, demasiado alto, y los dos se giran hacia mí—. ¡Ey! —repito, alzando la mano y poniéndome aún más en evidencia.

«Siéntate y cállate, Raylee», me digo, y eso hago mientras Clare me brinda una sonrisa.

—¿Y Blake? —pregunta mi hermano.

«¡Dios! ¡Lo sabe todo!»

No, no puede ser. Tengo que comportarme de forma normal; no hay manera de que pueda haberse enterado de nada.

Le robo una tostada del plato y me la meto en la boca para no tener que contestar. Thomas protesta, pero ya es demasiado tarde para recuperarla.

—Ni idea —logro decir, tras masticar y tragar con una lentitud deliberada—. Andará por ahí.

Hago otro gesto estúpido con la mano, sin señalar ningún lugar en particular. Señor, no puedo ser más ridícula.

—Se habrá dormido —sugiere Clare, siempre tan conciliadora.

Asiento con vehemencia para darle la razón y evito mirar a mi hermano. Thomas tiene un olfato muy desarrollado para detectar mis mentiras. Gracias a Dios, su atención se traslada muy pronto a su prometida cuando esta le pone la mano en el brazo y le dice algo en voz baja.

«¡Gracias, Clare!».

Me encanta esta chica. Es un hecho. Creo que acaba de convertirse en mi nueva persona favorita en el mundo.

Después de mi triunfal entrada, la conversación entre ellos se reanuda enseguida. Desayunamos mientras Clare nos explica algunas de las actividades en las que le gustaría participar. Al parecer, ya tienen reservadas varias sesiones de esquí acuático para hoy. Para mañana, en cambio, han pensado en una excursión a un parque natural cercano, aunque tendremos que volver pronto porque la organizadora de la boda les ha pedido que realicen una segunda prueba del menú. Quiere asegurarse de que todo está perfecto.

—Puedes hacer lo que quieras, Raylee —dice Clare, con voz dulce y una sonrisa más dulce aún—. No te sientas obligada, aunque me encantaría que pasáramos tiempo los cuatro juntos.

Asiento. Mi futura cuñada es tan encantadora y entusiasta que es imposible no dejarte liar y aceptar siempre todas sus propuestas y opiniones. Sin embargo, mi idea para hoy sigue siendo escaquearme y pasarme el día en la playa. Lejos de Blake, muy lejos.

¿Dónde se ha metido? ¿Habrá huido? No, eso es ridículo. Es el padrino de la boda, no puede huir sin que parezca un poquitín sospechoso. Se habrá quedado dormido o estará por ahí haciendo solo Dios sabe qué.

Después de comerme la tostada de Thomas, mi apetito cae en picado. Me limito a tragar café y más café a sabiendas de que me pone como una moto. Mi hermano y Clare se dedican a comentar algo sobre la distribución de las mesas y los invitados, y yo comienzo por fin a relajarme un poco y me arrellano en la silla. Y ese es justo el momento en el que percibo una presencia a mi espalda. Alguien le da un tirón suave a uno de mis mechones y me veo rodeada por un aroma de lo más familiar...

Ay, Dios.

—Buenos días, enana —me susurra Blake al oído.

La piel se me pone de gallina y aprieto los muslos por pura inercia. ¿Qué demonios ha hecho este chico conmigo?

Clare saluda a Blake y yo apenas llego a murmurar un «buenos días» en respuesta, mientras que Thomas choca los cinco con él y hacen ese absurdo saludo que han llegado a perfeccionar durante años y que se ha convertido casi en una auténtica coreografía.

Procuro mirar a todos lados menos a Blake. Pero la suerte hoy no está de mi lado; apenas un minuto después, Clare dice que quiere ir a cambiarse para la clase de esquí y se lleva a Thomas consigo, y nos quedamos a solas.

Esto solo puede acabar mal.

—¿Y bien? —dice cuando la feliz parejita se ha alejado lo suficiente.

—Y bien ¿qué?

Por Dios, está incluso más guapo que ayer. No se ha molestado en peinarse; dudo que lo haga, salvo para ir a trabajar. Varios mechones rubios le caen sobre los ojos azules. Los aparta de un manotazo y me dedica una mirada cargada de diversión. El muy capullo seguro que es consciente de lo nerviosa que me pone.

—¿Qué vamos a hacer?

¿Es una pregunta trampa? ¿Se refiere a lo que pasó anoche o está hablando de los planes para hoy?

—Tú, no sé. Yo voy a tomar el sol —afirmo, con tanta firmeza que no puedo evitar sentirme orgullosa de mí misma—. Eso es todo. Sol y playa. Y yo.

Igual la última aclaración no era del todo necesaria.

Sus labios se curvan, pero no dice nada. Vale, a lo mejor es así de fácil. Fingimos que lo de anoche no pasó, que fue justo lo que le pedí que hiciera, y todo arreglado.

Entonces ¿por qué me fastidia tanto la idea de que así sea?

¿Qué esperaba? ¿Que se arrodillara y me pidiera matrimonio? Si ni siquiera llegamos hasta el final... Además, sabía dónde me metía y quién es Blake Anderson.

—Vale.

—Vale —contesto yo, y casi parece que esté firmando mi sentencia de muerte.

Blake solo aparta la vista de mí cuando se levanta para acercarse al bufet en busca de su desayuno. Al regresar, trae consigo un plato a rebosar de huevos revueltos, tostadas, beicon crujiente, una pieza de fruta, y también un zumo de naranja y más café. A este chico le tendrían que dar un puesto de camarero...

Supongo que él sí que tiene apetito. Tal vez debería seguir su ejemplo y aprovechar para reponer energías, porque está claro que hoy va a ser un día muy muy largo.

Le robo la manzana y le doy un mordisco. Ni siquiera voy a molestarme en pelarla y partirla en trocitos, así tendré la boca llena y no podré hablar con él.

Blake, con los cubiertos en la mano, señala mi plato con el cuchillo.

—Sabes que tienes todo un bufet disponible y puedes servirte lo que quieras, ¿verdad? Cualquier cosa que desees —dice, bajando la voz al pronunciar la última parte.

A punto estoy de tragarme un trozo de manzana sin siquiera masticarlo. ¿Se me está insinuando? ¿O tan solo se trata de mi mente lujuriosa teniendo pensamientos aún más lujuriosos?

Muevo la cabeza para contestar, aunque no estoy muy segura de si estoy asintiendo o negando.

Blake esboza otra de esas sonrisitas sensuales y cargadas de intención, y le da un sorbo a su zumo mientras yo trato de terminarme la manzana sin morir asfixiada. No sé qué voy a hacer cuando la acabe.

Durante un rato los dos comemos en silencio, aunque nos miramos más de lo necesario y en la mesa flota un ambiente de expectación realmente inquietante. Si esto es una muestra de cómo se desarrollará el resto de la semana, va a ser una auténtica tortura.

Thomas no debería habernos dejado a solas. Pero, claro, él no tiene ni idea de que Blake y yo nos hemos liado, y así es como tiene que ser. Lo último que necesita mi hermano ahora es tener que preocuparse por mi vida sexual. Ni ahora ni nunca, en realidad. Además, pelearse con su padrino empañaría el recuerdo del que se supone que debería ser el día más feliz de su vida.

Blake deja los cubiertos en el plato y se recuesta contra el respaldo de la silla. Para alguien que acaba de darse todo un festín, su mirada parece demasiado... hambrienta.

—Bueno... —Y allá vamos...—. Entonces ¿cuál es el plan, enana?

Esa es fácil.

—Tumbarme al sol. Ya te lo he dicho —insisto, y para no parecer un loro añado—: Y darme un chapuzón de vez en cuando.

Blake ríe, aunque no de la forma despreocupada en la que lo hacía anoche. Hay cierta tensión en sus hombros, en la curva de sus labios. Pero yo no debería fijarme en sus labios…

Aparto la mirada y echo un vistazo al mar.

—Ya sabes a qué me refiero —le escucho murmurar, y cuando vuelvo a mirarlo se ha inclinado hacia delante y tiene los codos apoyados sobre la mesa.

La camiseta blanca que lleva se le pega al pecho y abraza sus bíceps, además de resaltar el tono dorado de su piel. Puede que esté un poco enamorada de esa camiseta. Solo un poco.

—Emmm… No. No tengo ni idea de a qué te refieres.

«Eso, Raylee, niégalo todo».

¿Qué puede hacer? ¿Hablar abiertamente de ello como un adulto maduro y sexualmente responsable? Lo de anoche, las cosas que me dijo que quería hacerme, solo se debió al fragor del momento. No estoy segura de si la palabra «fragor» es aplicable a lo que hicimos o si significa lo que creo, pero parece de lo más adecuada. Me gusta como suena.

Fragooor.

—Enana…

—Gigante —contrataco, y le enseño la lengua.

Sí, yo sí que soy todo un ejemplo de madurez. Pero prefiero que se ahorre el típico discursito de la mañana siguiente. Ambos sabemos que lo de anoche no va a repetirse y que para él solo ha sido una muesca más en su cama, y ni siquiera una grande o especialmente relevante.

Blake exhala un largo suspiro; sus ojos fijos en mí y los largos y elegantes dedos entrecruzados sobre el mantel. Tiene unas manos increíblemente bonitas, y también habilidosas. Muy habilidosas.

—Así que no vamos a hablar de ello.

—Anoche no pasó nada —niego de forma apresurada.

59

Blake resopla. Ningún tío debería resultar atractivo al resoplar, pero él, de algún modo, lo consigue, y el gesto convierte su rostro en la imagen de una pereza deliciosa. Lo odio.

—Anoche… —comienza, sin molestarse en bajar la voz—. Te corriste en mi boca.

Una de las señoras que ocupa la mesa de al lado suelta una exclamación de sorpresa y le lanza a Blake una mirada horrorizada. Él no parece en absoluto afectado, más bien satisfecho, y me pregunto si su plan consiste en ir por el complejo anunciando los detalles de nuestro encuentro a voz en grito y así obligarme a admitirlo.

—Baja-la-voz-idiota.

Me levanto de la silla, no sin antes lanzar la servilleta contra el plato de ese modo tan dramático que suelen emplear en las películas para mostrar su indignación; siempre he querido hacer eso.

Echo a andar entre las mesas sin saber muy bien adónde dirigirme. Se supone que Thomas y Clare tienen la clase de esquí dentro de un rato, pero seguramente podrán apañárselas bien sin mí.

Antes de que consiga alejarme de la zona del restaurante, Blake ya me ha alcanzado. Algo normal cuando tienes las piernas cortitas; sus zancadas abarcan dos de las mías. Aunque echara a correr, no iría muy lejos si él decidiera perseguirme.

—¿Llevas el móvil encima?

No sé muy bien qué clase de pregunta es esa. ¿Me lo va a pedir para hacer una llamada después de regodearse en sus logros nocturnos?

—¿Por qué? —Sigo andando y no lo miro; es más seguro así.

Blake tiene una mirada azul embaucadora, y está visto que yo soy una floja cuando se trata de él.

—Yo no he cogido el mío y puede que tu hermano quiera saber dónde nos hemos metido.

Me detengo en mitad del paseíllo de madera que recorre la arena. Toda la zona que rodea el complejo y los caminos interiores están bordeados de palmeras y algunos arbustos en flor. La verdad es que el lugar es precioso.

—Estamos aquí mismo. Esto es grande, pero tampoco es que nos vayamos a perder.

Blake me agarra de la mano. Me pilla tan desprevenida que no soy capaz de resistirme a la suavidad con la que entrelaza los dedos con los míos, pero estoy segura de que tocarnos no es buena idea.

—Ven, quiero enseñarte algo.

Aunque no creo que haya intentado darle a la frase ninguna clase de doble sentido, no puedo evitar brindarle una sonrisita desafiante y, en parte, también traviesa.

Dios, estoy enferma. Esto es lo que pasa cuando permites que alguien como Blake Anderson se meta en tus bragas, y seguramente también es el motivo por el que dejo que me arrastre tras él en dirección al fondo del complejo, donde varios montículos de grandes rocas delimitan el final de la playa privada de la que dispone el hotel.

A su lado me siento diminuta y no tiene nada que ver con mi corta estatura. Blake es de esos chicos que imponen con su sola presencia, da igual que no lleve puesto más que unas bermudas cargo y una sencilla camiseta blanca. No se ha afeitado, por lo que su mandíbula está cubierta por una incipiente capa de vello rubio. Le da un aspecto desaliñado, pero muy sexy. No es que yo me haya fijado ni nada de eso.

Nos cruzamos con un par de chicas espectaculares en biquini que parecen estar de acuerdo conmigo, porque se lo comen con la mirada y no dudan en sonreírle. Me pregunto si es eso lo que hago yo también, devorarlo con los ojos anegados en una mezcla de deseo y necesidad que deja claro lo dispuestas que estarían a cambiarse por mí.

—¿Se puede saber adónde me llevas, Blake?

Creo que he sonado un poco decepcionada. No se dirige a la zona de bungalós, por lo que resulta obvio que sus planes no pasan por repetir la hazaña de ayer.

No. Fue solo una noche. Blake no es el tipo de chico que se enreda en relaciones amorosas, ni yo la típica chica ilusa que cree que puede hacer que eso cambie. Además, ni siquiera estoy buscando tener una relación seria. Yo solo quería un orgasmo, eso es todo, y Blake ha sido tan amable, y diestro, como para concedérmelo.

—Ya te he dicho que quiero enseñarte algo.

Suelto una carcajada cínica.

Es curioso que esta mañana, antes de que apareciera, fuera un manojo de nervios e inseguridad y ahora me sienta mucho más…, no sé, valiente. Es como si no tuviera nada que perder, y supongo que así es en realidad.

Esto del sexo sin compromiso es todo un chollo.

—Anoche no pensabas igual. Respecto a lo de enseñar, quiero decir…

Vale, puede que esté un poco resentida. Pero no me juzguéis, si os hubierais revolcado con alguien como Blake Anderson, seguro que también habríais querido verlo desde todos los ángulos posibles. Además, me ha visto desnuda; estoy en clara desventaja.

Por un momento me da la sensación de que no me ha escuchado. Sigue tirando de mí y camina con la vista fija al frente. Pero sí que lo ha hecho.

—¿Ahora estás dispuesta a hablar de lo que pasó anoche?

—Nop —me apresuro a contestar.

Se detiene justo delante del montículo de rocas. Acabamos de recorrer media playa en cuestión de minutos, así que creo que eso debería contar como actividad deportiva por hoy.

No me suelta la mano, al contrario, me acaricia el dorso con el pulgar; movimientos lentos y medidos. Seguro que lo hace con todas, aunque la verdad es que ni siquiera parece consciente de ello.

Baja la barbilla para mirarme a los ojos.

—No voy a decírselo a Thomas.

—Era de esperar —replico.

Supongo que se preocupa lo suficiente por su integridad física. Blake frunce el ceño y pasea la vista por mi rostro en busca de solo Dios sabe qué.

—Yo tampoco voy a contárselo —añado, porque imagino que debe ser eso lo que le preocupa.

Asiente de forma distraída y da un paso hacia mí. Nuestras manos continúan unidas, lo cual comienza a resultar incómodo. Estoy segura de que la mía ha empezado a sudar. De un momento a otro me la soltará con cara de asco y se la limpiará en el pantalón. Como si lo viera.

—Era de esperar —dice entonces, repitiendo mis palabras con un tono monocorde impropio de él.

Blake suele ser, por regla general, muy expresivo. De esos tíos que emplean con maestría una entonación distinta según las circunstancias. Pero quién soy yo para juzgarlo; tengo la mano sudada y la situación es de lo más rara. No tanto como la de anoche, claro está, porque ahí sí que me lucí con mi petición.

Recordar lo que pasó hace que se me calienten las mejillas y me obligo a apartar la mirada de su cuerpo. ¿Dejaré alguna vez de sonrojarme ante él de manera tan vergonzosa? Lo gracioso, o no tanto, es que me ocurre solo con Blake. En la universidad no es que sea la chica más lanzada del campus, ni tan extrovertida como Tara, mi mejor amiga, pero no voy por ahí poniéndome como un tomate maduro cada vez que me habla un chico. Claro que tampoco suplico por un orgasmo.

Tal vez Blake sea mi debilidad. No importa que no quiera nada serio con él y, desde luego, tampoco repetir lo de anoche...

No. Nada de eso.

Blake se ha acabado para mí.

Blake

No sé qué diablos estoy haciendo.

Apenas he dormido. Me escabullí del bungaló de Raylee poco antes del amanecer y, de regreso al mío, tuve que darme una ducha de agua fría para… despejarme. Pensaba saltarme el desayuno y encontrarme con Thomas más tarde para la sesión de esquí acuático. Dudaba que mi amigo contara con Raylee, y ella misma me lo acaba de confirmar asegurando que todo lo que piensa hacer es tumbarse al sol.

Thomas me ha contado que Raylee ha estado trabajando en una cafetería del campus para hacer frente a los gastos que no cubre su beca y no tener que pedirle dinero a su madre. Supongo que en eso se parece a él. Celebrar la boda aquí es cosa de Clare. Ella proviene de una familia acomodada, y su padre se ha hecho cargo tanto de los gastos de la boda como del viaje que tienen planeado hacer por Europa. Pero Thomas ha rechazado cualquier clase de ayuda en lo referente al resto, de ahí que, a pesar de llevar juntos una eternidad, Clare y él no se hayan ido a vivir juntos hasta ahora. Thomas ha estado trabajando duro y ahorrando desde que se graduó para devolver el préstamo con el que pagó sus estudios y poder dar la entrada de una casa. Así es él, responsable, capaz y comprometido, y yo soy el gilipollas que se ha… aprovechado de su hermana y al que, al parecer, le resulta imposible mantenerse alejado de ella.

Me había prometido que no volvería a tocarla y, aunque darle la mano debería ser un gesto inocente, no hay nada casual ni inofensivo en cualquier cosa que implique tocar a Raylee. Tengo la puta mano ardiendo.

Dios, estoy perdiendo la cabeza. ¿Desde cuándo me afecta tanto una chica? Peor aún, ¿desde cuándo voy por ahí de la mano con una chica? Ya os lo digo yo: desde nunca. Mis relaciones se basan en noches sueltas con chicas que buscan lo mismo que yo: pasárselo bien con cero compromiso.

Respeto la clase de relación que tienen Clare y Thomas. Es... bonito, supongo, tener a alguien con quien compartirlo todo. Pero no creo que yo pueda aspirar a algo así. Tengo un déficit de atención cuando se trata de mujeres, y no soy tan cabrón como para comprometerme con alguien y luego dedicarme a engañarla.

—¿Esto es lo que querías enseñarme? —pregunta Raylee, trayéndome de vuelta de mis divagaciones.

No puedo evitar sonreír. Si ella supiera lo que me gustaría enseñarle de verdad, saldría corriendo en dirección contraria.

O tal vez no.

—Esto es solo un montón de piedras —señalo lo evidente.

—¿De verdad? No me había dado cuenta.

El nivel de sarcasmo de Raylee es inversamente proporcional a su pequeño tamaño.

—Vaya boca te gastas, enana —digo sin pensar.

Últimamente, hago muchas cosas sin pensar, sobre todo cuando se trata de ella. Y lo que acabo de decir es justo lo que le dije anoche. Tiene una boca muy sucia.

Tal y como esperaba, no tarda en replicar:

—Se podría decir lo mismo de ti. —Enrojece antes incluso de terminar la frase, y es lo más adorable que he visto jamás.

Sé exactamente a qué se está refiriendo y en qué está pensando: en mi boca saboreándola hasta llevarla al orgasmo. De ahí el bochorno y que se haya ruborizado. No soy el único que no se para a reflexionar sobre lo que dice.

Decido no avergonzarla más señalando lo mucho que le gustaba anoche mi boca, más que nada porque el recuerdo basta para ponérmela dura.

—Vamos, ya casi hemos llegado.

Tiro de ella una vez más para que ascienda por las rocas. Al otro lado hay una pequeña y preciosa cala que descubrí ayer dando un paseo mientras los demás deshacían el equipaje. No soy de los que se carga de maletas cuando viaja, así que, salvo colgar el esmoquin y colocar el neceser en el baño, me quedé sin nada que hacer a los diez minutos de llegar a la habitación y decidí salir a investigar.

Cuando alcanzamos la cima de las rocas, Raylee se detiene de repente y la escucho soltar una risita nerviosa a mi lado. Solo tardo un segundo en darme cuenta del porqué de su vacilación.

La marea está alta y solo queda un pequeño trozo de arena disponible, pero no está libre. Thomas se encuentra sentado en él y Clare está a horcajadas sobre su regazo. Están vestidos, pero por sus movimientos cualquiera diría que han decidido ponerse a hacer bebés antes de tiempo.

En un acto reflejo, tiro de Raylee para que se agache y retroceda un poco. Acabamos sentados en el suelo y con la espalda contra una de las rocas.

—¡Dios! ¿Es que no pueden esperar hasta después de la boda? —protesta Raylee—. Voy a tener pesadillas durante un mes.

Ladeo la cabeza para mirarla. Está frotándose los ojos como si así pudiera borrar de su mente la imagen de su hermano y su futura cuñada montándoselo en la arena.

—La gente folla antes de casarse, peque —señalo, reprimiendo una carcajada.

«Como nosotros», pienso en recordarle. Pero no, nosotros no hemos llegado a follar, y todavía no he podido decidir si eso es una buena o una mala noticia. Lo que me hace volver a pensar que me estoy volviendo loco. ¿Qué clase de idiota no querría acostarse con ella? Es preciosa, joder.

Raylee me fulmina con la mirada. No le gusta que la llame «peque», lo ha dejado claro. Pero, incluso cuando se dedica a asesinarme con ese par de ojos castaños tan luminosos, siento deseos de besarla y de hacerle otras muchas cosas que no debería querer hacer con ella.

Y así en una espiral infinita... De vuelta a la locura y a mi propio infierno particular.

—Deja de hablarme como a una cría —me espeta, con el rubor tiñendo su piel, pero esta vez es de pura indignación.

—Oh, no, enana, te aseguro que soy muy consciente de que no eres una cría.

Dolorosamente consciente, podría añadir. Solo la llamo así porque soy tan idiota que me encanta fastidiarla y observar sus reacciones.

Nos quedamos mirando fijamente. Ella, desafiante; yo... Yo ni siquiera sé cómo sentirme.

La piedra caliente me quema la espalda, pero no me muevo. Raylee tampoco, y no hace nada por soltar mi mano. Aunque tal vez sería más adecuado decir que yo me niego a dejarla ir.

—Me voy a por mis cosas y de ahí directa a la playa —murmura entre dientes, unos minutos después.

—Tu hermano quiere que pasemos tiempo todos juntos.

—Creo que mi hermano está bastante ocupado en este momento, ¿no te parece?

Ni siquiera sé por qué insisto.

Sí, en realidad sí que lo sé. No quiero que se vaya, y Thomas no va a poner mucho empeño en que nos acompañe a hacer esquí acuático. No le gusta perderla de vista, pero estoy seguro de que le preocupa más aún que acabe tragando agua o con algún hueso roto. Aunque en ocasiones me meto con él por su actitud sobreprotectora con Raylee, la verdad es que comprendo cómo se siente. Cuando su padre murió, Raylee tenía tres años, y él, diez. Ella ni siquiera lo recuerda, pero para Thomas fue un golpe muy duro. Además, ahí fue cuando empezaron los problemas económicos de la familia. Su madre se vio obligada a conseguir un segundo trabajo y Thomas a cuidar de su hermana pequeña mientras ella no estaba en casa. Se convirtió en adulto de repente. Raylee es su hermana, pero también es un poco como una hija para él. Por muy pesado que se ponga a veces en lo referente a ella, lo admiro.

Y esa es una de las mil o dos mil razones por las que debería mantenerme alejado del pequeño terremoto que hay agazapado a mi lado.

—Tenemos la clase en una hora. Podrías venir —sugiero, con un poco menos de ímpetu y mucha más culpabilidad.

No debería tratar de convencerla, pero no puedo evitar querer tenerla cerca de mí.

Raylee resopla y me suelta la mano para incorporarse. Evita mirar hacia la cala y no la culpo, yo tampoco querría ver a mi hermano montándoselo con su novia.

—Me voy a la playa.

Baja saltando las rocas con una agilidad envidiable, lo que me permite echar un buen vistazo a su culo redondo y firme. Cuando llega a la arena se gira hacia mí, separa un poco las piernas y pone los brazos en jarras; el sol le da en la cara, por lo que entrecierra un poco los ojos para mirarme. Parece a punto de echarme la bronca del siglo y… no me puede gustar más.

Antes de que diga nada, desciendo por las rocas y me planto frente a ella. No se mueve a pesar de que parecía decidida a largarse. Nos miramos un momento en silencio y me avergüenza admitir que es muy probable que me la esté follando con los ojos. No dejo de pensar en la suavidad de su piel bajo mis dedos; lo bien que encajaban sus tetas en mis manos, como si estuvieran hechas para estar ahí; sus labios entreabiertos, jadeando. Lo empapada que estaba y cómo me apretaba los dedos al correrse. Se me pone aún más dura al imaginar cómo sería follármela de verdad y tenerla, estrecha y húmeda, ciñéndome la polla mientras nos empuja a ambos al puto paraíso.

Durante un instante a punto estoy de hacerle una propuesta perversa. Tenemos cinco noches por delante antes de que lleguen el resto de los invitados, antes de que llegue su madre…

Pero ese último pensamiento me cae encima como un jarro de agua fría.

«Mierda, Blake. Eres un maldito pervertido», me digo, y me obligo a recordar que Thomas es mi mejor amigo y que su madre me ha tratado como a un hijo las veces que los he visitado. Ambos son de las pocas personas que realmente se preocupan por mí, dado que mis padres parecen demasiado ocupados viviendo sus propias vidas para interesarse por la de cualquiera de sus hijos. Durante mucho tiempo les bastó con realizar una jugosa transferencia mensual, como si el dinero supliera sus responsabilidades como padres.

Y la relación con mi hermano… Bueno, supongo que Travis tiene sus propios problemas.

Raylee continúa observándome con los brazos cruzados sobre el pecho y la actitud de alguien que está esperando algo; el qué, no tengo ni idea.

—Está bien. Ve a la playa —le digo finalmente.

Tengo que dejarla marchar. No solo eso, debería mantenerme apartado de ella a toda costa. Así que lo mejor es que se vaya sola y yo me centre en comportarme como el padrino de boda que se espera que sea, no como un puto acosador.

—Eso haré —replica, pero sigue sin moverse.

Sus ojos descienden y se entretienen en mi boca más de lo prudente.

Retrocedo un paso.

Raylee ladea la cabeza y se muerde el labio inferior de forma distraída y con una expresión inocente que me desarma por completo. No sé por qué no se larga de una vez, pero tengo que contenerme para no agarrarla de la nuca y atraerla hacia mí; devorar su boca y perderme en su delicioso sabor una vez más. Solo una vez... No pasaría nada por un beso más, ¿no?

—Enana, deberías irte. —Hace amago de protestar, supongo que por la forma en la que me he referido a ella, pero no le doy opción—. Ahora. No discutas. Lárgate —le ordeno, por su propio bien y por el mío.

Enfurruñada, me da la espalda y empieza a caminar hacia el hotel. Sé que debería sentirme aliviado; en cambio, lo único que noto es una amarga decepción. Mientras la observo alejarse me froto el pecho, inquieto, deseando que la sensación desaparezca.

No lo hace.

«Estás jodido, Blake Anderson. Muy jodido».

Raylee

He dejado tirado a Blake en la playa y me he largado corriendo a mi bungaló. Por un momento he creído que iba a retenerme, porque parecía a punto de saltar sobre mí. Sin embargo, supongo que eran imaginaciones mías. Me ha dejado marchar… Bueno, en realidad, me ha ordenado que me largase.

En cuanto he llegado, he llamado a Tara para vomitar todo lo sucedido desde mi llegada al complejo. Mi mejor amiga me ha escuchado pacientemente, como hace siempre. Nos conocimos en el primer año de universidad y, desde entonces, hemos sido compañeras de piso, de estudio y de aventuras. No sé qué haría sin ella.

—Así que lo has hecho —se ríe al otro lado de la línea.

—Yo tampoco acabo de creérmelo.

Aún me cuesta asumir que haya habido algo entre Blake y yo.

—Y ahora te mueres por ver lo que esconde dentro de los pantalones —vuelve a reír.

Tara es alegre por naturaleza y también está como una cabra. Nunca duda en decir lo que piensa, para bien y para mal. Pero me encanta que sea así. No hay dobleces en ella, algo que es de agradecer.

—No puede pasar nada más.

Eso es lo que llevo repitiéndome desde el momento en que dejé a Blake en la playa.

—¿No puede pasar o no quieres que pase?

—Sí, sí que quiero —gimo, mientras me desplomo sobre el colchón—, pero no puede ser. Si alargo esto, me pillaré por él y luego me romperá el corazón. ¡Por Dios, es Blake! Ni siquiera tendría que haberme liado con él para empezar.

—Pues no lo hagas.

—Eso es más fácil de decir que de cumplir.

—Pues hazlo. Saca la artillería pesada y llévatelo a la cama.

—No me ayudas en nada, Tara.

Su réplica me llega en forma de risa despreocupada. Mi amiga es de esas personas que solo se arrepiente de las cosas que no hace. De las que se lanza a cualquier aventura sin recelo alguno, porque afirma que no merece la pena preocuparse de algo que aún no ha pasado.

—Las mejores cosas ocurren en los peores momentos. —También suelta frases lapidarias de lo más absurdas.

—Eso no tiene ningún sentido —le reprocho, pero no puedo evitar reírme.

Sé que no va a decirme lo que tengo que hacer, pero el mero hecho de hablar con ella consigue que me sienta mejor. Siempre me hace creer que cualquier cosa es posible.

—Vale, pongámonos serias. Te daré un consejo. —Me incorporo en la cama con el teléfono pegado a la oreja, como si fuera a compartir conmigo una verdad absoluta que aclarará de una vez por todas el lío en el que me he metido.

—Vas a pasar seis días, con sus cinco noches, en un lujoso hotel en la playa con Blake. Tienes dos opciones: puedes fingir que no ha ocurrido nada entre vosotros, evitarlo, asistir a la boda y regresar a la universidad con el feliz recuerdo de tu glorioso orgasmo. O bien…, puedes volver aquí sabiendo lo que se siente al follar con Blake Anderson.

—Puedo volver con el corazón roto.

—No, no. Escúchame —me interrumpe—. Son solo seis días. ¿Puedes colgarte de él en solo seis días?

—Sí —confieso, y se me escapa una carcajada que dice mucho de lo nerviosa que me pone tal posibilidad.

—Dios, no puedo esperar a estar ahí y echarle un vistazo.

Thomas aceptó que invitara a Tara a la boda a pesar de no conocerla en persona. Pero le he hablado tanto de ella que no se atrevió a negarse cuando se lo pedí. Así que mi mejor amiga estará conmigo a partir del viernes y volveremos juntas a la universidad el domingo por la mañana.

—Tú decides, Raylee —me dice a continuación.

—En realidad, ni siquiera sé si él está de verdad interesado en que pase algo más. No soy como las chicas que se lleva normalmente a la cama.

Tara resopla y, aunque no puedo verla, estoy bastante segura de que está poniendo los ojos en blanco.

—Eres una preciosidad, inteligente, divertida, audaz… —comienza a enumerar—. Eres una mujer increíble, Raylee, y también muy sexy. ¡A la mierda, Blake! ¡Cásate conmigo! —grita al otro lado de línea, riendo a carcajadas y haciéndome reír también a mí.

—Si algún día decido liarme con una chica, tú eres mi primera opción.

—Estaré esperando.

Suspiro, mucho más relajada; Tara tiene ese efecto en mí.

—Bueno, ¿qué tal tú? ¿Has vuelto a ver a Mark?

Tara lleva varias semanas tonteando con un chico del equipo de baloncesto de UCLA. No están saliendo de forma oficial, pero antes de irme el tío le había pedido exclusividad; nada de estar con otras personas mientras descubrían adónde los llevaba lo suyo. Pero los segundos que Tara tarda en contestar son un buen indicio de la respuesta que va a darme.

—Lo pillé con una compañera de clase en la fiesta de Delta Tau de anoche. La chica se la estaba chupando en un rincón. Ni siquiera trató de esconderse —dice, y su voz es mucho más seria que hace un momento.

—¿Y me has dejado llorarte durante todo este rato? ¿Por qué no me lo has dicho antes?

—Porque es un gilipollas, y los gilipollas no merecen que se les llore —afirma—. Le dije que se fuese a la mierda y que se metiera su exclusividad por donde no le da el sol.

Se ríe a pesar de las circunstancias y no puedo evitar admirarla por ello. Dios, a su lado soy una llorona. He pasado la noche con un chico increíble, que me ha regalado un orgasmo más increíble aún, y aquí estoy, compadeciéndome de mí misma. Sin embargo, no puedo evitar preguntarle:

—¿Y si Blake también es un gilipollas?

—Tú decides, Raylee —me repite—. Hace diez años que lo conoces, puedes contestar a esa pregunta mucho mejor que yo. Tú eres la única que sabe cuánto estás dispuesta a arriesgar con él.

—Te echo de menos, Tara. Ojalá estuvieras aquí.

—Pronto. Pero prométeme que, de una forma u otra, te divertirás durante estos días. Te lo mereces.

Se lo prometo y, a su vez, me prometo a mí misma que lo cumpliré. Tara pasa a contarme algunos de los chismes que me he perdido en estos días. Al parecer, nuestra vecina de arriba ha estado colándose por la ventana de los vecinos que viven justo debajo de nosotros.

—¿Te refieres a los Donaldson?

—¡Sí! La he visto bajar varias veces por la escalera de incendios. ¿Cómo demonios no se nos ha ocurrido a nosotras? Esa ventana tiene que dar a uno de los dormitorios…

Nuestros vecinos de abajo son Sean y Cam Donaldson, el *quarterback* del equipo de la universidad y su hermano gemelo; dos de las celebridades del campus y, probablemente, los tíos más atractivos de toda la universidad.

—Deberíamos haberlo pensado —señalo, y nos lanzamos a desvariar sobre si alguno de los gemelos estará liado con nuestra vecina.

Nos despedimos poco después, no sin antes hacerle prometer a Tara que me llamará si necesita hablar o cualquier otra cosa.

Después de charlar con ella estoy de mejor humor y también mucho más tranquila, aunque esto último no sé cuánto durará una vez que me encuentre de nuevo con Blake. Mi hermano me ha enviado un mensaje para saber si me apunto a las clases de esquí acuático, pero le he respondido que prefería ir a tomar el sol y él no ha insistido.

El complejo cuenta con un buen número de piscinas; sin embargo, opto por la playa para poder darme un chapuzón en el mar. Hay una zona con grandes sombrillas de paja y tumbonas a disposición de los clientes del hotel. Un empleado, un chico apenas mayor que yo, me entrega una toalla y me indica que cuentan con servicio de bar. Tiene el pelo rubio y la piel tostada por el sol, además de una bonita sonrisa que no duda en brindarme junto con un pícaro guiño.

Escojo una de las tumbonas que están más cerca del agua para así no tener que dedicarme a correr por la arena caliente cuando quiera bañarme. La mañana transcurre sin ningún sobresalto; solo la brisa marina, el sol calentándome la piel y yo. Intercambio algunos mensajes con mamá y le cuento lo maravilloso que es el sitio y las ganas que tengo de que se reúna con nosotros. Ella también se merece estar aquí y disfrutar de unas vacaciones, pero no ha podido cogerse ningún día libre y llegará el viernes junto con los demás.

Para cuando se hace la hora del almuerzo, Blake no ha dado señales de vida y no sé muy bien si debería preocuparme o no por ello. Supongo que estará con Thomas y Clare, y que lo veré en unos minutos en el restaurante.

Hemos quedado en el bufet de la playa otra vez, donde el código de vestimenta es mucho más relajado, así que todo lo que hago es anudarme un pareo sobre las caderas y encaminarme hacia el lugar dispuesta a lidiar con las consecuencias de mi locura de anoche.

Pero de nuevo me encuentro a la feliz pareja a solas.

—¿Qué tal ha ido el esquí? —pregunto mientras me siento a la mesa.

Ambos tienen aún el pelo mojado. Thomas solo lleva puesto un bañador tipo bermuda, mientras que Clare luce un vestido estampado con flores diminutas. Se les ve relajados y felices.

—¡Genial! Deberías haber venido —contesta Clare—. Te has perdido una caída bastante espectacular de tu hermano —añade, riendo.

Thomas resopla, resignado. Se inclina sobre ella y le da un suave beso en los labios. Están tan enamorados que dan un poquito de asco, la verdad, pero en el fondo me alegra saber que mi hermano está con alguien que lo hace tan feliz.

—La próxima vez. Lo prometo. —Echo un vistazo en dirección al bufet, pero no parece que Blake esté por ningún lado—. ¿Y Blake?

—Se ha quedado en su bungaló. No se encuentra bien.

El comentario de Thomas hace saltar todas mis alarmas. ¿Se está escondiendo de Thomas? ¿De mí? ¿O realmente está enfermo?

—¿Y eso? ¿Qué le pasa? —Trato de no dar la impresión de estar demasiado interesada o inquieta.

Thomas se encoge de hombros. No parece muy preocupado.

—Ha dicho que no durmió bien anoche. Conociéndolo, seguro que se tropezó con alguna chica después de dejarte en tu habitación y pasó una noche movidita.

«Si tú supieras lo movida que fue…».

—Ah, claro. Debe ser eso. Sí. Seguro… —¡Cállate de una vez!—. Ya sabes cómo es…

Claro que lo sabe. ¡Es su mejor amigo!

Thomas no me presta atención. Tiene un plato lleno de comida ya frente a él y, por lo que parece, un hambre voraz después de haber estado «practicando esquí», entre otras cosas. Sin embargo, Clare me está mirando fijamente. Sonríe, como siempre, pero sus ojos van y vienen por mi rostro como si tratara de desentrañar alguna clase de misterio.

—¡Voy a por algo de comer! —Me pongo de pie de un salto y salgo disparada hacia el bufet, no vaya a ser que Clare encuentre lo que busca y se desate el drama.

Al regresar, la conversación se traslada de nuevo a los preparativos de la boda. Terreno seguro, gracias a Dios. Y Clare parece haber abandonado la actitud suspicaz, o quizá solo haya sido yo volviéndome paranoica una vez más.

Thomas me cuenta que ya han visitado varios apartamentos en Los Ángeles, pero que están bastante seguros de que quieren quedarse con uno en concreto. Clare habla con entusiasmo del balcón con el que cuenta y las vistas, y yo no puedo evitar sentirme emocionada por ellos.

—¿Qué has hecho esta mañana? —me pregunta Thomas cuando estamos devorando el postre; en mi caso, una copa gigante de helado de plátano con trocitos de fruta, nata y chocolate. Una bomba que irá directa a mis caderas.

Bueno, un día es un día. Y me gustan mis caderas, así que…

—Tomar el sol. —Me encojo de hombros.

—Mañana tenemos la excursión. Esta noche hemos pensado en salir a cenar al pueblo —dice él—. Hay un italiano con muy buena pinta. Pero ahora creo que toca descansar.

Le echa una mirada a Clare que dice mucho de lo poco que está pensando en descansar. A pesar de los años que llevan juntos, no parece que lo suyo se haya enfriado en absoluto.

—Ya, claro —me río—. ¿Sabes? Hay una cala preciosa al final de la playa, deberíais visitarla.

Mi hermano palidece un poco con mi comentario, mientras que las mejillas de Clare se tiñen de un llamativo color rojo.

Thomas se aclara la garganta y se yergue en el asiento, visiblemente incómodo. Aprieto los labios para no reírme.

—¿Has estado allí?

Por un momento me planteo si fastidiarlo un rato más, pero al final, más por deferencia a Clare que a él, niego con la cabeza.

—Tal vez me acerque luego. —Él asiente, poco convencido—. Pero creo que ahora yo también me iré a descansar —repongo con un guiño, y Clare enrojece aún con más intensidad—. Os veo luego.

De camino al bungaló, aún voy sonriendo y no siento ni pizca de culpabilidad por torturar a mi hermano. Por una vez, es divertido ser yo la que se mete en sus asuntos y no al revés.

Mi mirada se desvía a la derecha cuando paso por delante del bungaló de Blake. Está un poco antes que el mío, mientras que el que le han asignado a Thomas y Clare se encuentra en otra zona, es de mayor tamaño y aún más lujoso. Una suite. Me la enseñaron a nuestra llegada y tiene una bañera en la que, con un poco de habilidad, se podría incluso bucear.

Cuando quiero darme cuenta, estoy parada en medio del camino con los ojos clavados en la puerta de Blake.

«Sigue caminando, Raylee», me digo.

No es tan difícil. Un pie delante del otro y estaré en mi habitación en poco más de un minuto. Pero ¿y si Blake está realmente enfermo? No tendría por qué evitarme, ¿no? Y evitar a Thomas tampoco es una opción realista en esta situación.

Con un suspiro, me obligo a continuar andando. Al llegar a mi bungaló, sin embargo, no entro. Me siento en los escalones y saco el móvil del bolso. Un mensaje. Eso es lo que voy a hacer, enviarle un mensaje para interesarme por su salud. Algo inocente. ¿Qué podría salir mal?

Inspiro profundamente y mis dedos vuelan sobre la pantalla.

> Va todo bien? Estás enfermo?

> Todo ok.

Observo el teléfono a la espera de que me dé algún tipo de explicación sobre lo que le ocurre. Aunque tengo el número de Blake desde que alcancé la edad suficiente para que Thomas me regalara un móvil, nunca he intercambiado mensajes con él. No sé si es de los que se dedican a escribir una frase tras otra o de esos que no se sienten cómodos chateando.

> Seguro?

Insisto. Su respuesta tarda unos segundos eternos en llegar.

> Preocupada por mí, enana?

> Enternecedor.

> No te hagas ilusiones…

> Ya es tarde.

> Ahora no me rompas el corazón.

Titubeo un instante. Aunque sé que está bromeando, no puedo evitar sonreír.

> Me estás evitando?

Me muerdo el labio mientras espero la respuesta. Una respuesta que no llega. Así que añado:

> Thomas piensa que anoche te liaste con alguien después de dejarme en mi bungaló.

¡Mierda! ¿Por qué demonios he escrito eso? Transcurre un minuto largo antes de que su estado vuelva a pasar a «escribiendo».

> Pensaba que no querías hablar de lo de anoche...

¡Y no quiero!

Mentira. Sí que quiero, y no solo hablar...

Tal vez Tara tenga razón y deba aprovecharme un poco de la situación. Seis días no son suficientes para que te rompan el corazón y, seamos realistas, conozco a Blake; no es como si fuera a hacerme ilusiones con él. No sería nada serio, solo sexo y un montón de deliciosos orgasmos.

> Tampoco hay tanto de lo que hablar.

Lo escribo, solo para fastidiarlo. Porque..., oh, sí que lo hay. Solo que no pienso decírselo.

> Estás segura de eso, Raylee?

> Porque recuerdo muy bien lo mojada que estabas.

> Y la forma en que gemías mientras te follaba con los dedos.

Aprieto los muslos en un acto reflejo al leer los mensajes y echo un vistazo al camino, repentinamente abochornada. Bajo la mirada a la pantalla. Blake sigue en línea y debe estar esperando a que diga algo. Es mi oportunidad para saber…

Empiezo a escribir. Lo borro. Escribo de nuevo…

—Por Dios, Raylee —me reprocho en voz alta—. Suéltalo de una vez.

El teléfono empieza a sonar de repente, sobresaltándome de tal modo que lo dejo caer al suelo.

—¡Mierda!

Al recogerlo, veo el nombre de Blake en la pantalla y me quedo mirándolo sin contestar. ¿Por qué demonios me está llamando?

La llamada se corta, pero empieza a sonar de nuevo de inmediato. Cuando no respondo, recibo otro mensaje.

Cógelo, enana.

Ya.

Y vuelve a sonar.

Me aclaro la garganta y descuelgo, dispuesta a ladrarle que no me dé órdenes. Pero Blake ni siquiera me da opción a meter baza.

—¿Dónde estás?

—¿Sabes? Te pones muy mandón…

—¿Dónde estás, peque? —repite, su voz algo más suave, pero exigente de todas formas.

Me inclino y observo el camino por donde he venido. No alcanzo a ver el bungaló de Blake, así que está claro que él no puede verme a mí. De todas formas, no tengo necesidad de mentirle.

—Sentada en la entrada de mi bungaló. ¿Por qué?

—Entra.

—Te encanta lo de dar órdenes, ¿no? —me río, aunque no tengo ni idea de qué es lo que intenta.

—No te haces una idea —replica él, con un tono ronco que me pone la piel de gallina—. Ahora, entra en el bungaló.

—Blake…

—¿Por favor?

Pongo los ojos en blanco, pero la curiosidad me puede.

—Vale, ya estoy —le digo, a pesar de que no me he movido de los escalones.

—¿Qué llevas puesto?

Oh.

Así que de eso va esto. ¿Vamos a tener sexo telefónico? Me entra la risa floja porque…, bueno, no es algo que haya hecho nunca y me parece ridículo.

—Vamos, Raylee, dime lo que llevas puesto —suplica, y el desesperado ruego me provoca un placentero estremecimiento.

—¿Puedo hacerte una pregunta? —le digo, obligándome a ignorar su petición y también la humedad repentina entre mis piernas.

—Si estás dispuesta a escuchar la respuesta…

—Capullo —mascullo, y él se ríe.

—Vamos, pregunta.

—Anoche…

—¿Sí? ¿Qué quieres saber, enana?

Antes de decir nada más, me planteo si quiero saber de verdad por qué no quiso acostarse conmigo. No dudo que Blake vaya a contestarme con sinceridad, sea cual sea la respuesta.

A la mierda…

—No quisiste follar conmigo.

«Ah, cuánta delicadeza, Raylee».

Gracias a Dios, no hay ningún otro cliente por la zona que haya podido escucharme.

—Eso no es una pregunta.

Soy muy consciente de que está jugando conmigo, y me pregunto qué es exactamente lo que trata de hacer.

—¿Por qué no has venido a almorzar con nosotros?

—Eso no es lo que ibas a preguntarme. —Escucho un suspiro a través de la línea—. No he ido porque... —Una pausa. ¿Blake Anderson titubeando? Esto es nuevo—. Estoy tratando de mantenerme alejado de ti.

—Oh, vaya.

—Ahora, pregunta lo que quieres saber de verdad. O... dime lo que llevas puesto para que yo pueda ordenarte que te lo quites y enseñarte a correrte tú solita.

Percibo la sonrisa en su voz aunque no pueda verla. Cabrón.

—Bonita manera de mantenerte alejado de mí, Blake. Y, por cierto, ¿no es eso un poco cobarde por tu parte? Lo de mantener las distancias, quiero decir.

¡Ja! ¡Que te jodan, Blake! Yo también puedo ser una tocapelotas. Tengo muy claro que, a lo que sea que estemos jugando, va a explotarme en la cara de un momento a otro. Pero es complicado resistirse. Aunque..., tal vez..., tal vez no tenga que resistirme. Solo son seis días...

—No voy a volver a tocarte, enana —dice él entonces, aunque no suena tan seguro como pretende aparentar.

Creo que lo único que intenta es ser leal a mi hermano y no puedo evitar cabrearme. Soy lo suficientemente adulta como para tomar mis propias decisiones y, por tanto, cometer mis propios errores.

—Si quieres saber lo que llevo puesto, ven a comprobarlo tú mismo, Blake —le suelto, y esta vez soy yo la que sonrío—. Y, ya de paso, tal vez puedas follarme como es debido.

Cuelgo sin darle opción a contestar. Si Blake quiere jugar, yo también puedo hacerlo. Solo hay una regla que tengo que cumplir:

«No te enamores de Blake Anderson, Raylee».

Blake

—¿Qué pasó anoche? —Me quedo paralizado al escuchar la pregunta de Thomas.

No es posible que Raylee haya confesado, ¿verdad? No. Dudo que Thomas se tomara con tanta calma la noticia.

Opto por encogerme de hombros.

—Nada, tío, solo dormí mal y estaba cansado.

Thomas me dedica una sonrisita socarrona, como si no terminara de creerme del todo. Estamos en la puerta principal del complejo, esperando a que Raylee aparezca para ir a cenar al pueblo. El hotel ha puesto a nuestra disposición un coche con chófer, por lo que no tenemos que preocuparnos si tomamos una copa de vino durante la cena.

Clare, colgada del brazo de su futuro marido, también me sonríe.

—Thomas está convencido de que anoche conociste a alguien después de que nos fuésemos.

Esa es la forma educada de Clare de decirme que creen que me he pasado la noche follando con alguna desconocida. No puedo culparlos, porque, de no ser por Raylee, es probable que hubiera acabado mi noche justo de esa manera, así que supongo que no tienen ni idea de que mi desvelo nocturno tiene nombre y apellidos, el apellido de Thomas para ser más exactos, y también un humor perverso.

Agito la cabeza de un lado a otro.

—Anoche no pasó nada —les aseguro, mientras echo un rápido vistazo a la entrada para no tener que mentir mirándolos a los ojos—. Tu prometido tiene más fe en mí de la que debería.

Esa última frase no forma parte del engaño. En realidad, ha quedado claro que Thomas confía en mí más de lo que merezco. Porque, a pesar de haberme prometido a mí mismo que me mantendría convenientemente alejado de Raylee, hace apenas unas horas que le estaba pidiendo que se desnudara por teléfono. Aunque, en realidad, no me he acercado a ella.

Aún me escuece un poco que me haya colgado, no sin antes hacerme saber que no me la he follado «como es debido». Lo cual escuece más todavía.

Thomas se ríe de mi comentario y se aleja para ir hasta el coche que nos espera, así que me quedo a solas con Clare. Años atrás, cuando mi mejor amigo nos presentó, estoy bastante seguro de que no le caía demasiado bien. Supongo que estaba convencida de que arrastraría a su novio conmigo a salvajes fiestas universitarias y trataría de convencerlo de que se liara con tantas tías como pudiera. Con el tiempo, debió comprender que Thomas no era esa clase de tío; resultaba evidente que solo tenía ojos para ella, y yo no soy tan cabrón como para tratar de arrebatarle eso para que me acompañase en mis correrías nocturnas.

Así que ahora, y ya desde hace tiempo, Clare y yo nos llevamos muy bien. Es algo tímida y bastante tranquila para mi gusto, pero también se muestra siempre amable y encantadora con todos aquellos que le importan, e incluso con gente que apenas conoce.

Y Thomas la adora; si él es feliz, yo también lo soy.

—Gracias por cuidar ayer de Raylee —dice Clare, con una sonrisa, mientras observa a Thomas charlar con el chófer del hotel.

No puedo evitar devolvérsela.

—Dudo mucho que Raylee necesite que cuiden de ella.

Clare muestra su acuerdo con un leve asentimiento de cabeza.

—Pero Thomas se preocupa mucho por ella, ya lo sabes. No habríamos podido irnos al pueblo si él no hubiera creído que la dejaba en buenas manos.

Mierda… Eso ha dolido. Si ambos supieran dónde han estado mis manos, no creo que estuvieran tan tranquilos, ni mucho menos agradecidos. Lo cual no hace más que aumentar mi sentimiento de culpabilidad.

Echo otra ojeada a la puerta. Raylee está tardando demasiado. En el último momento, Thomas nos ha avisado de que el italiano al que vamos es un restaurante de cierto renombre, aunque parece que en esta zona todos los son; intuyo que por la cercanía al complejo de lujo y el lugar privilegiado de la costa californiana en el que se encuentra.

Todos hemos tenido que arreglarnos un poco más que en los dos últimos días. Tanto Thomas como yo llevamos unos pantalones de vestir y camisa de botones, mientras que Clare ha elegido un vestido de tirantes ceñido por encima de la rodilla.

—¿A qué hora tienes la reserva? —le grito a Thomas, lanzando una mirada rápida a la pantalla del móvil.

Al no recibir respuesta, levanto la vista para comprobar si me ha escuchado. Pero Thomas está inmóvil junto al coche y con los ojos fijos en algún punto a mi espalda. Algo en su expresión me dice que no es una buena idea girarme, pero lo hago de todas formas.

—Joder —mascullo, o gimo más bien.

Otro gemido vergonzoso.

Por suerte, soy lo suficientemente inteligente como para no levantar la voz, aunque estoy seguro de que Raylee, que es a quien Thomas está fulminando con la mirada, sí que me ha oído.

—¿Qué se supone que llevas puesto, hermanita?

—A mí me parece que está preciosa —señala Clare, y yo no puedo estar más de acuerdo.

Pero no lo digo. No digo nada. Es muy posible que no pueda hablar aunque quisiera. Me limito a observar el minivestido negro que lleva puesto y que acentúa la sensual y deliciosa curva de sus caderas y su minúscula cintura. Me bebo cada pequeño detalle; la tela brillante que acuna sus tetas y asciende hasta anudarse sobre su nuca; sus hombros, al descubierto, y la línea de su estilizado cuello que me encantaría volver a besar... Los tacones también negros, de alguna manera, consiguen que sus piernas parezcan infinitas, no importa lo bajita que sea. Y la piel delicada de sus muslos me hace desear deslizar la mano hacia arriba por ellos. Lentamente, muy lentamente, hasta alcanzar su...

Estoy acabado, más aún de lo que creía. Es imposible que aparte mis ojos de ella y que deje de imaginarme arrancándole el puto vestido, las bragas y hundiéndome en su interior. Ni siquiera me importa si Thomas me pilla follándome a su hermana con la mirada, porque eso es lo que estoy haciendo, sin ninguna duda.

Lo dicho. Completamente acabado.

—Es... tás... Estás...

Mierda, ¿de verdad estoy tartamudeando? Para satisfacción de Raylee, y por la sonrisita despiadada que asoma a sus labios, parece que así es.

—No puedes ir a cenar así —interviene Thomas, con una brusquedad poco habitual en él. La dureza de su voz consigue sacarme de mi trance—. Pareces una...

Me giro hacia él antes de que diga algo de lo que es muy posible que se arrepienta.

—No seas capullo, Thomas. Está guapísima.

No me hace especial ilusión saber que cualquier tío con el que nos crucemos va a desnudarla con la mirada y pensar lo mismo que he pensado yo, pero el problema es de esos tíos (y mío), no de Raylee. Ella, en realidad, está deslumbrante.

Al menos lleva el pelo recogido en una coleta alta, porque dudo mucho que mi autocontrol resistiera la imagen de su melena castaña derramándosele sobre los hombros.

—Pues espera a ver la espalda —suelta Raylee, poniendo los ojos en blanco e ignorando tanto mi halago como el malhumor de su hermano.

Acto seguido, avanza directa hacia el coche y yo me veo obligado a ahogar un gemido de frustración cuando comprendo a qué se refiere. La tela del vestido apenas alcanza a cubrir la parte alta de su trasero; lleva toda la maldita espalda al aire. Y eso me hace pensar en cosas aún más sucias.

Clare no logra reprimir una risita mientras la sigue. Antes de deslizarse en el asiento trasero del coche tras Raylee, le susurra algo al oído a su prometido y le da una palmadita en el hombro. No estoy seguro de que eso consiga tranquilizar a Thomas.

—Y tú ¿de qué parte estás? —me reprocha, cabreado.

Levanto las manos y le muestro las palmas.

—No cargues contra mí. Está preciosa, Thomas, admítelo.

—Vete al infierno, Blake —me gruñe en respuesta.

Podría decirle que, ahora mismo, estoy justo allí. Abrasándome vivo gracias a su hermana. Consumiéndome. Pero no digo una palabra. Rodeo el coche y me siento en la parte delantera, lejos de la tentación, a sabiendas de que la cena de esta noche va a ser una verdadera tortura. Estoy seguro de que Raylee disfrutará cada segundo de ella.

Nadie habla durante el trayecto hasta el pueblo y la tensión que inunda el habitáculo del coche resulta casi asfixiante. Thomas está claramente enfurruñado, mientras que yo no hago más que preguntarme por qué demonios siento esta irracional atracción por Raylee. La conozco desde hace años, y sí, es preciosa, eso no es discutible, pero no es como si no conociera a chicas preciosas a menudo. Incluso en la empresa, en mi mismo departamento, hay varias con las que suelo tontear de vez en cuando. Pero de ninguna manera consiguen ponerme tan cachondo como ella.

«Es solo porque te está vedada, Blake».

Tiene que tratarse de eso. Quizá todo se solucione con un polvo. Si nos damos un revolcón, la tentación desaparecerá y yo no volveré a sentirme como si me arrancaran el puto aire de los pulmones cada vez que la tengo frente a mí.

Mis expectativas respecto a la cena se cumplen con creces, aunque, al contrario de lo que esperaba, no es el vestido de Raylee ni su aspecto lo que me deja confuso y ansioso, sino algo completamente diferente: su sonrisa.

Y, creedme, la tortura es mil veces peor.

Dado que Thomas mantiene su actitud indignada, son Clare y Raylee las encargadas de llevar casi todo el peso de la conversación. Esta última se ha sentado a mi lado, algo que debería jugar en mi favor porque no me veo obligado a mirarla todo el tiempo. Pero lo hago de todas formas, con obligación o sin ella.

No deja de sonreír mientras Clare le pregunta por la universidad y ella le cuenta las asignaturas que está cursando este semestre. Se muestra segura de sí misma y relajada; apenas intimidada por mi presencia. Esperar lo contrario supongo que es bastante arrogante por mi parte, y quizá sea por eso por lo que estoy tan desconcertado. Observarla mientras habla, contemplar la dulce curva de sus labios y su entusiasmo, aumenta la extraña presión que se ha apoderado de mi pecho y que no para de crecer segundo a segundo.

—Tara llegará el viernes por la mañana y luego regresaremos juntas el domingo al campus —le dice a Clare, pero sus ojos se deslizan un instante hacia mí.

Y de repente soy demasiado consciente de que, después de la boda, ni siquiera sé cuándo volveré a verla. Algo que no debería importarme en absoluto y, sin embargo, lo hace.

Mientras el camarero nos sirve la comida, Clare se inclina sobre Thomas para susurrarle algo al oído. Supongo que está tratando de convencerlo para que deje de lado su actitud beligerante, y eso me da la excusa perfecta para poder charlar con Raylee.

—Estás realmente preciosa esta noche, Brooks —le digo, con un tono algo más solemne de lo que pretendía.

Ella asiente de forma leve con la cabeza, complacida, y me regala una espléndida sonrisa. Sus ojos se trasladan a mis antebrazos, apoyados sobre la mesa. Me he remangado los puños de la camisa blanca y su mirada permanece largo rato sobre ellos, para luego ascender por mi pecho y terminar regresando a mi rostro.

Me gusta que me mire así. Dios, creo que, simplemente, me gusta que me mire de la manera que sea.

—Tú tampoco estás mal, Anderson.

Antes de ser consciente de lo que hago, levanto la mano y deslizo la punta de los dedos por su mandíbula. Me entretengo un momento en acariciar la comisura de sus labios y…

Mierda.

Retiro la mano y lanzo un rápido vistazo hacia el otro lado de la mesa, pero Thomas y Clare siguen pendientes el uno del otro y no nos están prestando atención.

—Pensaba que ibas a mantener las distancias —murmura Raylee muy bajito; su respiración ligeramente más pesada que antes.

—Y yo pensaba que sería más fácil hacerlo —replico, también en voz baja, en un arranque de sinceridad que no sé de dónde ha salido—. Nada es fácil contigo, enana.

Cuando vuelvo a desviar la vista, me encuentro a Clare observándonos; su expresión es entre curiosa y desconcertada, y parece a punto de hacer algún comentario, pero desiste enseguida. Al menos Thomas está demasiado concentrado en los raviolis de su plato como para enterarse de nada.

Me aclaro la garganta y decido llevar la conversación hacia terreno seguro.

—Thomas y yo estamos terminando un proyecto en Las Vegas. Un casino —explico, con la intención de distraer a mi amigo y tratar de que olvide su enfado—. En realidad, nos quedan solo un par de detalles por concretar con el propietario. Las obras ya han comenzado y van a buen ritmo.

—¿Un casino? No me lo habías contado —interviene Raylee, dirigiéndose a su hermano.

Él gruñe algo ininteligible y continúa comiendo. Clare pone los ojos en blanco y nos hace un gesto con la mano para que lo ignoremos.

—Me encantaría visitarlo cuando terminen las obras —asegura ella, con su característico tono amable y conciliador.

Raylee asiente entusiasmada.

—¿Podríamos? ¿Me llevarías? —me dice, volviéndose hacia mí.

El brillo esperanzado de sus ojos es delicioso y, durante unos segundos, lo único que deseo es decirle que sí a todo lo que me proponga. Cualquier cosa.

¿Qué demonios…?

—¿Has apostado alguna vez, enana?

—No. Al menos, no con dinero —repone, mordiéndose el labio inferior.

El inocente entusiasmo de su mirada se transforma en otra cosa, algo mucho más perverso. Pura provocación. O tal vez sean imaginaciones mías.

Seguramente es eso.

—Yo te llevaré —suelta Thomas entonces.

Al parecer, sí que ha estado prestando atención a la conversación. La dureza de su expresión se ha suavizado y juraría que luce incluso avergonzado. Clare, a su lado, esboza una sonrisa satisfecha y, acto seguido, me guiña un ojo.

Raylee no dice nada durante unos segundos eternos, pero al final se levanta de la silla, rodea el cuello de su hermano con los brazos y le da un beso en la mejilla.

—Eres un idiota —le dice, y él resopla.

Sin embargo, tras un breve instante, Thomas le devuelve el abrazo con idéntico cariño, enterrando de una vez por todas su estúpido enfado.

Lástima que, después de eso, todo se vaya rápidamente al infierno.

Raylee

Al principio de la velada, las cosas parecen fáciles. Aunque Thomas se cabrea conmigo al ver mi vestido y se pone en plan hermano sobreprotector y cavernícola, Blake me sorprende saliendo en mi defensa y proclamando sin pudor lo preciosa que estoy.

He elegido mi atuendo a conciencia, con la idea de provocarlo, y no negaré que he sentido una profunda satisfacción al comprobar la forma en la que me miraba cuando me ha descubierto tras él en la entrada del hotel. El fuego en sus ojos, el deseo devorándole las facciones ha resultado tan evidente que por un momento he creído que Thomas se percataría de lo que sucedía. Claro que mi hermano estaba demasiado mosqueado como para darse cuenta de nada. Al final, ha resultado una bendición.

Blake se muestra contenido y algo distante durante la cena, apenas me dirige la palabra, aunque lo pillo observándome varias veces mientras hablo con Clare. Mi hermano, por su parte, se dedica a masticar con saña e ignorarnos. No es hasta que Blake está a punto de ofrecerse a llevarme a su último proyecto cuando por fin mi hermano decide dejar de hacerse el ofendido. Es tan idiota que no puedo evitar quererlo; cosas de hermanos, supongo.

No me tomo demasiado en serio la oferta de visitar un casino en Las Vegas, ni por parte de Blake ni de mi hermano, pero eso me hace pensar en que las vacaciones tienen fecha de caducidad y, después de la conversación telefónica con Blake de esta tarde, estoy más que dispuesta a no abandonar este lugar sin haber disfrutado de unas cuantas noches de sexo lujurioso y salvaje. Que él haya dicho que piensa mantenerse alejado de mí solo convierte este juego en algo mucho más excitante.

—¿Por qué no vamos a ese pub en el que estuvisteis ayer? —propongo, poco después de mi reconciliación con Thomas.

Mi hermano hace una mueca.

—Mañana hay que madrugar para la excursión y a mí aún me duele el costado.

Por lo visto, el golpe que se llevó durante la clase de esquí le sigue pasando factura. O eso, o quiere repetir lo de esta mañana en la cala con Clare y está buscando una excusa.

—Id vosotros —dice ella—. Si llamáis al hotel, mandarán el coche de nuevo a buscaros cuando queráis regresar.

—No sé… —comienza a decir Blake, pero lo interrumpo antes de que pueda negarse.

—¡Perfecto, entonces!

Pero mis planes se van al traste casi de inmediato. Tras pagar la cuenta y salir del restaurante, Thomas se muestra mucho más animado y al final deciden acompañarnos.

Durante el camino, apenas un par de calles, Blake se mantiene por detrás de mí todo el tiempo, charlando con Thomas. No sé si es casualidad o, efectivamente, ha decidido mantener las distancias. Y es una pena que no sea él quien camine frente a mí, porque me he fijado en que el pantalón que lleva le hace un culo espectacular.

Para ser entre semana, el lugar está hasta arriba de gente. Algunas caras me resultan vagamente familiares, así que supongo que parte de los clientes del hotel han tenido la misma ocurrencia que nosotros; incluso me parece ver al chico que me atendió en las tumbonas esta mañana.

—Voy a por algo de beber —dice Blake, en cuanto Thomas y Clare se apropian de una de las pocas mesas libres.

—Te acompaño.

Blake no parece muy contento con la idea. Sin embargo, en el momento en que me hago hueco en la atestada barra, coloca las manos a los lados de mi cuerpo y me acorrala entre sus brazos. Aunque no llega a tocarme, su aroma aturde mis sentidos y el calor que emana es tan intenso que se transforma en una caricia invisible sobre mi espalda desnuda.

Sus labios me rozan el lóbulo de la oreja cuando se inclina sobre mi oído, y de repente me encuentro ladeando la cabeza para ofrecerle mi cuello. Mi cuerpo es consciente de cada centímetro del suyo; demasiado consciente. ¿Cómo es posible que su cercanía me afecte de esta manera?

—Raylee, me lo estás poniendo muy difícil.

¿Yo? Tal vez si él dejara de echarse encima de mí... Huele a mar, a verano y, para mí, también a sexo salvaje, libre de inhibiciones. Sexo del bueno.

Da igual si no me toca. Mis pezones se endurecen y empujan bajo la fina tela del vestido, y un agradable calor se desata entre mis piernas. El anhelo crece mientras él mantiene sus labios muy cerca de mi cuello; su aliento revoloteando sobre mi piel.

El camarero se nos acerca, y la boca de Blake vuelve a mi oído.

—¿Qué es lo que quieres?

No sé si me está preguntando lo que voy a beber o algo completamente diferente. De ser lo segundo, tengo muy claro que lo quiero a él, desnudo, no me importa si es en una cama, contra una pared, en la ducha o sobre el suelo; cualquier cosa me vale, y estoy bastante segura de que es capaz de hacerme disfrutar sean cuales sean las circunstancias.

—Un margarita *frozen* —atino a decir.

Aun sin ver su cara, percibo la sonrisa en su voz al pedir un whisky para él y dos cervezas para Clare y Thomas.

—Date la vuelta, enana —me susurra, mientras el camarero se aleja para preparar nuestras bebidas.

¡Y una mierda!

Mirarlo a los ojos en este momento es una idea terrible, así que ignoro su petición. Mis dedos se cierran en torno al borde de madera de la barra, buscando un punto de apoyo que me permita hacer frente a las reacciones de mi propio cuerpo.

—Enana…

Sus labios se trasladan a mi nuca y me besa la piel con suavidad. No es más que un leve roce, pero hay tantas promesas en ese único toque que se me aflojan un poco las rodillas a causa de la excitación.

Jugar con Blake es jugar con fuego, pelear contra una furiosa tormenta de llamas que lo abrasa todo a su paso. Sinceramente, no creo ser rival para él. Me lleva varios años de ventaja y cuenta con una experiencia de la que yo carezco.

Rezo para que el camarero se dé prisa y regrese antes de que las cosas empiecen a ponerse realmente intensas. Al parecer, estar rodeados de gente y a solo unos metros de mi hermano no es problema para Blake.

—¿Qué hay de lo de guardar las distancias? —pregunto, con la vista al frente para evitar cualquier cruce de miradas.

Él deja escapar una risa baja y ronca que le sale de lo más profundo, y entonces ya no hay espacio alguno entre nosotros. Uno de sus brazos se desliza alrededor de mi cintura, me atrae hacia su cuerpo y mi espalda acaba contra su pecho. Su otra mano desciende por la curva de mi cadera hasta alcanzar el dobladillo de mi vestido; sus dedos se cuelan bajo la tela y comienza a trazar círculos sobre mi muslo. Mis caderas reaccionan por sí solas y se balancean hacia atrás, buscando su contacto. El movimiento es mínimo, pero Blake lo percibe de todas formas y aprieta su erección contra mi trasero con suavidad, pero también de forma posesiva. Está duro, y no puedo evitar imaginármelo empujando dentro de mí; follándome como debería haberlo hecho la noche pasada.

—Ya te lo dicho. Me lo pones muy difícil, y no creo que tenga la fuerza de voluntad necesaria para resistirme.

No voy a mentir, saber lo mucho que le afecta mi presencia hace maravillas con mi autoestima. Me hace sentir deseada de un modo en el que nunca me había sentido con ningún chico. Y también ansiosa. Tanto que olvido dónde estamos y con quién; me olvido de todo salvo de él.

—Blake. —Su nombre abandona mis labios como una súplica.

—¿Qué es lo que quieres? —repite, y su mano asciende ahora por el interior de mi muslo. Más y más arriba.

Sus dedos rozan la tela de mi ropa interior. Otro beso en mi nuca, y otro más en el hueco que hay detrás de la oreja, seguido de una leve succión. Todas las terminaciones nerviosas de mi cuerpo saltan a la vez. Mi espalda se arquea contra él y mis caderas lo buscan, incansables.

—Dímelo, Raylee. Dime lo que necesitas para que pueda dártelo —continúa murmurando.

Mientras, uno de sus dedos se desliza por el borde de mis bragas. Tan tan cerca. Lo quiero en mi interior, pero él esquiva la zona con una tortuosa facilidad. Se aproxima y se aleja una y otra y otra vez…

Y entonces ya no está. Su mano se desvanece y la deliciosa presión de su cuerpo ha desaparecido. El camarero se planta de nuevo frente a nosotros y, por la sonrisa de suficiencia que me brinda, apostaría a que sabe exactamente lo que estaba pasando en nuestro lado de la barra.

Debo tener cara de gilipollas.

Blake le tiende un billete con soltura, mientras que yo no recuerdo cómo respirar.

—A esta invito yo.

¡Maldito cabrón arrogante!

Ahora sí, me giro para encararlo; todo el deseo convertido en una furia que ni siquiera sé muy bien hacia quién debería estar dirigida. Si hacia Blake o hacia mí misma.

Cruzo los brazos sobre el pecho para esconder mi más que evidente excitación, la espalda lo más recta posible en un intento de ganar algunos centímetros más. Con los tacones, la diferencia de estatura entre nosotros no es tan acusada, pero de todas formas sigue siendo un par de palmos más alto que yo y la anchura de sus hombros solo consigue que yo parezca aún más diminuta.

—Veo que tu especialidad es dejarlo todo a medias —señalo, con una dulzura venenosa.

Blake se inclina sobre mí con los labios entreabiertos, y estoy convencida de que va a besarme. Pero alcanza su copa, me brinda una mirada divertida y le da un sorbo largo sin dejar de observarme.

—No hubo nada a medias en lo de anoche, enana.

—Oh, qué despiste. Supongo que me perdí la parte en que tú también te corrías.

El tipo que está a mi lado se vuelve hacia nosotros al escuchar el sarcástico reproche. Me mira, mira a Blake y luego otra vez a mí. Un par de bonitos ojos castaños descienden por mi pecho hasta mis caderas y un poco más abajo. Acto seguido, regresan a mi rostro. Apoya un codo en la barra y esboza una sonrisa juguetona. Es mono, bastante guapo en realidad.

—Nena, soy la solución a tus problemas —me dice, ignorando por completo a Blake.

—Piérdete, tío. Está conmigo —gruñe él entre dientes.

Arqueo las cejas, aún cruzada de brazos. El derroche de testosterona podría resultar divertido si no fuera porque no estoy con él.

—Tú y yo no estamos juntos, Blake.

—Ya la has oído —interviene de nuevo Ojos Castaños—. No está contigo.

Una vena palpita en el cuello de Blake, una que indica problemas, por si la mirada asesina que le está dedicando al tipo no fuera suficiente para saber que está a punto de perder los papeles.

—Sí. Ahora sí que lo está.

Envuelve los dedos en torno a mi muñeca, suavemente pero con firmeza, y me arrastra lejos del tipo y de nuestras bebidas. ¡Ni siquiera he tenido ocasión de darle un sorbo! Avanza entre la gente y se dirige al fondo del local. Pasamos junto a un pequeño escenario y nos adentramos en el pasillo que conduce a los servicios. Pero Blake no se detiene. Continúa hasta el final, pasando de largo las puertas de los baños, y gira hasta otra donde un cartel anuncia que esa zona es solo para empleados.

—¡¿Qué demonios, Blake?!

No me responde. De nuevo me veo acorralada, el frío hormigón contra la piel desnuda de la espalda y su pecho apretado contra el mío. El contraste de temperatura vuelve loco a mi cuerpo, que de nuevo parece demasiado consciente de todos y cada uno de los puntos en contacto con el suyo. Sus caderas empujan y su erección presiona contra mi estómago; un gruñido ronco vibra en su pecho. Se inclina sobre mí y, esta vez sí, estoy segura de que va a besarme.

Deslizo la mano rápidamente entre nuestras bocas y lo detengo.

No es que esté en contra de lo que va a suceder. ¡Ni de coña! Es todo un esfuerzo controlarme para no ser yo la que le meta la lengua hasta la garganta y la mano en los pantalones. Pero… sigue siendo Blake, por muy territorial que se haya puesto el señor Está Conmigo.

Por una vez, quiero ser yo la que dicte las reglas. Y voy a dejárselas muy claras.

—Esto es lo que va a pasar —cito sus palabras de anoche. Su mirada se oscurece y las comisuras de sus labios se curvan.

Está claro que lo recuerda. Bien.

Voy a obtener lo que quiero, y pienso hacerlo sin poner en juego mi corazón.

Raylee

—No estamos juntos y no va a haber sentimientos de por medio. Solo vamos a follar.

En cuanto digo la última palabra, Blake se aprieta aún más contra mí, me obliga a levantar los brazos y me aprisiona las muñecas por encima de la cabeza con una sola mano. Su presencia lo ocupa todo. Su olor. Los músculos tensos de su abdomen y su pecho. Él.

—Así que todo lo que quieres es follar conmigo.

Me lleva unos pocos segundos encontrar la voz para contestarle.

—Sí, eso es.

Me brinda una sonrisa sucia y desliza una rodilla entre mis piernas, instándome a separarlas. Sus labios están a tan solo unos pocos centímetros de los míos, pero no hace nada por eliminar ese pequeño espacio que los separa.

—Dime una cosa, Raylee, si te meto la mano en las bragas, ¿qué voy a encontrar? ¿Estás ya tan empapada como anoche? ¿Preparada para mí?

Las palabras viajan directas desde sus labios hasta mi centro. Si no lo estaba antes de esto, ahora ya lo estoy. El calor se derrama en mis venas como lava fundida, abrasándome, y la necesidad empuja mis caderas. Me balanceo contra su pierna buscando alivio.

—Blake…, por favor…

Estoy rogando y ni siquiera sé por qué. Jamás he sentido esta clase de deseo; nunca he suplicado a un chico. Nunca lo he necesitado de esta forma. Claro que tampoco tenía ni idea de que el

102

sexo pudiera resultar tan satisfactorio como lo fue anoche. No puedo ni imaginar cómo será tenerlo dentro de mí.

—Por favor ¿qué? —replica. Sus labios se mueven a lo largo de la curva de mi cuello y sus dedos ascienden poco a poco por la cara interna de mi muslo—. Dios, hueles tan bien. Y sabes todavía mejor, ¿verdad? Aún tengo el sabor de tu coño sobre mi lengua.

Se me aflojan un poco las piernas porque…, bueno, es difícil mantenerse en pie con alguien como él susurrándome guarradas al oído. Ni siquiera sabía que algo así podría excitarme tanto.

Blake me mantiene contra la pared, estoy a su merced, y eso también me pone bastante cachonda, no voy a negarlo. Pero trato de recuperar el control de la situación antes de convertirme en un charquito húmedo en el suelo, aunque solo sea para que no se salga del todo con la suya.

—Tenemos cinco noches antes de que lleguen los demás —consigo decir, de una forma algo más coherente de lo que hubiera esperado.

—Y quieres que te folle esas cinco noches.

No es una pregunta, así que no necesita una respuesta.

—Nada de dramas y nada de sentimientos. Solo sexo, Blake.

—No es como si esperase que se colgase de mí. Supongo que soy yo la que trata de convencerse de que puedo tener unos días de sexo salvaje y luego dejarlo todo atrás—. Ah, y nada de estar con otras personas mientras dure nuestro trato.

Blake se echa hacia atrás al escuchar la última parte, aunque no llega a separarse del todo de mí. Su mano continúa sobre la parte alta de mi muslo, casi en mi ingle.

—¿Nuestro trato?

Asiento, algo más segura de mí misma.

—Eso es lo que es. Un trato.

Su desconcierto se esfuma tan rápido como ha aparecido, sustituido por otra de sus perversas sonrisas. Su mano vuelve a moverse sobre mi piel. Aparta mi ropa interior y, sin previo aviso, hunde dos dedos en mi interior. No es suave ni delicado, sino rudo y salvaje, como si hubiera perdido el control. Desesperado.

Los retira y me llena de nuevo. Y otra vez. Con fuerza. Más profundo. El placer resulta casi doloroso. Brutal y descarnado, pero también inigualable. Tengo el vestido enrollado a la altura de la cintura y estamos en un lugar público, pero nada de eso me importa. Tampoco a él parece preocuparle demasiado.

—Joder, estás tan mojada y apretada... —susurra, y de inmediato su boca está contra la mía.

Desliza la lengua entre mis labios entreabiertos y, al primer roce, un gruñido brota de su garganta. Me devora sin pausa. Su lengua reclama el control, pero yo me niego a cederlo del todo. Y eso casi parece desesperarlo más. Mordisquea mi labio inferior mientras sus dedos continúan entrando y saliendo de mí con furia. Hasta que de repente ya no están.

—¿Qué...?

Blake clava una rodilla en el suelo y me coloca una pierna sobre su hombro para abrirme. Alza un poco la barbilla y me observa entre las pestañas. Su pecho sube y baja a un ritmo irregular mientras me mira.

Puede que la imagen de él así, arrodillado frente a mí, con los labios hinchados, el pelo revuelto y la mirada anegada de un deseo oscuro e incontrolable, sea lo más sexy que he contemplado jamás. Dudo mucho que vaya a ser capaz de olvidarla nunca.

—Va a tener que ser muy rápido —ríe, tras echar un vistazo hacia la esquina del pasillo—. Y tendrás que conformarte con esto, porque cuando te folle de verdad pienso tomarme mi tiempo y este no es el momento ni el lugar.

¿Conformarme? ¿Está de coña? Conformarme es lo que he estado haciendo hasta ahora con el resto de los tíos. Esto es el puñetero paraíso en comparación.

Pero él no espera a que se lo diga. O a que le diga nada, ya puestos. Me toma con la boca de la misma manera en que lo ha hecho con los dedos; sin advertencia alguna y de forma feroz. Sin darme tregua. Su lengua se abre paso en mi interior para luego trazar círculos en torno a mi clítoris. Torturándome. Presionando levemente primero, y con fuerza después. Resulta abrumador.

—Dios, Blake… No… No puedo…

Reprimir los jadeos ni siquiera es ya una opción.

Arqueo la espalda y empujo mis caderas contra su boca, porque quiero más y a la vez es demasiado para mí. Pero eso solo parece espolearlo. El calor de su lengua me consume, lo consume todo. Y ahora que sé lo que se siente, percibo el orgasmo apretándose dentro de mí; cerca, tan tan cerca que sé que estoy al borde del abismo. Sé que voy a caer.

—Blake —gimoteo, y él responde arremetiendo con sus dedos de nuevo. Empujando dentro de mí. Duro, sin concesiones ni debilidad. Sus labios succionando a la vez, volviéndome loca.

—Hazlo, Raylee. Déjame ver cómo te corres.

Coloca una mano sobre mi estómago para mantenerme estable y hunde la lengua de nuevo en mí. Y esa última embestida me rompe en mil pedazos. La descarga de placer me recorre de pies a cabeza con tanta fuerza que incluso se me nubla la vista.

Un fuerte gemido brota de mis labios, pero Blake ya está de nuevo en pie, listo para capturarlo en un beso mucho más dulce y lento que los anteriores. Puedo sentir mi sabor sobre su lengua mientras me besa profundamente. Me mantiene contra la pared con la presión de su cuerpo, al mismo tiempo que una de sus manos acuna mi rostro y con la otra desliza mi ropa interior de vuelta a su sitio. No la retira enseguida, sino que mantiene la palma cubriendo el triángulo de tela.

—Es una verdadera delicia ver cómo te corres —me dice, con la boca aún contra mis labios. Se separa un poco de mí y sus ojos recorren mi rostro con suavidad—. ¿Estás bien? ¿He sido demasiado brusco?

No estoy muy segura de poder hablar. Las piernas me tiemblan y aún puedo sentir mi sexo palpitando tras el orgasmo. Así que sacudo la cabeza.

Blake repasa el borde de mi labio con la yema del pulgar. Su expresión es indescifrable… No tengo ni idea de en qué puede estar pensando. Parece más serio que de costumbre. ¿Desconcertado? ¿Decepcionado? Dios, no soy capaz de pensar con claridad ahora mismo.

Él también asiente. Tira del borde de mi vestido hacia abajo y me echa un largo vistazo antes de preguntar:

—¿De verdad estás bien?

—Sí, muy bien en realidad —admito, tras aclararme la garganta. Aun así, la voz me sale áspera.

Blake retrocede. Se pasa la mano por el pelo, despeinándoselo aún más.

—Deberíamos regresar. Tu hermano…

No termina la frase. Supongo que ahora sí que puedo imaginar lo que se le está pasando por la cabeza: Thomas.

—Vale.

Asiente una vez más y se tira del bajo de la camisa para sacársela del pantalón, lo que irremediablemente atrae mi mirada hacia su abultada entrepierna.

—¡Madre mía! —Se me escapa una carcajada nerviosa—. Dudo que eso consiga disimular nada.

Blake tuerce el gesto y yo no puedo parar de reír. ¡Ni de coña va a poder metérmela entera!

—Enana… —me advierte, pero es muy probable que esté perdiendo la cabeza.

Tal vez sean los nervios, o quizá solo el subidón de mi segundo orgasmo, aún más intenso que el primero. Pero el ataque de risa continúa durante un buen rato. Hasta que Blake me acerca a él y me envuelve con los brazos. Me besa la punta de la nariz y una sonrisita perezosa asoma a sus labios.

—No vas a reírte tanto cuando te folle a cuatro patas en el hotel.

—Tu romanticismo resulta abrumador —bromeo—. Pero déjame decirte que no hay manera de que eso me entre.

Ahora es él quien ríe, y el sonido me provoca un cosquilleo impertinente en la boca del estómago.

—¿Eso? ¿En serio, enana?

Me encojo de hombros.

—Es demasiado grande —afirmo, y Blake sonríe de oreja a oreja.

Pongo los ojos en blanco, pero él vuelve a besarme despacio. Acaricia mis labios con la punta de la lengua y sus manos se deslizan desde mis caderas hasta mis nalgas. Me empuja contra su erección con suavidad.

Un gemido ronco y sensual abandona sus labios cuando me froto contra él. No puedo creer que esté volviendo a excitarme tan pronto.

—No vamos a hacer nada que no desees, Raylee, pero quiero que recuerdes exactamente este momento cuando te esté follando y me supliques que te la meta hasta el fondo.

—Eso no va a pasar —me río, aunque con mucha menos seguridad que antes.

—Ya veremos.

Con un último beso, me toma de la mano y me lleva por el pasillo de vuelta al bar. De vuelta a la realidad; de vuelta a mi hermano.

Blake no me suelta mientras avanzamos por el pasillo, ni tampoco cuando por fin alcanzamos la barra. No hay rastro de nuestras bebidas. El bar está aún más lleno que antes y quizá por eso no vemos a Thomas hasta que nos tropezamos de frente con él. Incluso entonces, Blake me mantiene pegada a su costado, aunque casi esperaba que diera un salto para alejarse al grito de «¡No la he tocado!».

—¿Dónde demonios estabais?

Su mirada va del uno al otro mientras espera una respuesta, pero ni una palabra sale de mi boca. Estoy totalmente en blanco. La única imagen que me viene a la cabeza es la de Blake arrodillado frente a mí con el rostro hundido entre mis piernas, y dudo mucho que eso sea algo que pueda compartir con mi hermano.

—He acompañado a Raylee al baño. Había un tipo molestándola y no quería dejarla sola. He esperado fuera —añade Blake, aunque a mí esa última frase me parece del todo innecesaria.

Sin embargo, mi hermano se relaja de inmediato. Palmea el hombro de Blake con afecto y busca mis ojos con la mirada.

—¿Estás bien? —Cuando asiento, su atención regresa a Blake—. Gracias, tío.

Él también asiente, aunque su expresión es la de alguien a quien acabaran de patear en el estómago, lo cual tiene bastante sentido porque le ha mentido directamente a la cara a su mejor amigo. Aparta la vista de mi hermano y trata de hacerse un hueco en la barra.

—Pidamos esas copas. Necesito un trago.

Ya somos dos. Le doy la espalda a Thomas, pero él me envuelve con los brazos y apoya la barbilla sobre mi cabeza. Me da un apretón cariñoso. Solo entonces, la mano de Blake se desliza fuera de la mía.

—No te puedo dejar sola, hermanita. Aunque no me extraña, estás muy guapa esta noche. —Oh, vaya. Eso sí que no me lo esperaba—. Siento lo de antes. Soy un capullo.

La culpabilidad se arremolina en mi pecho.

Tanto Blake como yo somos adultos, y lo que quiera que haya entre nosotros no es asunto de mi hermano. Pero, aun así, no puedo evitar sentirme mal por engañarlo. Tal vez deberíamos decírselo y afrontar las consecuencias; sin embargo, conozco a Thomas lo suficientemente bien como para saber lo mucho que le afectaría. Sigue creyendo que tiene que protegerme de todo y de todos; que aún soy esa niña que perdió a su padre demasiado pronto y a la que tiene que cuidar. Además, aunque lo aceptara, empezaría a plantearse de inmediato la posibilidad de que su mejor amigo me hiciese daño; eso acabaría causando problemas entre ellos. Y lo último que quiero es que se distancien por mi culpa.

—Está bien. No pasa nada —le digo, con la vista clavada en la espalda de Blake.

El camarero está ya atendiéndolo. En cuanto termina de servirle el whisky, Blake se traga la mitad de un solo sorbo, como si intentara eliminar el amargo sabor de la culpabilidad a base de alcohol. Solo entonces, se gira para pasarme mi copa y una de las cervezas. Nuestros dedos se rozan y sus ojos buscan los míos durante un segundo, pero aparta la mirada de inmediato.

—Le llevaré esto a Clare —murmuro, y me escabullo con rapidez.

Ninguno de los dos me detiene y, al echar un breve vistazo por encima del hombro, me doy cuenta de que no vienen tras de mí. Se han quedado en la barra con sus bebidas, apoyados el uno al lado del otro mientras charlan con las cabezas juntas para oírse por encima de la música.

Cuando la mirada sombría de Blake se posa brevemente sobre mi rostro, no puedo evitar preguntarme de qué demonios estarán hablando y si esto terminará mal de todas formas.

Blake

No comprendo muy bien cómo es posible, pero me siento un mierda y, al mismo tiempo, como si tuviera el puto mundo a mis pies. No sé cuál de esos dos sentimientos debería preocuparme más. Supongo que estar mintiéndole a mi mejor amigo; aunque me cuesta admitirlo ante mí mismo, el hecho de que no pueda apartar a Raylee de mis pensamientos, de que no consiga controlarme cuando estoy cerca de ella, me produce una inquietud que no tengo ni idea de cómo asimilar.

Thomas se vuelve y apoya la espalda contra la barra. Pasea la mirada por el local, pero sus ojos se dirigen finalmente hacia la mesa en la que se encuentran Clare y Raylee, no importa que casi no se las vea desde donde estamos. Es como si pudiera sentir a su prometida y a su hermana incluso a través de la multitud que llena el bar.

—¿Sabes? Hubo momentos en los que pensé que no llegaríamos hasta aquí —me dice, tras darle un largo sorbo a su cerveza.

—Vamos…, siempre ha estado cantado que acabarías casándote con Clare.

Él sonríe, pero agita la cabeza de un lado a otro, negando.

—No me refería a eso. Pero sí, siempre he sabido que era ella. Desde el maldito momento en el que le puse los ojos encima por primera vez. —Hace una pequeña pausa para lanzarme una mirada de advertencia—. Si te ríes, te daré una patada en el culo, pero… Clare y yo llevamos juntos casi catorce años y sigo deseando que su rostro sea lo primero que vea cada mañana.

A pesar de todo, no puedo evitar reírme y ganarme un codazo de Thomas.

—No, joder, ¡lo entiendo! Yo y cualquiera que os vea juntos… —Me encojo de hombros—. Es bastante obvio cómo te sientes respecto a ella, colega. Creo que casaros es un mero trámite para vosotros, todos sabemos que es como si ya lo estuvierais.

«Se pertenecen el uno al otro», pienso para mí, aunque no se lo digo.

No puedo imaginarme a Thomas con otra chica que no sea Clare, ni a ella con un tipo diferente a mi mejor amigo.

—Pero no es lo normal, vosotros sois la excepción.

Thomas arquea las cejas, girándose hacia mí, y yo apuro mi copa, consciente de que se avecina uno de sus sermones.

—Estoy convencido de que en algún sitio hay una chica esperando para darte una patada en el culo y hacerte sentar la cabeza de una vez.

Río de nuevo y le hago un gesto al camarero. Necesito otra copa para mantener esta conversación y, ya de paso, apartar la imagen del sonriente rostro de Raylee que no deja de aparecer en mi mente.

—Pero… no voy a sermonearte —añade.

—Lo estás haciendo, capullo. Y ya sabes lo que pienso.

Thomas suspira.

—Blake, tú no eres tus padres, y tu hermano…

—Vamos a dejar a Travis fuera de esto.

Titubea un instante antes de asentir y golpear su cerveza contra mi vaso. Ambos bebemos. A este paso, es probable que acabe la noche más borracho de lo que debería.

—Está bien. Pero no me refería a nada de eso de todas formas, sino a Raylee.

La mención de su hermana hace saltar todas mis alarmas. No creo que pueda hablar de ella con Thomas. No me imagino confesándole lo que está pasando entre nosotros, y eso me hace sentir como un idiota cobarde. ¿Qué podría decirle?

«Tu hermanita me ha ofrecido que nos revolquemos durante las vacaciones, algo que yo llevo deseando proponerle desde el momento en el que le puse los ojos encima».

Thomas me conoce lo suficiente como para saber que tener una relación no está en mi lista de prioridades. Aunque por alguna clase de milagro no me partiera la cara de inmediato, sabe lo que vendrá después. Es más, tampoco podría haber un después, porque de todas formas un tipo como yo jamás será merecedor de alguien como ella.

—¿Qué pasa con Raylee? —Contengo el aliento.

—Se ha hecho mayor.

Lo dice como si eso fuera alguna clase de desgracia, pero lo entiendo de todas formas.

—Odias no poder protegerla de todo. —Thomas asiente—. Tío, es una chica inteligente, tienes que confiar un poco en ella, y también dejarla cometer sus propios errores.

No le digo que yo soy uno de esos errores, lo cual me hace sentir aún peor. ¿Qué clase de mierda estoy soltando por la boca?

—Lo sé, lo sé. Pero ha sido duro —confiesa, y sé lo mucho que le cuesta admitirlo.

Durante años, Thomas ha sido el pilar sobre el que se ha sostenido su familia. Ha cuidado de Raylee cuando su madre no podía hacerlo, ha recorrido los más de doscientos kilómetros que había entre la universidad y su casa muchos fines de semana para estar con ellas, y luego, cuando Raylee se marchó a la universidad, se ha asegurado de llamarla prácticamente a diario solo para comprobar que las cosas le van bien y tiene todo lo que necesita. Siempre ha sido más que un hermano mayor para ella, porque no ha dejado de intentar suplir con todas sus fuerzas la ausencia de su padre.

—Ya la has visto esta noche, es realmente guapa. No puedo evitar preocuparme pensando que cualquier idiota podría hacerle daño, y quiero para ella lo que yo tengo con Clare.

—No todos tenemos esa suerte, Thomas. Es más, creo que poca gente consigue la clase de relación que Clare y tú tenéis. Pero no te culpo por querer algo así. Raylee se merece lo mejor.

«Y lo mejor… no eres tú, Blake».

Nos dirigimos a la mesa y me aseguro de sentarme junto a Thomas, lo más alejado posible de Raylee, como si eso fuera a conseguir que dejase de buscarla continuamente con la mirada. Pero lo intento de todas formas. Procuro evitar sus dulces ojos castaños incluso cuando la conversación comienza a fluir y todos participamos en ella. Mis intentos son inútiles; nuestras miradas terminan encontrándose una y otra vez.

—¡Oh! Me encanta esta canción —suelta Clare, rato después.

Thomas la arrastra a la zona de baile, a pesar de que su prometida ya nos ha recordado varias veces la excursión del día siguiente y el consiguiente madrugón que nos espera. Clare ríe y se deja llevar mientras le hace un gesto con la mano a Raylee para que se una a ellos.

Sacude la cabeza.

—¿No quieres bailar? —Me deslizo en torno a la mesa para acabar justo donde no debería estar, demasiado cerca de ella.

Está dando golpecitos con el tacón en el suelo y no puedo evitar echar un largo vistazo a sus piernas. Sentada, el vestido apenas alcanza a taparle la parte alta de los muslos.

—¿Por qué? ¿Estás dispuesto a bailar conmigo, Blake?

Ah, ese tono desafiante será mi perdición en algún momento de las vacaciones; estoy convencido de ello.

Levanto la vista y me la encuentro con los brazos cruzados sobre el pecho y una sonrisita en los labios. Me saca de quicio y ni siquiera sé muy bien por qué. Tal vez se trata de lo poco afectada que se muestra después de haberse corrido en mi boca. O a lo mejor es solo que tiene muy claro lo que puede esperar de mí: nada.

No sé si eso me gusta o no.

—Vamos, Raylee —la anima Clare a gritos. Puede que haya tomado demasiado cervezas, pero la chica es encantadora incluso borracha.

—¿Vas a dejar que baile sola? —insiste Raylee, sin dejar de mirarme.

—Tengo dos pies izquierdos.

«Y unos remordimientos de mierda», pienso para mí.

Enlazo las manos sobre la mesa solo para no ceder a la tentación de aferrarla de las caderas y sentarla en mi regazo. Tal vez si paro ahora, si acabo con lo que quiera que hay entre nosotros, todavía esté a tiempo de salvarme del infierno. Debería intentarlo aunque solo sea por Thomas, teniendo en cuenta que quiere mantenerla apartada justo de tipos como yo.

Raylee se marcha después de dedicarme una larga mirada. «Tú sabrás», parece querer decirme. La observo acercarse a Clare y darle la mano, y a continuación comienza a balancear las caderas de un modo sensual y condenadamente excitante. Las mueve con suavidad, al ritmo de la música, a la vez que ríe por algo que Clare le ha dicho.

Soy incapaz de apartar los ojos de ella.

Thomas les hace un gesto y se marcha por el pasillo que lleva a los servicios, y no puedo evitar pensar en lo que podría haber ocurrido si llega a pillarnos un rato antes. Dios, soy un maldito cabronazo, no solo por mentir y traicionar de esa forma a mi amigo, sino por atreverme siquiera a mirar a alguien como Raylee; no se merece ser un rollo de una noche.

Raylee y Clare continúan bailando a pocos metros de mí, hasta que esta última se acerca a la mesa y se deja caer a mi lado.

—¿Qué estás haciendo, Blake?

Enarco una ceja y levanto mi vaso.

—Beber.

Clare ladea la cabeza, vuelve la vista hacia su futura cuñada y me repite la pregunta.

¿Sospecha algo? ¿Nos habrá visto antes? Le doy un sorbo al whisky y finjo que la idea de que nos haya pillado no me resulta aterradora. Dudo mucho que Thomas y ella tengan secretos el uno para el otro.

Cuando me encojo de hombros, Clare simplemente sonríe. Se inclina un poco hacia mí y a punto está de deslizarse por el asiento y terminar en el suelo. Es probable que esté más borracha incluso de lo que pensaba.

La sujeto por el brazo y la ayudo a permanecer erguida.

—Te voy a dar un consejito —se ríe, y se le escapa un hipido—. No sé lo que estás haciendo, pero no le hagas daño. No te lo perdonaría. Y tú, Blake, me caes bien.

No sé si se refiere a Thomas o a ella, aunque supongo que ninguno de los dos me perdonaría que lastimara a Raylee.

—Tú también me caes bien.

Su sonrisa se amplía hasta llenarle la cara. Soy aún más gilipollas de lo que pensaba, porque rezo para que Clare esté tan borracha que se olvide de esta conversación en cuanto acabe.

Me da un golpecito con el puño en el hombro.

—Eres un buen tío, Anderson.

Definitivamente, no creo que sepa nada de lo que ha sucedido entre Raylee y yo; de ser así, no pensaría eso. O tal vez es el alcohol el que habla y ya ha entrado en la fase de exaltación de la amistad. Quién sabe.

—Oh, mira. Te están levantando a la chica...

Giro la cabeza para descubrir que Raylee está hablando con un tío con aspecto de surfista. El tipo es casi tan alto como yo, por lo que ella lo mira desde abajo, con la barbilla un poco elevada. Él se inclina un poco y le murmura algo al oído, y Raylee suelta una carcajada.

Mi primer impulso es salir disparado, agarrarla y alejarla de ese tío. O tomarla de las caderas y devorar su boca hasta que quede claro que no va a salir de este bar con otro que no sea yo. Pero me obligo a mantener el culo pegado a la silla. No tengo ningún derecho sobre Raylee; no es mi novia y, aunque lo fuera, no soy la clase de cabrón que cree poder decidir con quién puede o no hablar.

Y no es que no lo desee…

Ahora mismo, me encantaría darle una patada en el culo al surfista y borrarle la estúpida sonrisita que le está dedicando. Pero ya he superado con creces los límites hace un rato, cuando la he arrastrado a un rincón para…

—Clare, Raylee no es mi chica.

Clare suelta una risita de borrachina y hace un gesto con la mano que no tengo ni idea de qué demonios significa. Mañana va a tener una resaca de cojones.

—Deberías ir a rescatarla antes de que regrese Thomas —sugiere, arrastrando ligeramente las palabras.

Echo un vistazo hacia el fondo del local, en busca de mi mejor amigo. Puede que entienda las razones de Thomas para actuar de forma tan protectora con Raylee, pero sería un hipócrita si, después de defender que ella es adulta y puede tomar sus propias decisiones, me comportara de la misma manera que él. Mis motivos son otros, claro está, pero seguramente son mucho menos nobles que los suyos.

Lo único que puedo hacer es observar a Raylee hablar con ese tipo y no ceder al nudo que se me ha formado en la boca del estómago. ¿Desde cuándo siento celos por una chica? Porque estoy muy seguro de que la furia ácida que asciende por mi garganta se debe precisamente a eso. No quiero a ningún otro tío cerca de Raylee, no quiero otros labios sobre los suyos…

Joder, solo de pensarlo me dan ganas de emprenderla a puñetazos con las paredes.

—Estás un poco pálido —murmura Clare, agarrándose a mi brazo.

—No me encuentro bien.

No digo nada más; no sabría ni por dónde empezar.

Raylee continúa charlando con el surfista cuando aparece Thomas. De un salto, abandono a Clare en la mesa y lo intercepto antes de que pueda acercarse a su hermana. Ni siquiera sé muy bien por qué lo hago. Podría dejar que él lo espantara como suele hacer, pero, como si de una extraña epifanía se tratara, comprendo entonces que lo que de verdad deseo es que sea Raylee la que pase de ese tipo.

Quiero que me elija a mí, y no tengo ni idea de cómo lidiar con esa mierda de pensamiento ni de lo que significa.

Raylee

De nuevo, Blake ha vuelto a adoptar su actitud distante. Está más serio de lo que lo he visto en toda la velada, y no tiene nada que ver con que nuestra improvisada noche de juerga haya terminado antes de tiempo. Ha estado observándome fijamente desde que Brad, el chico que trabaja en la playa del hotel, me ha abordado en mitad de la pista de baile. Al parecer, me recordaba de esta mañana y no ha dudado en acercarse. Casi esperaba que Blake saltara sobre nosotros y volviese a arrastrarme a un rincón oscuro del bar.

Pero no ha sido así. Se ha quedado inmóvil en la mesa, hablando con Clare, pero sin apartar la vista de mí. Y no sé muy bien lo que su ceño fruncido y esa frialdad que emana de él significa. Si está enfadado porque he estado charlando con un tío, estoy muy dispuesta a decirle un par de cosas sobre sus actitudes machistas y por dónde puede metérselas…

—El coche del hotel viene de camino —dice Thomas.

Estamos todos en el exterior del bar, en la calle. Clare ha empezado a marearse y a agobiarse y hemos tenido que salir. Pobrecita, no está demasiado acostumbrada a beber y, entre las botellas de vino de la cena y las cervezas posteriores, creo que las cosas se le han ido un poco de las manos.

Thomas la tiene sujeta por la cintura mientras ella se cuelga de su cuello y lo mira como si fuera su héroe particular; puede que lo sea, no seré yo quien niegue las múltiples virtudes de mi hermano.

Me apoyo en la fachada del bar a la espera de que vengan a por nosotros. Blake no ha dicho una sola palabra desde que hemos salido, aunque se ha apartado para contestar a una llamada de móvil de la que luego no ha comentado nada. No tengo ni idea de quién podría llamarlo a estas horas y no creo que sea un buen momento para interrogarlo sobre eso o sobre su actitud distante; no con Thomas delante.

¿Se arrepentirá de lo que ha sucedido esta noche? Su lealtad hacia mi hermano es admirable, y estoy segura de que haberse liado conmigo supone para él una carga pesada a la que no desea enfrentarse. Pero no sé muy bien cómo sentirme al respecto.

Una vez que nos recogen, el trayecto de regreso se desarrolla de forma tranquila. Clare se queda dormida con la cabeza apoyada en el regazo de Thomas mientras él le acaricia el pelo con un cariño evidente. Yo voy en la parte de atrás, con ellos, y Blake ha ocupado el asiento del copiloto, por lo que me es imposible ver su expresión o bucear en su mirada en busca de respuestas.

El chófer nos deja en la entrada principal del hotel y se ofrece a ayudar a mi hermano a llevar a Clare hasta su bungaló. También lo hace Blake, pero Thomas rechaza la ayuda de ambos y le indica a su mejor amigo que será mejor que me acompañe a mí en su lugar.

Blake tan solo asiente. Nada, ni una palabra más.

Ambos observamos en silencio a Thomas, con Clare dormida en brazos, alejándose por el camino que lleva hasta su habitación.

—Te acompaño —murmura Blake, por fin, y con un gesto me cede el paso.

Durante un momento, dudo de si echar a andar o preguntarle qué demonios le pasa.

Al final opto por empezar a caminar. Él se coloca a mi lado, aunque guarda una distancia prudencial. Cuando pasamos por delante de su bungaló y continúa con la barbilla baja y los ojos clavados en el adoquinado del sendero, mi paciencia finalmente se agota.

Me salgo del camino y me dirijo a la playa, no sin antes detenerme un segundo para descalzarme. Los pies se me hunden en la arena fría a cada paso, y ese mismo frío asciende por mis piernas y mi torso hasta provocarme un estremecimiento.

Aunque no miro hacia atrás, percibo la presencia de Blake a mi espalda.

—Raylee, deberías irte a dormir —sugiere, pronunciando mi nombre a la vez que exhala un pesado suspiro.

—No tengo sueño.

En realidad, sí estoy cansada, pero dudo mucho que fuera capaz de conciliar el sueño. Si cierro los ojos, aún puedo percibir el rastro cálido de las manos de Blake sobre mi piel, la humedad de sus besos en mis labios, su sabor. Como si todavía continuara acariciándome, bebiéndose mi aliento. Tampoco puedo olvidar nuestro supuesto pacto, ni obviar que él no parece tener intención alguna de llevarlo a cabo.

Deambulo hasta llegar a la orilla. Una ola me lame los pies y retrocedo con un gritito; no esperaba que estuviera helada. La risa de Blake, ese profundo y maravilloso sonido, consigue que me dé la vuelta para mirarlo. Lo encuentro de pie a unos metros de mí, con las manos hundidas en los bolsillos del pantalón y agitando la cabeza. La dulzura de su sonrisa y el brillo de sus ojos azules me distrae por un momento. Ojalá no fuera tan condenadamente atractivo ni tuviera esa sonrisa capaz de iluminar incluso la noche más oscura.

Nos miramos durante lo que parece toda una eternidad mientras más olas rompen en torno a mis pies y los suyos permanecen anclados en tierra firme. Quizá esa sea una buena metáfora de la situación; yo, dejándome llevar, arrastrada por la corriente de la atracción que Blake despierta en mí, y él, estoico e impasible, luchando por mantenerse lo más lejos posible.

—¿Qué pasa? —pregunto.

Se deja caer sobre la arena y se pasa la mano por el pelo, desordenándoselo. Un mechón cae sobre sus ojos y siento el deseo de ir hasta él y retirarlo. Pero no me muevo.

—¿Blake? —insisto y, para mi sorpresa, él responde con una risueña carcajada.

Este es el Blake que conozco, el que se ríe de todo; quizá solo estuviera preocupado por Clare.

—¿Sabes? Tienes una curiosa manera de pronunciar mi nombre.

Arqueo las cejas, pero no puedo evitar sonreírle; lo que dice no tiene ningún sentido.

—Ah, ¿sí?

Blake asiente. Da una palmadita en la arena, a su lado, y yo me acerco para acomodarme junto a él.

—Es como si me estuvieras echando la bronca y a la vez desafiándome… A veces incluso…

—A veces incluso ¿qué? —lo animo cuando se detiene.

Pero él agita la cabeza y cambia de tema.

—¿Tienes frío? Ese vestido no cubre mucho.

—No empieces tú también…

Suelta otra de esas maravillosas carcajadas.

—Ey, ¿me ves quejarme? —dice, levantando las manos, y a continuación baja la voz para susurrar—: Estás preciosa esta noche, enana. Deslumbrante.

Acto seguido, me rodea con los brazos y tira de mí. De alguna manera acabo sentada entre sus piernas, acurrucada contra su pecho. Su calor resulta reconfortante, su aroma llena mis pulmones y su cuerpo me envuelve por completo. En casa, así es como me siento.

«No vayas por ese camino, Raylee», me digo.

Puede que le atraiga sexualmente, pero Blake no tiene ningún tipo de interés romántico en mí. Y yo tampoco en él, claro está…

—Deslumbrante —repite en un susurro.

Una de sus manos se desliza hacia arriba por mi espalda desnuda hasta alcanzar mi nuca, y otro estremecimiento sacude mi cuerpo. Blake suelta una risita, muy bajito, casi para sí mismo, y yo intento que el sonido no me distraiga.

—¿Qué te pasa, Blake? Dime que tu silencio y esa expresión sombría no se deben a Brad.

—¿Brad?

—El chico del bar, el que ha hablado conmigo en la pista de baile. Nos estabas mirando —señalo—. Por un momento pensé que nos interrumpirías y me sacarías del local sobre tu hombro. Ya sabes, en plan neandertal.

Blake ríe. Me aprieta un poco más contra su pecho y apoya la barbilla en la parte alta de mi cabeza. No hay forma de contemplar su expresión, pero estoy demasiado cómoda en esta posición como para moverme.

—Dios, soy un capullo… No debí arrastrarte por medio bar cuando ese tipo tonteó contigo.

Vaya…

—¿Quieres decir que también te arrepientes de lo que ha sucedido luego? —me aventuro a preguntar, insegura.

Blake afloja su agarre y me empuja con suavidad para girarme. Permanece unos segundos eternos observándome; los labios entreabiertos y sus ojos fijos en los míos.

—Nunca, Raylee. Nunca podría arrepentirme de nada de lo que haga contigo. Solo…

Se detiene y yo espero, en vilo. El leve murmullo de las olas resulta casi tan hipnótico como el brillo chispeante de su mirada y ese escaso espacio entre nuestros labios. Pero ninguno de los dos hace nada por acercarse más al otro. Finalmente, es él quien aparta la mirada y exhala un suspiro. Vuelve a estrecharme contra su pecho y yo lo dejo hacer.

No hablamos durante un rato y, sin embargo, de algún modo la situación resulta demasiado íntima. El silencio compartido, el mar extendiéndose frente a nosotros y la oscuridad que nos rodea; no hay nada remotamente sexual en nuestra actitud, nada que alcance a parecerse a nuestra relación durante estos últimos dos días. Y de repente me encuentro planteándome si esto no será un error, si dejar que Blake me acune entre sus brazos no diluirá los límites que yo misma me he impuesto en cuanto a él. Si no hará caer barreras que no deberían derrumbarse tratándose de Blake...

La inquietud me espolea y soy yo la que claudica y rompe el hechizo.

—Entonces... ¿qué te pasa? ¿Por qué estabas tan serio mientras regresábamos al hotel?

Estoy tan acostumbrada a ver a Blake riéndose, bromeando con mi hermano o tomándoselo todo como una fiesta sin fin que no estoy segura de qué es lo que le preocupa tanto. ¿Mi hermano, quizá?

—¿Es por Thomas? —añado, animándolo a hablar.

Tarda un momento en contestar. Mientras, sus dedos se deslizan por mi brazo y trazan formas sobre mi piel. La caricia, aunque parece involuntaria, consigue ponerme la piel de gallina. ¿Cómo es posible que me afecte tanto cada pequeño detalle, cada sonrisa, cada roce?

—Thomas va a matarme cuando se entere, pero esta vez no se trata de él. Es... —titubea, y siento el impulso de hacerle saber que no tiene que contármelo si no lo desea. Pero no digo nada; en realidad, quiero que me lo cuente—. Es por Travis.

Travis Anderson, su hermano. Todo lo que sé de él es su nombre y que tiene tres años menos que Blake. Lo que hace o no, quién es en realidad, es todo un misterio para mí. Ni siquiera Thomas suele mencionarlo; me extraña que haya decidido invitarlo a la boda.

Blake parece encogerse un poco cuando pronuncia su nombre, como si sobre sus hombros recayera un peso invisible, y me pregunto qué historia hay detrás para que reaccione así. No me imagino a mí misma refiriéndome a mi hermano con ese tono de pesar, y eso que Thomas puede llegar a ser bastante cargante en determinadas circunstancias.

—¿No os lleváis bien?

—No sé cómo explicarlo. Es complicado… Una larga historia.

—Tenemos tiempo —le digo, apretándome un poco más contra su pecho—. Puedes contármelo; puedes hablarme de lo que quieras, Blake. El mar y yo guardaremos todos tus secretos —añado, tratando de bromear para que no se sienta presionado.

Pero, a pesar del tono burlón, me pregunto si ese mismo océano que se extiende frente a nosotros guardará silencio mientras yo escucho y, sin querer, me olvido de mantener en torno a mi corazón la fría pared que me protege de Blake Anderson.

Blake

—No sé cómo explicarlo. Es complicado… Una larga historia —contesto, aunque es más una evasiva que una respuesta real. Sé perfectamente cuál es el problema de Travis.

—Tenemos tiempo —replica ella. Se acomoda entre mis brazos y el gesto me provoca un estremecimiento que no sé cómo interpretar. Sin embargo, no puedo negar que me siento… bien—. Puedes contármelo; puedes hablarme de lo que quieras, Blake. El mar y yo guardaremos todos tus secretos.

La risa hace temblar su voz, restando algo de solemnidad a sus palabras, pero soy muy consciente de que puedo confiar en ella y confesar incluso mis más oscuros pensamientos. Algo para lo que tampoco encuentro explicación…

Hablar de Travis es hablar de mis padres y su matrimonio; es hablar de nuestra infancia, de nuestras carencias, de cosas de las que no he hablado con casi nadie porque prefiero olvidarlas. No sé si quiero que Raylee conozca ese tipo de detalles sobre mí; por raro que parezca, no quiero despertar su compasión. Y, si soy honesto conmigo mismo, no he sido yo el más afectado por las idas y venidas de mis padres. Yo ya era algo más mayor para comprender, o aceptar más bien, la anómala relación que mantenían; mi hermano, por el contrario, era apenas un niño cuando empezó a darse cuenta de lo que sucedía.

—Mis padres tienen una relación… abierta. —Es una forma muy simple de describirlo, pero por algún lado tengo que empezar—. Travis nunca lo ha llevado demasiado bien.

—Oh. Lo siento. —El tono interrogante con el que pronuncia la disculpa me hace comprender que voy a tener que explicárselo de una manera más directa si quiero que entienda ciertas cosas.

Hundo la nariz en su pelo y me lleno los pulmones con el aroma dulce y embriagador que desprende. Me sorprende la satisfacción que ese gesto me produce, y aún más al darme cuenta de que no recuerdo haber estado nunca así con una chica. Acurrucados y haciéndonos confesiones.

Es… diferente, aunque supongo que todo lo que tiene que ver con Raylee lo es.

Solo se trata de eso, me digo. Todo en esta situación está mal; no por Thomas, sino por ella. No quiero hacerle daño. Sin embargo, no hago nada por ganar distancia. Vuelvo a inspirar y se me escapa una sonrisa. ¡Joder! ¿Qué demonios me pasa?

—Lo de abierta es solo una forma de hablar… Por resumirlo, mi padre se ha hartado de ponerle los cuernos a mi madre. Cuando era un crío, Travis lo descubrió en plena… faena. Después de eso, mi madre optó por devolverle el *favor* a mi padre. Y desde ese momento nuestro hogar —digo, soltando una carcajada repleta de amargura al referirme a la casa familiar de ese modo— se convirtió en un infierno de peleas y reproches en el que Travis y yo éramos espectadores de primera fila.

Raylee me escucha con atención, sin decir una palabra, y me relaja que no trate de consolarme con estúpidas frases hechas. Hablar de mis padres siempre me pone de mal humor, despierta una angustia en mí que nunca he sabido muy bien cómo sobrellevar. Pero ella solo está ahí, esperando.

Aunque sea yo el que la está abrazando, creo que ahora mismo es Raylee quien me sostiene.

—Es curioso… A pesar de que tengo a Thomas y Clare como ejemplo de lo que es en realidad una relación sana y de que de verdad existe el… amor —digo, casi atragantándome con la última palabra—, no soy capaz de concebir que haya alguien ahí fuera con quien pueda mantener esa clase de relación. El amor no es para mí, supongo.

Percibo su pequeño cuerpo encogerse entre mis brazos y, durante un instante, me pregunto si la he herido de alguna manera. Pero ella se sobrepone con rapidez.

—Todos deberíamos poder aspirar a lo que tienen Clare y mi hermano —dice, y la firmeza de su voz me pilla desprevenido. Había pensado que tal vez…—. Yo, al menos, no voy a conformarme con menos. No tienes que preocuparte por mí, Blake —añade, finalmente, como si intuyera el rumbo de mis pensamientos—. No voy a enamorarme de ti.

No puedo evitar reír a pesar de que su última declaración no me provoca el alivio que hubiera esperado.

—Me alegra ver que lo tienes tan claro —miento, y ni siquiera sé por qué.

—Tú también, ¿no? De eso iba nuestro pacto.

Asiento por inercia. No estoy seguro de que nada de lo que hemos acordado vaya a tener lugar. Acostarme con Raylee… Creo que me supera, por muy ridículo que parezca; no es la primera chica con la que me acuesto, ¡por el amor de Dios!

Aun así, no verbalizo mis recelos.

—Por supuesto. —Hago una breve pausa y me concentro en la sensación que me produce tenerla aovillada contra mi cuerpo, en el roce ligero de su espalda desnuda contra la tela de mi camisa y la delicada piel de sus piernas bajo mis dedos—. ¿Te parece bien si nos quedamos un rato aquí? Tan solo… ¿charlando?

No contesta. Se remueve hasta conseguir girar el rostro hacia mí y deposita un casto beso sobre mi mejilla con tanta ternura que no puedo evitar volver a estremecerme. Luego, me brinda una sonrisa traviesa.

—Confiésame tus pecados, Blake Anderson. Soy toda oídos.

Y eso hago…

Durante parte de la madrugada, le hablo de mi desestructurada familia. Le cuento solo ciertas cosas, claro está, porque no quiero entristecerla. Le explico a duras penas alguna cosa sobre Travis, y no entro en detalles acerca de su estilo de vida. También le comento que he recibido una llamada de él esta noche, mientras esperábamos en el exterior del bar, para avisarme de que va a adelantar un poco su llegada al hotel; en vez del viernes, como los demás, estará aquí mañana.

No quiero pensar en lo que eso significa, o de qué podría estar huyendo mi hermano esta vez. Casi esperaba otra de sus llamadas desde la comisaría para pedirme que fuera a pagar su fianza. Eso no se lo digo a Raylee, pero estaba convencido, al ver su nombre en la pantalla, de que tendría que regresar a Los Ángeles para sacar a Travis de alguno de los líos en los que siempre acaba metido.

—Ya ves. No tengo una de esas familias ricas y glamurosas. El dinero no es siempre sinónimo de felicidad, aunque mis padres quieran dar a entender a todo el mundo que somos una familia modelo.

—¿Por eso no empleas el dinero que te dan?

Raylee siempre ha estado al tanto de que, a diferencia de lo que ocurre en su caso, nunca hemos tenido problemas de dinero, pero no sabía que Thomas le hubiera contado ese detalle.

—Dejé de depender de ellos económicamente en cuanto pude.

Nunca me han dado nada de lo que se espera recibir de unos verdaderos padres; no quiero su dinero. Eso los cabrea bastante.

Durante los siguientes minutos, Raylee se muestra ensimismada, como si estuviera asumiendo lo que le he contado. Yo tampoco digo nada. Me dedico a pensar en lo mucho que les ofendió que devolviera cada centavo que invirtieron en mi educación cuando acabé la universidad. Les molesta no poder manipularme haciendo uso de su fortuna. Mi libertad es una afrenta para ellos, quizá porque es justo de lo que carecen.

Podrían optar por divorciarse, pero ni se lo plantean. La lucha por el control de la empresa de la que comparten dirección sería encarnizada, una batalla en la que cualquier trapo sucio terminaría por salir a la luz. Un verdadero escándalo que no pueden permitirse; eso haría peligrar su privilegiada posición frente al consejo. No, jamás dejarán que algo así suceda. Viven para acumular dinero y poder. Tienen suerte de que a Travis le convenga mantener sus actividades en secreto…

Y entonces, como si Raylee conociera con exactitud mis pensamientos, me lanza su siguiente pregunta:

—Pero no acabo de entenderlo… ¿Por qué no se separan?

Le sonrío, aunque estoy seguro de que capta lo forzado del gesto. Sin dudarlo siquiera, le explico la situación. Las palabras brotan de mis labios como momentos antes se han formado en mi mente, sin censurar el desprecio que la actitud de mis padres me produce o el poco respeto que siento por ellos.

Entiendo lo difícil que puede ser para ella comprender la clase de relación que mantienen mis padres. Aun años después del fallecimiento de su padre, su madre todavía habla de él con auténtica devoción; tanto Thomas como la propia Raylee han crecido en un hogar en el que el matrimonio es sinónimo de cariño, compañerismo y amor.

Tras mi respuesta, Raylee vuelve a guardar silencio, tal vez tratando de hacer encajar las piezas y entender la situación.

El sonido de las pequeñas olas que rompen a pocos metros nos acuna y la brisa que llega del mar trae consigo un intenso aroma salino. A pesar del tacto frío de la arena, y de la ausencia de conversación, me descubro más cómodo en esa playa de lo que he estado en mucho tiempo en ningún otro lugar. Y, de repente, comprendo que por primera vez estoy contemplando a Raylee no como la hermana pequeña de Thomas ni como el objeto de la irracional atracción que me ha asaltado en los últimos días, sino como algo diferente… Una amiga.

El pensamiento me hace sonreír.

No me sobran los amigos; mucho menos las de género femenino. Nunca he mentido a ninguno de mis ligues y jamás he prometido algo que no fuera a cumplir. Nada de asegurar que me quedaré a la mañana siguiente o que un revolcón se convertirá en otra cosa. Y tampoco he querido nunca más que eso.

Pero Raylee…

Mis manos se deslizan en torno a su cintura para eliminar un espacio inexistente; no podríamos estar más cerca. Y, aun así, aunque continúo deseándola como no he deseado antes a ninguna otra mujer, no cambiaría este instante por ningún otro que haya vivido con ella.

Con delicadeza, deposito un beso suave sobre la piel de su cuello y me trago un «gracias», incapaz de verbalizar mi agradecimiento por este maravilloso momento de serenidad, al margen de todo. No pienso en Thomas y tampoco en mis padres o en Travis; ni en el trabajo o en el resto de mi vida. Solo somos Raylee y yo; lo demás no importa, como quien regresa a su hogar después de estar lejos de él durante mucho mucho tiempo y recupera una paz que no sabía que necesitaba o que había perdido… Cálido, reconfortante y familiar, supongo que es así como debería haber sido de tener unos padres normales.

Pasaría aquí con ella el resto de las horas que quedan para que el sol se eleve de nuevo en el horizonte, pero, como es obvio, Raylee querrá irse a dormir. Dudo mucho que, a pesar de la resaca, Clare nos permita escaquearnos de la excursión que ha organizado.

—¿Quieres irte a dormir? —pregunto, no sé cuánto tiempo después.

No se ha quejado del frío ni una sola vez, y me pregunto si la situación resulta para ella tan cómoda como lo es para mí. Si tampoco desea que este instante acabe.

—Estoy bien. Quedémonos un poco más. Esto es... agradable.

Sonrío al contemplar su sonrisa y, en el fondo, por la satisfacción de que también ella desee alargar este momento. No quiero pensar en lo que significa todo esto o en lo que pensaré mañana cuando tenga que mirar a Thomas a la cara. Odiaría decepcionarlo; él es lo único parecido a una verdadera familia que he tenido.

Y, sin embargo, empiezo a ser muy consciente de que no voy a poder mantenerme alejado de Raylee.

«Mañana. Mañana la dejaré marchar», me digo. Esta noche es toda mía.

Raylee

—No vas a entrar, ¿verdad?

Blake se ha quedado inmóvil en el camino frente a mi bungaló y, por su expresión, resulta evidente que no tiene ninguna intención de acompañarme dentro incluso antes de que sacuda lentamente la cabeza.

—¿Es por Thomas? —pregunto a continuación, aunque no es la primera vez que lo interrogo al respecto.

Lo peor de todo es que puedo entenderlo, más aún después de nuestra charla en la playa. Para él, Thomas es como un hermano, tal vez incluso en mayor medida que su propio hermano. Después de ser criado por unos padres a los que no les ha importado demasiado lo que sentían sus propios hijos, tiene que sentirse aún más culpable por ocultarle a Thomas lo que ha pasado entre nosotros.

—Yo… Debería contárselo, Raylee, pero Clare y él llevan años planeando este momento. No quiero joderles la boda —explica con pesar—. Tu hermano no se lo va a tomar bien…

—Hablas como si ya hubieras asumido que terminarás contándoselo.

Él vuelve a agitar la cabeza; creo que ni siquiera sabe cómo actuar o qué debería decirle y qué no a mi hermano.

—Va a sentirse muy decepcionado conmigo.

No dice nada más, pero supongo que eso lo explica todo. Blake esperará a que pase la boda y luego hablará con Thomas. Yo también recibiré mi parte de reprimenda, aunque eso no me preocupa demasiado; mi hermano terminará por perdonarme. Siempre lo hace.

Pero ¿y a Blake? ¿Y si se enfada tanto que no vuelve a hablarle jamás? ¿Y si pierde a su mejor amigo? Thomas puede ser muy irracional cuando se trata de mí.

Exhalo un largo suspiro sin dejar de observarlo. Ni siquiera me había parado a pensar en algo así. A estas alturas es bastante obvio que la atracción entre Blake y yo es mutua, pero algo me dice que ese detalle pasará bastante desapercibido cuando mi hermano se entere de todo.

—Además, creo que Thomas por fin empieza a darse cuenta de que eres adulta y que tiene que darte espacio y dejarte tomar tus propias decisiones —dice, y las comisuras de sus labios se curvan levemente, dejando a la vista sus maravillosos hoyuelos—. No quiero ser yo el responsable de que eso cambie y vuelvas a tenerlo encima a todas horas.

—Eso me da igual, Blake —me apresuro a contestar.

La actitud protectora de mi hermano no es lo que más me preocupa en este momento, aunque agradezco que Blake haya pensado en ello.

Nos quedamos contemplando el rostro del otro. A pesar de la leve sonrisa, Blake aún arrastra esa aura de triste indignación que lo acompañaba en la playa, como si no pudiera deshacerse del todo de la historia que me ha contado. Como si continuara doliendo.

Estoy convencida de que no habla de sus padres a menudo.

—Hagamos una cosa —propongo, aunque sé que la idea que se me acaba de ocurrir es solo un desesperado intento para evitar que la noche termine de esta manera. Su sonrisa se vuelve ahora cautelosa, al igual que su expresión—. Quédate a dormir conmigo.

Una carcajada brota de sus labios. Me cruzo de brazos y espero hasta que acabe de partirse de risa y me mire. Bueno, al menos he conseguido que se ría.

—Lo digo en serio, Blake —añado—. La cama es enorme, no vamos a rozarnos ni por descuido. Y así… podríamos seguir hablando.

—Entrar ahí contigo es una trampa mortal, enana. No soy tan inconsciente como para creer que tengo esa clase de fuerza de voluntad… No cuando se trata de ti.

La última parte la dice en voz tan baja que casi no alcanzo a escucharlo. Varios cientos de mariposas revolotean en mi estómago al advertir el efecto que ejerzo sobre él. Todo sería menos complicado si Thomas y él no fueran amigos. Claro que, de ser así, Blake y yo probablemente no nos hubiéramos conocido jamás.

—¡Vamos, no voy a intentar nada contigo! No eres tan irresistible como crees, Anderson.

Blake da un paso hacia mí, aunque no llega a subir ningún escalón. Los ojos le brillan, divertidos, casi ajenos al dolor que poco antes se reflejaba en ellos; una pequeña victoria que saboreo con satisfacción.

—El problema es que tú sí lo eres.

El destello en su mirada es ahora totalmente distinto. El deseo enciende sus ojos, que prácticamente arden, consumiéndolo y consumiéndome. Nos acercamos sin ser del todo conscientes de que avanzamos el uno hacia el otro. Yo desciendo un escalón y él asciende otro, y el espacio que separa nuestras bocas se reduce hasta casi desaparecer. Su aliento revolotea sobre mis labios, cálido y tentador; una llamada fascinante que casi consigue hacerme ceder y perder de vista la tregua que acabo de ofrecerle.

Mi voluntad se debilita aún más cuando coloca la mano sobre mi cadera y un placentero calor se extiende junto a sus dedos. Un leve apretón y mis rodillas flaquean.

—No puedo, enana. No puedo hacerlo —farfulla, muy serio, aunque ahora evita mi mirada.

Aprieta los dientes y un músculo palpita en su mandíbula. Durante unos pocos segundos la tensión entre nosotros se vuelve tan insoportable que tengo que obligarme a no rodearle el cuello con los brazos y apretarme contra su pecho. Besarlo y perderme en su sabor.

Retrocedo un paso. Ni siquiera sé muy bien de dónde saco la fuerza de voluntad para hacerlo, y el dolor se convierte en algo físico cuando su mano abandona mi cintura y cae a un lado de su cuerpo.

—Solo dormir —le digo, pese a todo, y luego susurro—: No quiero que te vayas.

Todo está mal. Esto no iba a ser más que una alocada aventura, una semana de risas y buen sexo, y de repente estoy aquí, suplicándole a Blake que no se marche, cuando la realidad es que lo hará de todas formas en unos pocos días.

No sé en qué momento el cuelgue adolescente por el atractivo mejor amigo de mi hermano mayor ha dado paso a esta obsesiva atracción que no deja de empujarnos el uno hacia el otro. Yo siempre he sentido algo hacia Blake, pero no así… No era más que un encaprichamiento, el cliché de la cría que creía poder despertar el interés de un chico mayor, uno que ni siquiera sabía que ella existía.

—Somos amigos —digo entonces, a pesar de que nada está saliendo como esperaba—. Los amigos pueden pasar una noche en la misma cama sin que ocurra nada.

Blake arquea una ceja, pero tras su evidente incredulidad hay también un punto de sorpresa, como si yo no acabara de emplear el más burdo de los razonamientos para tratar de convencerlo. ¿Es porque he dicho que somos amigos? ¿No lo somos acaso?

Extiende la mano hacia mí y sus dedos trazan la curva de mi mentón con suavidad y tal fascinación que casi parece ser la primera vez que me toca. Cada célula de mi cuerpo se estremece bajo la caricia y mi mente me grita que dé media vuelta y eche a correr lo más lejos posible de él. Y siento anhelo y deseo al tiempo que comprendo que no hay manera de continuar fingiendo que este extraño juego que hemos establecido terminará conmigo entera.

Pero, entonces, los labios de Blake se curvan con lentitud y esa sonrisa sincera y repleta de hoyuelos me destroza un poco más para rehacerme de nuevo. No hay engaño ni mentiras, tampoco arrogancia. Y, sobre todo, no hay rastro alguno de dolor o culpabilidad.

—Vamos, es tarde —murmuro, elevando la mano para capturar la suya y tirar de él hacia la puerta—. Solo quedan unas horas para que amanezca y ten por seguro que Clare no va a perdonarnos si nos perdemos su excursión.

Blake se tensa al escuchar el nombre de la prometida de mi hermano. Por un instante, estoy convencida de que soltará mi mano y se marchará. Sin embargo, enseguida se relaja y avanza hacia la entrada en silencio.

Tras atravesar el umbral, cierra la puerta detrás de él. Mi vista se desvía de inmediato hacia la cama y un torrente de imágenes bastante poco adecuadas se desata frente a mis ojos, reproduciendo con todo tipo de detalles lo sucedido entre Blake y yo la noche anterior en ese mismo lugar.

Se me calientan las mejillas y, a pesar de mis intentos de decir algo, cualquier cosa, apenas si balbuceo un puñado de palabras inconexas: pijama, baño, cama…

—Está bien —dice Blake, más para sí mismo que para mí.

No me extrañaría que añadiera «Puedo hacer esto», o algo parecido. Cualquiera pensaría que está a punto de ser torturado. Aunque, pensándolo bien, tal vez sea eso precisamente por lo que yo me dispongo a pasar: una deliciosa tortura.

A toda prisa, cojo el pijama y me dirijo al baño, pero Blake me intercepta por el camino. Me agarra de la muñeca y detiene mi estampida con un pequeño tirón. De repente estoy más nerviosa de lo que lo he estado nunca con un chico, ni siquiera anoche con él o esta mañana en el desayuno cuando he tenido que hacer frente a mi hermano. Me digo que no tiene importancia, que no pasa nada. Tan solo es por la situación, por Thomas; si se entera, magnificará todo lo sucedido y montará un drama, como si la idea de que su hermana pequeña pudiera tener sexo sin ataduras por propia voluntad fuera algo impensable. Se enfadará con Blake y conmigo y…

—¿Enana?

Levanto la vista hasta su rostro con cierta aprensión, aunque no me explico cuál es el motivo. Quizá estoy esperando a que salga corriendo, o que me diga que lo nuestro carece de importancia. Y la verdad es que ya no sé si quiero que la tenga o no.

—¿Sí?

Esboza su mejor sonrisa canalla, de medio lado y cargada de oscuras promesas. Ni siquiera estoy segura de que él sepa lo que podría conseguir con una sonrisa así. El mundo entero. Mi corazón quizá.

—Esta noche voy a portarme bien.

Asiento aun sin saber qué significa eso ni por qué ha hecho hincapié en lo de «esta noche». O qué entiende él por «portarse bien».

—¿Y mañana? —pregunto, despistada por el roce de su pulgar contra la piel sensible del interior de mi muñeca.

Trata de no reaccionar a la pregunta, pero no se me escapa la fugaz tensión en sus labios o la chispa de resignación que asoma a sus ojos.

—Ve a ponerte el pijama, anda. —Su mirada desciende hasta el puñado de prendas que estoy apretando en mi mano—. Aunque no sé yo si a eso se le puede catalogar como ropa para dormir.

—¡Eh! ¡Que es mi pijama favorito! —protesto, y Blake suelta una carcajada al tiempo que deja ir mi mano.

—Está lleno de agujeros…

—Le tengo cariño —replico. Le enseño la lengua y me encamino hacia el baño.

No le digo que he guardado durante años los pantaloncitos y esta camiseta de Berkeley porque me la regaló mi hermano en una de sus visitas a casa cuando estaba en la universidad, y que él lo acompañó en ese viaje. Blake hizo algún absurdo comentario sobre lo bien que me quedaba la camiseta, a pesar de que era demasiado grande, y yo, como una chiquilla encandilada, convertí aquellas dos prendas en algo que atesorar. La historia es vergonzosa y ridícula. Y, sí, probablemente debería haberla tirado hace tiempo.

Pero no puedo.

Cuando ya me he deslizado dentro del aseo y voy a cerrar la puerta, Blake vuelve a llamarme. Me asomo y lo veo de pie en mitad de la habitación, inmóvil. Abre la boca para decir algo, pero la vuelve a cerrar.

—¿Estás bien? —le pregunto, porque parece… desconcertado. Frustrado.

Él tan solo asiente.

—No es nada —dice tras unos segundos, y se vuelve de espaldas.

Lo observo durante un momento y, aunque no puedo ver su expresión, juraría que está contemplando la cama como si fuera alguna clase de monstruo al que no sabe cómo enfrentarse. La imagen es tan surrealista, tratándose de Blake Anderson, que apenas consigo ahogar una risita.

—Blake… Es una cama, no va a morderte.

—Nunca se sabe —contesta, todavía de espaldas a mí.

Esta es, con toda probabilidad, una faceta de él que no esperaba descubrir. No puedo decir que no me guste verlo tan descolocado, como si no supiera enfrentarse al hecho de tener una cama y a una chica en la misma habitación. Ambos sabemos que eso es algo que, en su caso, se da con cierta frecuencia.

Y tal vez sea mala idea —una idea pésima si tenemos en cuenta que le he prometido que solo íbamos a dormir—, pero mis pies me arrastran por sí solos de nuevo a su lado. Le doy un golpecito en el hombro y me giro, mostrándole la espalda de mi vestido.

—¿Te importa? —Señalo el broche que se cierra sobre mi nuca y que mantiene el vestido en su sitio.

—Enana…

Está claro que sabe tan bien como yo que no necesito su ayuda para desabrocharlo. Pero sus manos están sobre mi cuello incluso antes de que termine de pronunciar esa única palabra. Un escalofrío se desliza por mi columna al sentir un leve roce y lo cerca que está de mí; no importa las veces que suceda, cada vez que Blake me toca provoca toda una avalancha de reacciones poco sutiles en mi cuerpo. Y la cosa empeora bastante cuando, en vez de abrir el broche, las yemas de sus dedos descienden por mi espalda trazando una línea de fuego sobre mi piel, incendiándolo todo a su paso.

La caricia me hace arder de pies a cabeza.

—Raylee —murmura en un suspiro ronco y sensual—, ¿me estás poniendo a prueba?

—¿La superarías? —pregunto a su vez, aunque no tengo muy claro de qué prueba hablamos.

¿Lo estoy tentando? Sí, no soy tan ingenua como para no ser consciente de que Blake me desea tanto como yo lo deseo a él. Pero es solo eso, me aseguro a mí misma: deseo. Seguramente, avivado por la tentación de lo prohibido.

De eso va todo, ¿no? Las apuestas están tan altas solo porque deberíamos mantenernos apartados el uno del otro.

—Eres preciosa —farfulla, atropellándose con las palabras y en un tono tan bajito que debe creer que no lo he escuchado—, y me estás volviendo loco.

Sus dedos alcanzan la parte baja de mi espalda. Apoya la palma al completo sobre mi piel para luego deslizarla hacia un costado, colarla por dentro del vestido y terminar dejándola sobre mi abdomen.

—Me vuelves loco —repite, con otro susurro, pero ahora sus labios, junto a mi oído, pronuncian la frase con una firmeza deliberada—. Completamente loco.

La temperatura de la habitación sube varios grados conforme Blake me arrastra hacia atrás, hasta que mi espalda reposa en su pecho y mi trasero roza su poderosa erección. Mi cuerpo se arquea contra el suyo en un acto reflejo a pesar de que no hace ningún otro movimiento. No dice nada ni hace ademán de llevar su mano más hacia arriba o abajo, sino que la mantiene reposando con suavidad sobre mi abdomen.

Durante unos pocos minutos nos quedamos así, respirándonos, sintiéndonos de una manera tan intensa que resulta desgarradora. Ahogándonos en las sensaciones que despierta la piel del otro. Su cercanía. Su olor, y el mero hecho de compartir el mismo aire al respirar con cierta dificultad.

Abrumador. Esa es la palabra. Blake Anderson resulta abrumador, como si saturara mis sentidos y ya no fuera capaz de ver ni percibir nada más allá de él.

—Raylee…, tienes que… cambiarte —farfulla a duras penas, el aire entrando y saliendo de sus pulmones de forma entrecortada—. Tenemos que… dormir.

Vuelvo a asentir con una torpeza idéntica a la que él ha empleado para hablar. Y, cuando ninguno se mueve o se aparta del otro, me pregunto si, en realidad, alguno de los dos sabe qué demonios estamos haciendo.

Blake

Mantenerme apartado de una determinada chica nunca ha supuesto un problema hasta ahora. Ni siquiera yo entiendo muy bien por qué mis manos parecen terminar siempre sobre Raylee. Por qué mis esfuerzos se vuelven inútiles cuando se trata de ella.

Esto no debería estar pasando. Nada de lo que ha sucedido entre nosotros tendría que haber ocurrido, pero una parte de mí me susurra que no se arrepiente en absoluto de haberla besado o tocado. Esa parte de mí que se muere por acariciarla de nuevo, que se ahoga en su aroma y también sin él; que no quiere, ni puede, mantenerse al margen.

Y cuando quiero darme cuenta la tengo contra mi pecho, encerrada entre mis brazos. Sus caderas se balancean hacia atrás y su trasero se frota contra mi erección. Estoy duro y más cachondo de lo que lo he estado jamás, y me siento como un capullo porque la quiero para mí, en mi cama, toda la maldita noche. La quiero en mi boca, frotándose contra mi mano; gritando mi nombre mientras se corre. Arañándome la espalda y montándome sin tregua como a un puto caballo de carreras.

La quiero de todas las formas posibles y por más tiempo del que debería desearla… La quiero durante cada instante que ella quiera regalarme. Mañana, tarde y noche. Y eso…

¡Joder! Ni siquiera sé qué hacer con ese pensamiento.

El mero roce de su cuerpo me está matando y, sin embargo, no soy capaz de moverme ni de hacer nada para ponerle remedio.

—Raylee…, tienes que… cambiarte. Tenemos que… dormir —le digo, ahogándome con cada puta palabra que sale de mi boca.

«Es lo correcto», me repito media docena de veces, en un intento de convencerme de ello.

Mis manos tiemblan al cerrarse sobre el broche de su nuca y apenas soy capaz de coordinar el movimiento necesario para abrirlo. ¿Por qué demonios me siento como un quinceañero desvistiendo a su novia por primera vez?

«¡No me jodas, Blake! No es tu novia».

No es nada mío ni va a serlo. Primero, porque, incluso aunque yo fuera capaz de mantener una relación por primera vez en mi vida, dudo que Thomas lo viera con buenos ojos, y no quiero convertirme en una decepción para él; otra más. Y segundo, porque Raylee se merece a alguien mucho mejor que yo. Alguien que pueda ofrecerle un cariño incondicional y que sepa lo que es amar a otra persona.

Yo no soy esa persona; no sabría ni por dónde empezar.

—¿Enana? —insisto, titubeante.

Ella tampoco se mueve y, a pesar de mi parloteo mental anterior, casi gruño de placer por el hecho de que así sea. ¿Cómo es posible que desee con tanta intensidad que se dé la vuelta y poder así arremeter contra sus labios y, al mismo tiempo, rece para que tenga el sentido común que a mí parece faltarme y se aleje de una vez?

Es de locos. Una puta locura.

«Muévete, imbécil», me reprocho. «Ella ha dicho que erais amigos y tú solo piensas en follártela de todas las formas posibles».

El pensamiento me hace reaccionar. De alguna manera, esa palabra, que Raylee pueda llegar a considerarme como a un verdadero amigo, es lo único a lo que me veo incapaz de renunciar. Retiro la mano de su abdomen con delicadeza y doy un paso atrás, incluso cuando hay una parte de mí gritando para que no me aleje de ella ni un miserable centímetro. Incluso cuando el anhelo que siento resulta doloroso.

—Ve a cambiarte —le espeto con amargura, y me arrepiento de inmediato de la dureza con la que le he hablado—. Por favor, Raylee. Por… favor.

Durante unos pocos segundos continúa inmóvil. No se mueve ni me mira, pero luego su respiración se entrecorta y, acto seguido, avanza a trompicones hacia el baño. No vuelve la vista atrás. Si lo hiciera… Si dudara…

«No la dejarías ir nunca», susurra una voz en mi mente.

El golpe de la puerta contra el marco al cerrarse, aunque suave, retumba en mis oídos como un trueno. El aire escapa de mis pulmones dejándolos tan vacíos como me siento yo sin Raylee entre mis brazos.

¡Por el amor de Dios! ¡¿Qué cojones me pasa?!

Me miro las manos, que siguen temblando, y a punto estoy de soltar una carcajada de pura perplejidad. Y, aunque todo lo que debería hacer es aprovechar el momento y largarme ahora que parece que soy capaz de moverme, no lo hago. No voy a ningún sitio lejos de esta habitación. Porque soy un egoísta y voy a disfrutar de lo que queda de noche para estar cerca de ella, y mañana, tal y como me he prometido, me portaré como el mejor amigo de Thomas, como el que él espera que sea, como el padrino de boda ejemplar que debería ser. Y también como su amigo; un verdadero amigo para Raylee.

Mañana seré de nuevo yo. El tipo que se ríe de la vida para que la vida no vuelva a reírse de él, y que no necesita a nadie, pero ansía conservar a las únicas personas a las que les importa de verdad. Mañana, cuando Travis reaparezca a saber con qué mierdas a su espalda, será fácil recordar quién soy: el tío que solo conseguiría hacerle daño a alguien como Raylee.

Y eso es algo a lo que no estoy dispuesto. Me aterra que sufra por mi culpa.

Raylee me encuentra aún plantado en mitad de la habitación cuando regresa del baño. Me rodea sin siquiera mirarme, ya con su ajado pijama, sin maquillaje y descalza, y se desliza entre las sábanas. El ambiente es totalmente distinto ahora y supongo que me dirá que me largue en cualquier momento. Casi estoy esperando que lo haga; posiblemente, porque además de un gilipollas también soy un cobarde.

—Tienes que meterte en la cama para dormir —me dice, por el contrario, con la misma suave ingenuidad que empleó anoche para señalar que debía desnudarme—. ¿Blake? Deja de fliparte, anda, y métete en la cama.

La risa que se entrevé en su tono de voz me obliga a girarme para mirarla.

—Pareces a punto de vomitar —dice. Aunque está sonriendo, sus ojos no transmiten la misma diversión, y puede que la desee un poco más por ser capaz de bromear a pesar de mi extraño comportamiento—. ¿Tanto has bebido?

No puedo evitar sonreírle porque…, joder, se lo merece. Se merece cada maldita sonrisa que alguien pueda dedicarle.

—Estoy bien —le digo mientras, sin pensar, me llevo las manos al primer botón de la camisa y lo desabrocho.

Sus ojos siguen el movimiento de mis dedos con atención. Tal vez no debería desnudarme, sino meterme vestido en la cama y permanecer tan alejado de ella como la amplitud del colchón me permita. O marcharme de una vez, eso sería incluso mejor. Pero el egoísmo es un monstruo que se ha apropiado de mis intenciones esta noche y yo estoy dejándole hacer.

Oh, y ese maldito suspiro que se escapa de sus labios cuando me deshago de la camisa…

—¿Decías algo, enana? —me burlo. Con Raylee es demasiado fácil pasar del desastre a esta divertida serenidad; ese es el efecto que tiene sobre mí.

—Eres idiota, Blake, eso era lo que estaba diciendo.

Le sonrío de medio lado cuando traslado mis manos a la cinturilla del pantalón y tiro del botón, recobrando un poco la compostura. De nuevo jugando a meterme en el fuego aun sabiendo que puedo quemarme; que voy a quemarme. Pero Raylee siempre se ha mostrado inmune a mis bravatas, tal vez así…

—No eres el primer tío desnudo que veo —suelta, y parece querer desdecirse en cuanto las palabras atraviesan sus labios.

A pesar de la dolorosa punzada que me provoca pensar en ella en brazos de otro, me apresuro a contestar:

—Lo suponía, enana.

No permito que mi tono de voz se altere y me esfuerzo para pronunciar la frase con una suave cautela. Sería un hipócrita si me cabreara por el pasado de Raylee, teniendo en cuenta el mío. Y, aunque yo fuera un monje tibetano, casto y puro —algo bastante alejado de la realidad—, tampoco tendría derecho a reprocharle nada. Tengo un montón de defectos, pero no dejaré que los celos se conviertan en uno de ellos. Raylee es tan dueña de sí misma como yo lo soy de mí.

—Eres muy pesado. Y muy lento —señala, poniendo los ojos en blanco, burlándose de mí.

Acomoda la cabeza en la almohada y se arrebuja entre las sábanas, como si le importara una mierda mi despliegue de encantos. Yo también siento deseos de reír. Es más, termino soltando una carcajada cuando ella bosteza, coloca una mano bajo su mejilla y cierra los ojos.

—Estás cansada —digo, finalmente en ropa interior, y ella asiente sin molestarse en mirarme.

Me tumbo en el lado libre de la cama, a una distancia prudencial. No nos tocamos, pero da igual; todo mi cuerpo arde en deseos de arrastrarse hacia el suyo. No sé cómo afrontar el hecho de que ella parezca tan relajada.

—Procura no roncar ni… moverte demasiado —suelta a continuación.

Pero entonces levanta los párpados y se queda mirándome, su expresión carente de somnolencia o agotamiento. Me observa sin pudor y soy incapaz de descifrar las emociones que dejan entrever sus preciosos y dulces ojos castaños.

—¿Quieres hablar?

De todo lo que podría haber esperado que dijera, eso no es en ningún caso lo que había imaginado. No logra esconder el interés tierno y preocupado al hablar, y comprendo que está pensando en nuestra conversación de la playa. Porque, a pesar de que esté cagándola a base de bien mintiéndole a su hermano, ella está preocupada precisamente por eso. Por mí.

Hago un leve movimiento con la barbilla mientras me tumbo de lado para quedar frente a ella. Hay al menos medio metro entre nosotros, pero no cedo y me mantengo lo más lejos posible. Aun así, la tentación es tan fuerte que acabo por extender la mano y apartar un mechón de su mejilla para colocárselo detrás de la oreja. El contacto, breve pero delicioso, envía una descarga por todo mi brazo y la piel de la nuca se me eriza. Y tal vez sea absurdo, pero lo siguiente que sé es que mi cuerpo se relaja y la tensión de mis músculos desaparece, como si eso bastase. Como si ella bastase.

Quizá así sea.

—¿Qué quieres saber?

—Lo que estés dispuesto a contarme —replica, de forma apresurada, haciéndome sonreír de nuevo—. Quiero saber que estás bien… —añade, titubeante.

—Estoy bien, enana. Todo está bien.

Arquea las cejas, suspicaz, y acto seguido comienzan las preguntas sobre mi familia. Sin embargo, yo le hablo de la suya, de lo que suponía para mí poder pasar con ellos algunos días en vacaciones, también en Acción de Gracias. De Thomas arrastrándome con él al menos un par de veces al año a su pequeña casita residencial al norte de California para compartir a su propia familia conmigo. De su madre y de algunas charlas que tuvimos sin que ni Thomas ni ella fueran conscientes de nada, porque una vez me pilló gritándole a Travis por teléfono y amenazándole con contarle a mis padres a qué se dedicaba fuera del horario escolar. Claro que tanto mi hermano como yo sabíamos que eso nunca ocurriría y, después de todo, terminaron por enterarse igualmente.

Le cuento cómo Thomas fue el responsable de que me dieran la primera verdadera oportunidad de participar en un proyecto importante en el despacho. De cómo yo pensaba que se debía a mi apellido, que mis padres habían movido los hilos a mis espaldas al enterarse de que había conseguido un trabajo por mi cuenta tras salir de la universidad, y cómo estuve a punto de rechazarlo por ese motivo. Pero al final no lo hice, y Thomas terminó por confesar que les había hablado a los jefes de mí y me había respaldado personalmente. Él me respaldó, sin condiciones y sin querer llevarse ninguna clase de mérito o favor a cambio.

Le hablo de tantos y tantos otros detalles insignificantes, pero importantes para mí, porque en el fondo quiero que comprenda mi forma de actuar respecto a ella y a Thomas. Y le digo que su hermano es verdaderamente brillante como arquitecto, graduado *summa cum laude* por la Universidad de Berkeley —aunque eso ya lo sabe—, pero que es aún mejor amigo que profesional.

—Es tan pesado como tú —ríe ella, y a punto estoy de perderme en la curva de su sonrisa. Perderme y no regresar—, pero te entiendo. Thomas es genial. ¡No se lo digas! Me torturaría durante años si se enterase de que pienso así.

—Tu secreto está a salvo conmigo —susurro entonces, aunque tal vez no me esté refiriendo a ese secreto en concreto.

Raylee me brinda una sonrisa con los párpados entrecerrados, pesados a causa del sueño. Tiro un poco de la sábana para ajustarla en torno a sus hombros solo porque eso me permite acercarme de alguna manera a ella. Mi mano revolotea a su alrededor de forma estúpida durante un instante. A regañadientes, la retiro y la coloco bajo la almohada; tal vez así consiga mantenerla lejos de ella de una vez por todas.

Continuamos charlando a pesar de que es evidente que está agotada. No cede cuando señalo ese detalle y le recuerdo el madrugón que nos espera, además de la caminata que Clare ha planeado. Así que permito que mi curiosidad aflore y entonces soy yo el que se encuentra interrogándola acerca de su vida en UCLA. Echa de menos a su madre y a Thomas, así como su hogar, pero le encanta el campus, la universidad y compartir piso con Tara, que se ha convertido en su mejor amiga desde el momento en que el azar las unió como compañeras de habitación en la residencia de estudiantes.

—Es muy inteligente y divertida, y también está un poco loca —relata, sin dejar de sonreír, y la chica ya me cae bien, aunque no la conozca—. Se atreve con todo y aprovecha cada oportunidad que tiene para hacer lo que realmente le gusta, no importa lo que la gente piense de ella. En cierto modo… parece una versión femenina de ti.

Suelta una carcajada que se ve interrumpida por un nuevo bostezo, mientras yo siento deseos de decirle que no, que yo no soy así de valiente. Porque, de repente, sí que me importa lo que la gente piense, lo que Thomas o su madre piensen de mí si se enteran de que me he acostado con ella.

Pero entiendo a qué se refiere Raylee, y no sé cómo sentirme ante el hecho de que solo me vea como un vividor. En ese instante ya no solo me preocupa la opinión de Thomas…

Ahora, me inquieta aún más saber lo que Raylee piensa de mí.

Blake

Estoy metido en un lío de cojones.

Raylee se ha quedado dormida y yo no he tardado mucho en caer también inconsciente. Me enorgullece decir que he logrado mantener las manos quietas y no me he movido de mi lado de la cama. Pero, en algún momento, ella ha rodado sobre el colchón hacia mí. El calor que emana de su pequeño cuerpo me ha despertado, a pesar de que aún no ha sonado la alarma de mi móvil, y me la he encontrado apretada contra mi costado.

Con cuidado, y evitando dar rienda suelta a ningún tipo de pensamiento lujurioso, intento empujarla hacia su lado. Tenerla casi sobre mí es lo más parecido al puñetero paraíso, pero ni siquiera está consciente. No sabe lo que hace y no voy a ser yo el que se aproveche así de ella. Puede que sea un capullo, pero no esa clase de capullo.

Casi de inmediato, se revuelve y retoma su posición a mi lado. Y, antes de que pueda hacer nada para evitarlo, uno de sus muslos se cuela entre los míos, rozándose con mi polla de tal modo que me arranca un gruñido.

¡Joder! ¿Sería posible que el maldito universo me pusiera las cosas un poco más fáciles por una vez?

Estoy a punto de despertarla cuando empieza a murmurar palabras sin sentido:

—Chocolate… Helado…

Ahogo la risa al imaginar lo que debe estar soñando. Siempre ha sido muy golosa. Aún recuerdo una ocasión, años atrás, en

Navidad. Thomas, como siempre, me había invitado a pasar unos días con su familia. Me desperté temprano y bajé a la cocina a por un vaso de agua y una aspirina que me ayudara con la reseca de la noche anterior. Thomas y yo habíamos salido con algunos de sus antiguos compañeros de instituto y la cosa se nos había ido un poco de las manos; más a mí que a él, la verdad.

Al entrar en la cocina, me encontré a Raylee sentada en un taburete frente a la isla central, devorando un bol de helado de plátano en el que había más sirope de chocolate que helado; parte de él, alrededor de su boca. Recuerdo haberme partido de risa a pesar de las punzadas que el dolor de cabeza me provocaba, y también haberme preguntado qué clase de persona tiene como helado favorito el de plátano…

La ternura de ese pensamiento, junto con el recuerdo, se evapora en un parpadeo en cuanto escucho que Raylee pronuncia mi nombre entrelazado con un profundo y perturbador gemido.

—Blake —vuelve a jadear, antes de que yo pueda procesar siquiera lo que está sucediendo.

Su cuerpo se retuerce sobre el mío; sus caderas embisten mi pierna y ahora soy yo el que exhala un gemido involuntario. Oh, joder…

«¡Despiértala! ¡Ahora!», me digo, a pesar de estar muriéndome poco a poco con cada roce.

—Raylee —la llamo, mientras la zarandeo con delicadeza—. Vamos, enana, no me hagas esto…

Un nuevo contoneo. Sus uñas se deslizan por la piel de mi pecho, cada músculo en tensión bajo su tacto, y sus labios se entreabren para dejar escapar un nuevo jadeo, ronco y bajo, como si se ahogara de placer con lo que quiera que está soñando.

Pero soy yo el que va a ahogarse o a explotar si no la despierto pronto.

—¿Raylee? Despierta —prosigo rogándole en voz baja.

Sería más efectivo elevar un poco el volumen de mis súplicas, pero, mierda, estaba tan cansada cuando por fin se ha quedado dormida.

—Más, Blake. Por favor… —farfulla a continuación, torturándome de una manera que no creía posible a estas alturas.

Pero, cuando estoy a punto de lanzarme fuera de la cama, por fin abre los ojos. Parpadea varias veces; los ojos turbios de deseo, pero también desconcertados. Incluso ahora, ya despierta, sus caderas se mueven en un último balanceo. Los restos de mi cordura vuelan lejos, a la puta luna, más o menos; dudo que sea capaz de recuperarlos nunca.

—Joder, enana. —Eso es todo lo que puedo decir, gruñir más bien.

Raylee desvía la vista hacia mi pecho, donde una leve marca enrojecida evidencia el camino que han trazado sus uñas sobre mi piel, y al levantar de nuevo los ojos su expresión no denota vergüenza alguna; no, solo hay deseo y un matiz de diversión que me provoca incluso más que todo lo que ha sucedido momentos antes.

Juro que va a acabar conmigo.

—Es pronto —balbuceo, solo para decir algo. Lo que sea—. Puedes… dormir un poco más.

Pero sus ojos están fijos en los míos. Se muerde el labio inferior para evitar echarse a reír. No lo consigue, y sus carcajadas inundan la habitación. Ese maravilloso sonido, combinado con las sacudidas de su cuerpo contra el mío, terminan de desatar el infierno.

¡A la mierda con todo!

—Ven aquí, joder.

Tiro de ella y la beso porque es lo único que puedo hacer. Mi boca se precipita sobre la suya con la urgencia del que se muere de sed y ha encontrado por fin el agua que le salvará la vida o, en mi caso, que terminará de condenarlo. Y, cuando Raylee reacciona entregándose sin un atisbo de duda, comprendo que eso es todo cuanto necesito para ceder por completo al deseo.

La tomo de las caderas para alzarla al tiempo que me incorporo y la siento en mi regazo. Acto seguido, acuno su rostro entre las manos para arremeter de nuevo contra su boca. La devoro desesperado, tal vez con más brusquedad de la que debería. No hay nada suave en mis movimientos, pero a ella no parece importarle. Nuestras lenguas se entrelazan y entablan una batalla de voluntades a la que estoy muy dispuesto a sucumbir.

No me importa perder; no con ella.

En ese momento no me importa nada. Nada. Salvo Raylee, su tacto, su aroma y el sabor delicioso de su lengua contra la mía. Y es posible que eso solo signifique que no tengo un ápice de voluntad cuando se trata de ella, porque nunca antes un beso significó tanto para mí ni una caricia me hizo temblar de deseo como lo hacen las suyas.

Joder, estoy de mierda hasta el cuello…

Pero no me detengo. Raylee se inclina hacia atrás cuando deslizo la lengua por su cuello. Le arranco pequeños gemidos mordisco tras mordisco, beso tras beso, dejando un rastro abrasador sobre su piel. Su cuerpo se arquea. Su culo empuja sobre mi polla y sus dedos se cierran sobre mis hombros; me clava las uñas una vez más en un dulce infierno de dolor y placer que hace que me dé vueltas la cabeza.

—La camiseta —gime, levantando los brazos, ofreciéndose a mí.

Se la arranco casi sin dejarla terminar de hablar, y me obligo a tragar saliva cuando su pecho queda al descubierto justo frente a mis ojos; sus pezones rosados, duros y erguidos, tan apetecibles que la boca se me hace agua mientras la observo.

Es tan perfecta que da miedo.

Repaso la curva de uno de sus pechos con el pulgar, pero apenas tardo unos segundos en inclinarme sobre ella. Le lamo el pezón y me lo meto en la boca, succionando, mientras que acuno su otro pecho con la mano.

—Dios, Blake…

Murmura mi nombre y se aprieta contra mi boca, reclamando más, y sé que soy un cabrón afortunado. ¡Maldita sea, probablemente me haya muerto y esté en el cielo!

—¿Te gusta? —inquiero, ansioso por una confirmación a pesar de que sus continuos jadeos revelan con claridad que está disfrutando.

Aun así, quiero que lo diga, que me lo cuente todo. Quiero saber que lo siente con tanta intensidad como yo. Que el anhelo que me provoca no es solo cosa mía.

—Sí, sí, sí —dice, con una vehemencia que me hace reír.

Pero ni siquiera entonces Raylee cesa en sus exigencias. Hunde los dedos en mi pelo revuelto y me da un pequeño tirón que me hace sisear; no sé si de placer o de dolor, seguramente ambos.

—Dime una cosa. —Tira un poco más de mi pelo para que levante la cabeza—. Anoche… ¿por qué no querías desnudarte?

¿En serio sigue pensando en eso? Creía que ya lo habría olvidado.

Le pellizco un pezón mientras con la otra mano, empujo sus caderas contra las mías. Deposito multitud de pequeños besos por su escote hasta alcanzar la base de su cuello y lamer el hueco que hay entre sus clavículas.

Se ríe y se remueve sobre mí.

—Suéltalo, Blake. Siento curiosidad…

Antes de permitirme contestar, se apropia de mis labios y me da un largo beso. Se emplea tan a fondo que, por un momento, cuando me libera, no tengo ni puñetera idea de lo que me ha preguntado. Así de perdido estoy…

Raylee me repite la pregunta entre risas. Aunque me planteo continuar distrayéndola, enseguida comprendo que me da igual si resulta vergonzoso admitir la verdad frente a ella.

—Está bien —digo, envolviéndola con los brazos para pegarla más a mí. Apoyo la frente sobre la suya—. Emmm... Estás muy estrecha y yo soy... grande —digo, con una timidez desconocida para mí—. Estaba acojonado por si me corría incluso antes de metértela del todo o, lo que es aún peor, por si te hacía daño.

Raylee no dice nada durante los siguientes segundos, los más largos de toda mi puta vida. Se queda observándome fijamente. Sus labios se abren, pero vuelve a cerrarlos enseguida, y luego los aprieta con fuerza y empieza a enrojecer de manera preocupante.

Explota en carcajadas poco después.

—Ay, Dios —se ríe—. Eso es... Es... —Ni siquiera consigue completar la frase.

La dejo caer hacia atrás y su pelo se derrama sobre la almohada de la misma forma en que lo hace la risa a través de sus labios. Es posible que sea la imagen más hermosa que he podido contemplar jamás a pesar de que se esté riendo a mi costa.

«Me estoy volviendo loco», pienso para mí, sonriendo como un estúpido, porque mis pensamientos están alcanzando un nivel realmente absurdo en lo referente a ella.

—Ay, Blake...

—Me alegra que te parezca tan divertido.

Me acomodo entre sus piernas, contagiado de su diversión, y arremeto con mis caderas contra las suyas con la intención de arrancarle un jadeo. Su risa se interrumpe de inmediato y se convierte en un ruidito sexy que le sale del fondo de la garganta, pero la cuestión es que yo tampoco puedo evitar gemir. Ni desear más. Todo. Lo quiero todo de ella. Cada risa, cada beso, cada caricia. Todo lo que esté dispuesta a darme.

—No, no… —intenta hablar, entre la risa y el jadeo—. Es que eso es… Es… A su manera, es algo muy dulce, Blake.

Me detengo.

Arqueo una ceja, convencido de que se ha vuelto tan loca como yo.

—¿Bromeas? —pregunto, pero ella niega.

—Es… Bueno, es bonito que te preocuparas por dejarme insatisfecha o por provocarme cualquier clase de dolor. No puedo decir lo mismo de otros tipos con los que he estado.

La idea de que algún idiota haya podido hacerle año me pone enfermo y me hace gruñir.

—Eso es porque eran unos capullos que solo se preocupaban de sí mismos. Aún más capullos que yo, quiero decir.

Levanta la mano y me acaricia la mejilla con la punta de los dedos mientras se estira para darme un beso en los labios. Suave, muy suave. Tan suave como peligroso para mi delicado estado mental.

—Tú no eres un capullo, Blake.

«Oh, sí, sí que lo soy», aunque no lo digo en voz alta porque me aterra que se dé cuenta por fin y eche a correr lo más lejos posible de mí. Que es justo lo que debería hacer.

Pero eso es algo que no sucederá esta noche.

Raylee

Nos provocamos y retamos sin pausa. Nuestra piel está cubierta de una fina capa de sudor y arde de la misma forma en la que el fuego nos consume por dentro. Entre risas y suspiros, Blake y yo jugamos a desearnos. Mis dedos enredados en mechones de pelo rubio; los suyos, explorando curiosos cada rincón de mi cuerpo, la curva de mi pecho, la piel suave del interior de mis muslos. Los labios sobre los míos, bebiéndose a ratos mis gemidos y en otros cada letra de su nombre, que me devuelve luego al pronunciar con voz rota el mío.

Es placentero y divertido. Jamás pensé en sentirme tan cómoda, tan deseada, tan desinhibida. Tan ligera y pesada al mismo tiempo, como si el roce de sus manos me elevara y me retuviese a la vez. Como un ancla que me mantiene aquí y ahora, pero que también me da alas para volar alto.

Blake está sobre mí; sus caderas embistiéndome, su erección frotándose contra mi centro de tal forma que me siento morir. Los diminutos pantalones de mi pijama han desaparecido hace rato y solo la ropa interior nos viste la piel. El cuerpo de Blake es… pecaminoso, pura lujuria. Sus músculos se contraen con cada movimiento. Sus hombros, la espalda ancha y, junto a sus caderas, los surcos que descienden hasta desaparecer bajo la cinturilla del bóxer.

Repaso los valles y crestas de su abdomen con la punta de los dedos y él suelta una risita, revolviéndose. Tomo nota mentalmente: Blake tiene cosquillas.

—Quiero verte desnudo —murmuro en voz baja. No por vergüenza, sino porque la intimidad del momento parece que así lo requiere.

Blake arquea las cejas y las comisuras de sus labios se curvan con una pereza maliciosa; pero, aun así, pregunta:

—¿Estás segura de esto, enana?

—¿Lo estás tú? —replico a su vez, y me arrepiento de inmediato al descubrir que su mirada se llena de incertidumbre.

Sé lo que piensa. Sé que la lealtad a mi hermano le sigue pesando incluso ahora. Y lo entiendo, porque yo también sé que mañana, cuando despierte, mi mente recordará cada segundo que he pasado con él, y tal vez…, tal vez ya no solo sea una simple aventura. Tal vez ya no sea solo sexo. Y eso hace que me plantee cuánto estoy entregándole a Blake Anderson de mí. Qué pasará cuando la boda se celebre y ambos regresemos a nuestras vidas. Cuando él se marche sin mirar atrás.

Incluso si mi hermano no se entera nunca de lo sucedido, ni mi madre… ¡Oh, Dios! Blake es como un hijo para ella. ¿Se enfadará con él? ¿Creerá que se ha aprovechado de mí? ¿Soy egoísta por no detener esto sabiendo que podría arrebatarle a la única familia con la que cuenta? Sin embargo, me veo incapaz de parar; aunque sepa que está mal, o que *podría* estar mal. Porque para mí no lo está en absoluto.

No hay modo alguno en el que pueda ver algo malo en Blake.

—No estoy seguro de nada, Raylee. No soy capaz de pensar siquiera…

Enreda los dedos en mi pelo y los desliza por un mechón, para luego apoyar la palma de la mano contra mi mejilla en un gesto repleto de ternura. Su mirada busca la mía, ansiosa pero titubeante, agónica. Deseando lo que no puede tener, pero que va a tomar de todas formas. Y yo quiero que lo haga, quiero que me arrastre hasta su pecho y no me deje escapar, me convierta eso en lo que me convierta. Supongo que hay momentos en los que es imposible luchar contra uno mismo. O quizá yo no sea tan fuerte como para hacerlo. Tampoco Blake, al parecer.

—Te quiero dentro de mí —admito, y él contesta con un siseo, apretándose contra mí en lo que probablemente no sea más que un acto reflejo de su cuerpo excitado.

En los segundos posteriores, en la habitación solo se escuchan nuestras agitadas respiraciones y el eco de las olas rompiendo en la orilla cercana. Todo en el complejo hotelero parece haberse detenido, esperando, escuchando… Blake pendiente solo de mí y yo de él.

—No puedes decirme eso… No… —gime, cerrando los ojos, pero sus labios ya están sobre los míos.

Empuja una vez más con las caderas y se retira a continuación. Mira alrededor hasta dar con sus pantalones, tirados en el suelo, olvidados como tantas otras cosas esta noche. Rebusca en los bolsillos, saca la cartera y, de esta, un preservativo. Me sorprende descubrir que le tiemblan los dedos cuando lo lanza junto a mí, sobre las sábanas.

—No sé lo que me estás haciendo, pero consigues que me sienta como un quinceañero —se ríe, sentado entre mis piernas.

Agita la cabeza de un lado a otro, como si no terminara de entender lo que está sucediendo. Lo que estamos haciendo.

—Iré despacio. ¿Recuerdas lo que te dije anoche? —pregunta, y yo asiento, pero de todas formas él repite—: Pídeme que pare y lo haré. En cualquier momento. Si dudas, si no quieres… Pídeme que pare…

Me incorporo y le pongo dos dedos sobre los labios para acallarlo, porque soy muy consciente de que Blake jamás haría nada que yo no quisiera y porque casi parece que me esté suplicando que lo detenga. Y yo no quiero que pare.

Cuando me aseguro de que no va a seguir protestando, encojo las piernas y me desnudo del todo; la confirmación de que no hay dudas por mi parte. Tras una brusca inspiración, Blake contiene el aliento y me observa mientras me tumbo de nuevo, expuesta frente a él; las rodillas ligeramente dobladas, la espalda contra el colchón y la mirada fija en su rostro. El corazón me golpea las costillas con tanta fuerza que seguramente Blake pueda escucharlo.

—Joder, Raylee.

Eso es todo. No dice una palabra más, solo me contempla con los ojos oscurecidos por el deseo y los labios entreabiertos.

Tras unos pocos segundos, y aún mirándome, una de sus manos se aventura a acariciarme el empeine, mi tobillo, y asciende poco a poco. Sus dedos describen círculos sobre la piel más fina de detrás de mi rodilla y continúan más y más arriba. La delicadeza de su roce me provoca un escalofrío a la vez que aviva mi necesidad.

—Eres la mujer más hermosa que he visto en toda mi vida —farfulla entre dientes, perdido en mí, como si el tacto bajo sus dedos fuera todo cuanto pudiera sentir en este instante.

Esta vez soy yo la que sisea al percibir el primer toque entre las piernas. Se me cierran los ojos por puro instinto y mi espalda se arquea, mis caderas buscando más. Reclamándolo dentro de mí. Estoy tan húmeda que incluso yo puedo notarlo y, cuando Blake presiona un poco con el pulgar en el punto justo, tengo que apretar los labios para no gimotear de placer.

Y entonces ya no es solo una única caricia; su otra mano se une a la primera y un dedo se desliza en mi interior. Luego dos, entrando y saliendo muy muy despacio. Dolorosamente despacio.

—Blake, por favor…

—Dios, no supliques, Raylee. No lo necesitas. Te daría cualquier cosa que me pidieras —asegura sin detenerse.

«Menos tu corazón», me digo. Pero enseguida aparto ese pensamiento, sin saber muy bien de dónde demonios ha salido. O quizá sí que lo sé, solo que no quiero afrontarlo en este momento.

«Cíñete al trato, Raylee. No pienses en mañana».

Blake me da el pretexto perfecto para no pensar en eso, ni en ninguna otra cosa, cuando retira las manos, desliza los dedos bajo la cinturilla de su bóxer y tira de él hacia abajo, liberando su erección…

—Oh, vaya —mascullo, y estoy bastante segura de que tengo cara de imbécil.

Blake se ríe, y juraría que aprecio un leve rubor en sus mejillas.

—Lo has dicho como si fuera… monstruoso. —Ahora soy yo la que río. No, no lo es; mi limitada experiencia no me da mucho con lo que comparar, pero…—. Iremos con cuidado.

Me guiña un ojo, pícaro y sonriente, y vuelve a situarse de rodillas entre mis piernas. Sin apartar la mirada de mi rostro, se acaricia, arriba y abajo, de forma distraída, aunque me da la sensación de que no es más que otra de sus provocaciones. Así que, ni corta ni perezosa, coloco mi propia mano entre mis piernas. El gesto no pasa desapercibido para Blake, que de inmediato se detiene; sus ojos oscuros, un pozo lujurioso en el que resulta inevitable caer.

—Joder, Raylee, vas a volverme loco —me dice—. ¿Quieres tocarte tú?

Niego con la cabeza. Y la humedad, resultado de mi deseo desbordado, me impregna los dedos mientras me acaricio bajo su atenta mirada.

Un gruñido reverbera en su pecho.

—Te quiero a ti —afirmo, con una seguridad que no deja lugar a dudas.

Se inclina sobre mí para devorar mi boca. Apresa mi mano con la suya y la acompaña en el movimiento.

—¿Dentro de ti? —gime contra mis labios, al tiempo que guía uno de mis dedos hacia mi interior.

Ni siquiera soy capaz de contestar con palabras.

Blake se bebe mi jadeo, introduce también uno de sus dedos junto con el mío y comienza a moverlo de una forma que me hace gemir cada vez más alto. Me acaricia con una devoción abrumadora, tanto que prácticamente ladro una protesta cuando lo retira. Sin embargo, es solo una pausa para colocarse el preservativo. Tiemblo de anticipación al contemplar cómo lo desenrolla con agilidad a lo largo de su miembro, duro y totalmente erguido. Listo para mí.

—Has hecho esto muchas veces, ¿eh? —No hay amargura en mi voz, no es un reproche.

Pero Blake levanta la vista y me mira.

—No tan a menudo como me da la sensación de que crees.

Me encojo de hombros. Sería una estupidez por mi parte pensar en las mujeres que deben haber pasado por su cama, y no, no voy a hacerlo; no cuando ahora está aquí conmigo. Eso es lo que importa.

Apoya los antebrazos a los lados de mi cabeza para soportar la mayor parte de su peso y se tumba sobre mí; su erección queda aprisionada entre nuestros cuerpos. Su cercanía espolea mi excitación, pero él se limita a depositar un pequeño beso en la punta de mi nariz. A continuación, entrelaza los dedos con los míos y arrastra nuestras manos unidas hasta dejarlas por encima de mi cabeza.

—Quiero follarte, Raylee. Quiero follarte hasta que no pueda más y luego volver a hacerlo —confiesa; la voz rota, grave, empapada de deseo—. No puedo dejar de pensar en ello y tampoco quiero. La sola idea de estar dentro de ti… —Sus caderas empujan y el roce nos hace gemir a ambos—. Pero esto no es un revolcón cualquiera y tú no eres una chica cualquiera. Voy a ir despacio porque no quiero hacerte daño ni acabar demasiado rápido, pero luego, si tú me lo permites, voy a follarte y hacerte gemir de tantas formas diferentes que ninguno de los dos recordará siquiera cómo se llama.

Apenas termina de hablar, me besa de nuevo. Su lengua busca la mía; me devora con una ansiedad que contrasta con la delicadeza que emplea para acariciar mi pecho, el costado de mi cuerpo, la curva de mi cintura. Su mano se cuela entre nuestros cuerpos y percibo el momento exacto en el que se posiciona entre mis piernas.

Y solo entonces, cuando empuja ligeramente para introducirse en mí, abandona mis labios para mirarme a los ojos.

—Estás condenándome, Raylee.

Blake

Dudo que Raylee entienda del todo mis palabras, pero yo solo puedo pensar en que, una vez que hagamos esto, no habrá marcha atrás. Acostarme con ella lo cambia todo, aunque le he asegurado que íbamos a follar hasta el agotamiento, no creo que esa palabra alcance a describir lo que estamos haciendo.

Por primera vez en mi vida, y a pesar de lo cachondo que estoy, hay un montón más de otras emociones apropiándose de mi estómago, de mi pecho. De todo mi maldito cuerpo y de mi mente.

Intento no pensar en ello y empujo un poco más. Raylee ahoga un jadeo y se le cierran los ojos. Está tan apretada, tan húmeda, que me veo obligado a parar y cerrar los ojos yo también durante un momento.

—No pares, Blake.

Me río contra sus labios, aún con los ojos cerrados, dejando que el roce de su boca contenga mis carcajadas.

—No pienso hacerlo —replico, aunque permanezco inmóvil.

Me concentro en la placentera sensación de su sexo ciñéndome, a pesar de que eso es, probablemente, un error. Si sigo así, acabaré antes siquiera de empezar. Debería pensar en otra cosa, algo que me distraiga, pero no quiero perderme ni una sola de las sensaciones que Raylee me provoca. Incluso cuando empujo un poco más y ella deja escapar otro más de esos deliciosos sonidos desde el fondo de la garganta.

—Vas a matarme —gruño para mí mismo, sin importarme si lo escucha.

El deseo de enterrarme por completo en ella se apropia de mi cuerpo. El corazón me late como si en cualquier momento fuera a explotarme en el pecho y mis músculos están tan tensos que tengo que luchar para controlarme. Le he prometido que iba a ir despacio, y eso es justo lo que voy a hacer.

Escondo la cara en su cuello y aspiro la dulzura perversa de su aroma. Lamo y mordisqueo su piel. Me la bebo a tragos largos, saboreándola, grabando a fuego en mi mente cada detalle, cada curva, cada sonido que exhala. Como un maldito yonqui; adicto a ella.

«Me estoy volviendo adicto a Raylee».

El pensamiento me golpea con tanta fuerza que me olvido de mi promesa. Mis caderas empujan hasta el fondo y…

—¡Oh, joder! —exclamo, seguido de una ristra de palabrotas que se entremezclan con sus gemidos—. Mierda, Raylee, ¿estás bien?

—Dios, Blake… ¡Sí!

La cabeza me da vueltas al ser consciente de que estoy dentro de ella, totalmente aprisionado y a su merced; su coño apretándome y sus uñas clavadas en la piel de mis hombros, instándome a moverme.

—Me tienes —le digo, y ella se ríe, empeorándolo todo aún más.

La beso para detener su risa, solo porque es una placentera tortura que dudo ser capaz de soportar. Raylee me devuelve el beso con la misma intensidad. Mientras ataco su boca con una desesperación que me asusta incluso a mí, salgo de ella muy muy despacio, y entonces arremeto de nuevo. Su espalda se arquea y sus tetas, pequeñas pero increíblemente apetecibles, reclaman mi atención. Jugueteo con sus pezones. Me los llevo a la boca, los lamo, succiono y mordisqueo de forma alternativa. Me recreo en ellos.

—Blake, Blake…

—¿Es esto lo que querías? —le digo, pero no es a Raylee a la que exijo respuestas, sino a mí mismo.

«Más. Más. Más», responde mi mente, mientras ella murmura un sí a duras penas.

La quiero por completo, de todas las formas posibles. La quiero en esta cama y en cualquier otra. En cualquier sitio, pero siempre cerca. La quiero…

Tan estrecha, caliente.

Tan suave.

Tan perfecta para mí.

Tan mía y yo tan suyo; como si estuviéramos hechos para encajar.

—¿Querías que te follara así? ¿Todo el tiempo? —continúo divagando con cierta rabia, porque no entiendo lo que me pasa ni lo que siento. Y acompaso mis embestidas al ritmo en el que las preguntas salen disparadas de mi boca.

—Sí —replica ella, condenándome de tantas formas distintas que ni siquiera puedo imaginarlas todas.

—¿Duro? ¿Lo quieres duro, Raylee?

«¡Oh, mierda! ¡¿En qué demonios estás pensando, Blake?!».

Raylee se ríe y asiente, entusiasmada, como si acabara de proponerle una sesión de cine con palomitas y su película favorita.

Juro que va a matarme.

A regañadientes, salgo de ella y me siento sobre la cama. Paso los brazos bajo sus muslos y tiro de su pequeño cuerpo hacia mí, hasta colocar mi polla en su entrada. Levanto la vista y me la encuentro observándome con cierta expectación y un brillo hambriento en la mirada. Solo por eso ya la deseo aún más.

La penetro con fuerza y sin contemplaciones, las promesas hechas totalmente olvidadas, y a punto estoy de correrme cuando Raylee arquea la espalda y sus caderas salen a mi encuentro.

Otra embestida.

Y otra.

Y otra.

El puto paraíso es una mierda comparado con esto, y yo soy el cabrón más afortunado del mundo.

Sus gemidos son casi gritos y, para mi sorpresa, gruño como un animal. Nunca había sentido nada semejante, tan visceral; pura necesidad. Y, cuando cierro los ojos y me dedico a sentirla, me doy cuenta de que Raylee está por todos lados. No solo se trata de la presión de su sexo rodeándome o de sus manos aferradas a mis brazos. Es el sabor de su boca sobre mi lengua, el tacto de su piel, su risa… Su maldita risa en mis oídos, sus preciosos ojos sobre mi rostro, cada palabra pronunciada. La sensación de tenerla acurrucada entre mis brazos en la playa. La preocupación apropiándose de sus facciones al hablarle de mis padres.

Su mano en la mía. Sus gemidos y sus silencios.

Ella.

Ya no hay cama, habitación ni hotel. Ya no hay un mundo ahí fuera. Nadie más. Solo somos Raylee y yo, aquí, en este momento. Su cuerpo bajo el mío, y yo en su interior.

—Quiero que te corras —le digo. Puede que sea lo único que deseo más aún que mi propia liberación.

Raylee abre los ojos mientras yo sigo hundiéndome en ella. Follándomela como he deseado desde el momento en que la descubrí observándome con el deseo enturbiándole la mirada. Me sonríe con los labios entreabiertos, el aliento entrecortado y las mejillas encendidas.

—Pues no pares.

Tiro un poco más de sus piernas hasta levantarle el culo del colchón, y el cambio de ángulo de mis embestidas le arranca un profundo y delicioso jadeo. Mis dedos se le hunden en la carne y sé que, probablemente, mañana tendrá marcas. Pero Raylee solo gime con más fuerza y yo no soy capaz de parar.

No sé cuánto tiempo pasamos así. Follando como dos animales, sin inhibiciones o pudor. Entregándonos. Sin nada más que una, tras otra, y otra embestida. El placer ya enroscándose en la base de mi espalda, mis huevos apretados y el puto mundo oliendo a ella, sabiendo a ella. Siendo ella.

—Te siento por todas partes —confieso, sin poder evitarlo.

Raylee me clava las uñas en los hombros, mientras sus caderas acompañan el vaivén de las mías en una armonía perfecta. No dejamos de mirarnos en ningún momento, y cada vez que me hundo en su interior juro que me muero un poco más. Ahogándome. Me ahogo en Raylee y no podría importarme menos. Joder, ojalá este momento no terminara nunca.

Pero mi aguante no es infinito y la noche tampoco. Está claro que Raylee me hace sentir demasiadas cosas, y una parte de mí, una que quiere esconderse en lo más profundo de mi pecho porque está aterrorizada, es consciente de que algunas de estas emociones no tienen nada que ver con el sexo. Sin embargo, me concentro en el aquí y ahora. Estoy demasiado cerca, y no hay manera en el mundo de que me corra sin que ella lo haya hecho antes.

Sin llegar a salir de ella, vuelvo a tumbarla sobre el colchón. Apoyo mi frente contra la suya y le susurro contra la boca:

—Tócate.

—¡¿Qué?!

Se me escapa una carcajada al ver su expresión de pánico. Aprieto los labios contra los suyos solo una vez y comienzo a moverme de nuevo. Pero agarro su mano y la arrastro entre nuestros cuerpos.

—Estoy a punto de correrme —murmuro—. Vamos, tócate, cariño.

En cuanto empujo un poco más su mano, se le cierran los ojos y exhala un largo gemido. Y entonces parece perder cualquier recelo inicial. Sus dedos cobran vida bajo los míos y yo me pierdo por completo en la deliciosa visión de ella recibiéndome en su interior mientras se acaricia. No creo que vaya a poder olvidarla jamás.

Mis embestidas se aceleran. Sus jadeos se entremezclan con mis gruñidos al empujar. Y, cuando empieza a gemir mi nombre y su espalda se arquea, sé que está tan cerca como yo. Aprieto los dientes y me hundo hasta el fondo.

—Córrete, Raylee —le ordeno, con voz dura y exigente—. Córrete para mí o me obligarás a salir de ti y hacértelo con la boca.

Dos embestidas más y la percibo palpitar a mi alrededor, y la presión de su sexo es suficiente para lanzarme de cabeza a mi propio orgasmo. Me derramo en su interior de una manera tan brutal que podría desmayarme. Mis párpados caen. El aire abandona mis pulmones y algo más escapa de mi pecho junto con él; algo que no sé lo que es o qué significa. Durante un momento, no sé qué significa nada. Qué es arriba o abajo. Dónde estamos. Hasta que abro los ojos de nuevo y veo el precioso rostro de Raylee.

Los temblores nos sacuden a los dos por igual y, aun así, me doy cuenta de que mis caderas continúan embistiéndola. Como si no pudiera o supiera parar. Como si no quisiera que acabara nunca.

Me obligo a detenerme y, aún dentro de ella, le paso la mano por el centro del pecho, su piel ardiendo bajo mis dedos, hasta alcanzar su cuello y poder atraerla hacia mí. Termina sentada en mi regazo. Aunque casi no puedo respirar, me apropio de su boca para beberme sus gemidos; mi nombre pronunciado en un susurro desgastado que me hace sentir el puñetero amo del mundo.

Estoy temblando contra sus labios.

—Nunca… Nunca… —farfullo.

No soy capaz de acabar la frase y no estoy muy seguro de lo que pensaba decir. ¿Nunca me he corrido así? ¿Nunca he sentido tanto y de forma tan intensa follando? ¿Nunca más haremos esto? ¿O nunca voy a… dejarte ir?

No importa. No cuando me veo obligado a salir de ella y Raylee exhala un quejido, y comprendo que acabo de comportarme como un animal.

«¡Joder, Blake! ¡Posiblemente la has dejado llena de cardenales!».

—Estás… ¿Estás bien? Yo…

—Tú ¿qué? —inquiere, y me brinda una de sus brillantes y hermosas sonrisas, una que hace que el corazón me lata de una forma errática y extraña.

Su pelo está hecho un lío de nudos y tiene un arañazo en el hombro. Ni siquiera soy capaz de comprobar el estado de sus muslos.

—No debería haber sido tan brusco. No quería…

«Mentiroso. Sí querías. No podías dejar de pensar en poseerla. En dejar tu marca en ella para que no pueda olvidarse de ti».

Y ahora soy yo el que está jodido de mil maneras diferentes y por motivos que ni siquiera comprendo. Ahora soy yo el que no podrá olvidar…

Raylee pasa los brazos alrededor de mi cuello y hunde los dedos en mi pelo. Respira aún de forma agitada; ambos lo hacemos. Y yo continúo temblando como un chiquillo tras su primera vez.

Me acaricia con la suavidad que yo debería haber mostrado con ella, y eso me hace sentir aún peor. Avergonzado.

—Todo está bien, Blake. Más que bien.

Me da un beso en el cuello y mis brazos se mueven por sí solos para rodearla, acunándola. El calor de su piel resulta reconfortante a pesar de que los remordimientos por mi comportamiento no dejan de aumentar. Parece tan pequeña, tan delicada. Tan… Raylee.

«Tan tuya. Para siempre».

Me estremezco y la aprieto más contra mí. Y nos quedamos así. Desnudos y refugiados en el calor del otro, como si estuviera bien.

Como si pudiera durar.

—Lo siento —murmuro.

Beso con suavidad cada centímetro de la piel de su cuello, pidiendo perdón. Suplicándolo. Ni siquiera he sido capaz de mantener una sencilla promesa, de tratarla con el cuidado que merece.

¡Por Dios! ¡Ni siquiera se había corrido nunca con un tío antes de estar conmigo! Y yo he acabado comportándome como un capullo, fuera de control.

Pero ella solo se ríe y se deja caer hacia atrás con los brazos extendidos sobre el colchón, los ojos cerrados mientras sus labios dibujan una sonrisa. Una sonrisa realmente preciosa.

—Estás loco si crees que deberías pedir perdón por esto, Blake.

—Te dije que iría despacio…

—También que te portarías bien. Bueno, en realidad, te has portado genial —dice, y suelta una nueva carcajada.

Yo agito la cabeza, negando con pesar, y deslizo por fin la mirada hacia sus piernas.

—¡Joder! —Tiene marcas en la parte alta de los muslos; las putas marcas de mis dedos en la piel—. Esto no tendría que haber sido así. No tendría que haber sido.

Raylee abre un ojo y su ceja se eleva en un arco perfecto. Tira de la sábana para taparse, repentinamente tímida teniendo en cuenta lo que acabamos de hacer.

—Bromeas…

—No me arrepiento —me apresuro a decir. No quiero que crea que ella es un error para mí.

Raylee podría ser cualquier cosa, salvo una equivocación. Pero yo soy un imbécil desgraciado que no merece ponerle las manos encima de nuevo.

Lo irónico es que, incluso ahora, los dedos me hormiguean, ansiosos por volver a acariciarla, y cada célula de mi cuerpo me exige que la mantenga cerca. Que la abrace, que… permanezca.

Pienso en esas marcas, mañana, a la luz del día, y en la decepción de Thomas. ¡Joder! Si solo descubre uno de esos cardenales manchando la piel de su hermana pequeña…

—Yo… Yo, mañana… —barboteo sin control; la decisión ya tomada—. Mañana voy a…

El sonido de mi móvil me interrumpe antes de que pueda completar la frase. No sé qué hora puede ser, pero ninguna en la que una llamada no signifique problemas. Aprieto los dientes mientras el sonido hace eco en las paredes de la habitación y se traga nuestro silencio.

Y al final, para bien o para mal, decido cogerlo.

Raylee

—Vale. —Blake está hablando con alguien por teléfono en ropa interior, dando paseos de un lado a otro del bungaló.

Mientras, yo todavía estoy tratando de asimilar lo que ha sucedido entre nosotros. Ha sido delicioso de una forma salvaje; tan brutal y descarnado que aún me tiemblan las piernas. Y no solo por haberme acostado con él...

Me muerdo el labio inferior. De nuevo, no tengo demasiado con lo que comparar, pero nadie me había hecho sentir tan cómoda y libre a pesar de lo frenético que ha sido todo; tan excitada y necesitada, y luego tan satisfecha. Pero Blake, aunque ha dicho que no se arrepiente, parece totalmente fuera de sí, y no puedo dejar de preguntarme qué ocurrirá mañana.

—Iré ahora mismo. —El tono resignado de su voz me devuelve al presente.

Deja el móvil sobre la mesilla con algo más de fuerza de la necesaria y comienza a vestirse. Ni siquiera me mira.

—¿Blake? ¿Qué pasa?

—Tengo que irme.

Me incorporo hasta quedar sentada. Aprieto la sábana contra mi pecho, sintiéndome más expuesta que nunca. Pero no permito que la brusquedad de su respuesta me intimide.

—Eso ya lo he oído. ¿Blake? —insisto, porque sigue vistiéndose sin dignarse siquiera a echarme un vistazo rápido—. ¡Mírame, joder!

Sus ojos vuelan hacia mí. ¡Por fin! Su expresión es indescifrable, pero eso no me detiene.

—No hagas esto. No conmigo —le espeto, enfadada—. Si después de echarme un polvo vas a largarte corriendo y no mirarme siquiera, no eres muy diferente de cualquier otro capullo con el que haya estado.

Blake no es así. No sé muy bien por qué lo sé, pero estoy convencida de ello. Y entonces, mientras me observa y un montón de emociones atraviesan a toda velocidad el azul tormentoso de sus ojos, me doy cuenta de algo: tiene miedo. Blake está acojonado, y no se trata de Thomas, ni siquiera de lo que pueda pensar mi madre...

Tiene miedo de *nosotros*.

—No hagas esto —insisto, dolida.

En apenas un parpadeo, Blake pasa a estar arrodillado junto a la cama, con la camisa a medio abrochar y una disculpa arrasando las líneas de su rostro anguloso; las palabras asoman a sus labios, pero es incapaz de pronunciarlas.

—Si vas a huir, al menos di adiós —murmuro, porque a mí lo que me da miedo es que desaparezca, que dé media vuelta y se largue sin mirar atrás.

Como si no hubiera pasado nada. Como si no fuésemos nada.

—Dios, enana —masculla con un resoplido.

Se acerca un poco más y, con la mano sobre mi nuca, me atrae hacia él. Apoya la frente contra la mía y los dedos de su mano libre rozan apenas mi mejilla. Suave, lentamente. Se toma aún unos segundos más para poner voz a lo que sea que le pasa por la cabeza, los mismos que a mí me lleva comprender que Blake Anderson se me ha metido bajo la piel y que, cuando la boda tenga lugar y todo acabe, me destrozará el corazón.

—Travis está en la recepción. Parece que ha decidido llegar un poco antes —farfulla entre dientes—. Va a quedarse en mi bungaló.

No dice nada sobre nosotros, o sobre lo que acababa de suceder, y decido darle un poco de margen. Después de todo, fui yo la que le ofrecí una aventura sin complicaciones, sin sentimientos. No hay nada que pueda reprocharle en ese sentido.

—Ve —replico, finalmente.

Blake parece titubear, y sus ojos repasan mi rostro cuando se separa un poco de mí.

—Lo siento —repite, pero yo no quiero que lo sienta. No quiero que se disculpe conmigo. En realidad, no sé lo que quiero.

—No puedo volver luego… —comienza a decir.

Capto enseguida lo que no dice. Si regresa a mi habitación, tendrá que contarle a Travis adónde va, y Thomas podría acabar enterándose. Eso me hace enfadar de nuevo, aunque ya no soy capaz de distinguir si estoy cabreada con él o conmigo misma.

—Vete.

No sé si lo estoy echando de mi bungaló o de mi vida. No puedo pensar. ¿En qué momento ha pasado esto entre nosotros? ¿En qué momento, en tan solo tres días, me he colgado como una idiota de Blake después de jurarme que no lo haría?

«Probablemente, cuando te follaba como si fueras la única mujer del universo…».

Me pongo los ojos en blanco a mí misma y, sin esperar a que Blake se marche siquiera, me tumbo de espaldas a él y me acurruco bajo las sábanas. A pesar de la dignidad mostrada, confieso que escucho con atención cada uno de sus movimientos…

Hasta que la puerta de entrada se abre y se cierra de nuevo poco después con un suave clic y me doy cuenta de que se ha ido.

—Se largó. Cogió la puerta, se marchó y no volvió.

—Emmm…, pensaba que era eso lo que querías. Una aventura sin complicaciones —replica Tara, al otro lado de la línea.

Apenas he dormido y, al final, he optado por salir de la cama y sentarme junto a la ventana de atrás, la que da a la playa. No hay gente a la vista. Es demasiado temprano para que los clientes del hotel se hayan puesto en marcha aún.

—Sí. No… ¡Claro que sí!

La risa de mi mejor amiga me llena los oídos.

—Vamos, Raylee, has estado colgada de Blake desde que te conozco. Incluso cuando tan solo lo veías un par de veces durante el curso, hablabas de él todo el tiempo.

—Pero se ha ido, Tara. ¡Se marchó sin más!

—Creo recordar que fuiste tú la que le dijiste que se fuera.

Me muerdo el labio por enésima vez; debo de tenerlo destrozado. También tengo un par de arañazos y marcas de dedos en torno a los muslos, y una agradable molestia entre las piernas. Un firme recordatorio de que no he imaginado nada de lo sucedido con Blake.

—Y… —añade Tara— tampoco tú le pediste que se quedara.

—Iba a irse de todas formas.

—Eso no lo sabes. Además, tenía un motivo. No es como si hubiera saltado de la cama en cuanto acabó. —No, no lo hizo. Fui yo la que le dio la espalda y se negó a ver cómo se marchaba—. A lo mejor él esperaba que le pidieras que se quedara. Tú misma has dicho que está cagado de miedo.

—¿Se puede saber por qué lo defiendes? ¿De parte de quién estás?

Tara vuelve a reír al escuchar mi tono irritado.

A pesar de mi aparente enfado, eso es lo que me gusta de ella: nunca me dice lo que quiero oír, sino lo que necesito escuchar. No es de esas amigas que te dan la razón solo para que te sientas mejor y no tener que sentarse a ver cómo despotricas.

—Blake te ha dado lo que pediste y, al parecer, lo ha hecho más que bien —se ríe, la insinuación patente en su voz.

Conoce los detalles de mi encuentro con Blake, aunque no le he contado nada de lo que él me relató en la playa. Confío en Tara más que en mí misma, pero esa no es mi historia y no soy quién para contársela.

La línea queda en silencio durante un momento y sé que Tara me está dando tiempo para que reflexione, para que asuma que las cosas no siempre salen como uno quiere y que, además, he obtenido precisamente lo que buscaba. Solo que puede que ni yo misma sepa lo que deseaba en realidad. No cuando se trata de Blake.

—Bien, entonces, ¿qué vas a hacer ahora?

—No lo sé —admito, porque la idea de encontrarme con Blake, con Thomas y Clare, y también de conocer a Travis en esta situación… No tengo ni idea de cómo va a comportarse Blake o cómo debería hacerlo yo.

—Pregúntate qué es lo que quieres, Raylee. Qué quieres de Blake…

Un par de golpes suaves resuenan en la puerta de entrada. Mi estómago se sacude; mariposas despiertan en mi interior y una estúpida esperanza, que ni sabía que albergaba, resurge en mi pecho a pesar de que es probable que solo sea Thomas.

—Están llamando…

—¡Pues abre!

Me dirijo hacia la entrada con el teléfono aún contra la oreja. Compruebo que llevo el pijama bien puesto y que las marcas quedan cubiertas por la tela del escaso pantalón.

—¡Servicio de habitaciones! —grita alguien al otro lado de la puerta, y el desánimo se apodera de nuevo de mí.

—No es él —murmuro a Tara mientras abro para encontrarme a uno de los empleados del hotel con una bandeja entre las manos.

Mi amiga chasquea la lengua y yo intento sonreírle al hombre, aunque es obvio que se ha equivocado de bungaló.

—No he pedido nada.

El tipo solo sonríe y me tiende la bandeja. El olor del café recién hecho me tienta de tal manera que estoy a punto de desdecirme y arrancarle el desayuno de las manos. ¡Oh, Dios! ¡También hay tortitas, huevos revueltos, un par de bollitos y algo tapado con una de esas campanas metálicas! Todo huele de forma deliciosa.

—No se trata de un error, señorita Brooks. Le han dejado una nota.

Eleva un poco la bandeja, que aún sostiene con paciencia, y hace un gesto con la barbilla en dirección a la hoja de papel que asoma bajo uno de los platos. La tomo y la desdoblo para leerla:

LO SIENTO, PEQUE.

B.

Nada más. Solo esas tres palabras y su inicial.

—¿Qué? ¿Qué pasa? —pregunta Tara. Casi había olvidado que continuaba al teléfono.

—Te llamo luego, ¿vale?

Cuelgo antes de darle opción a seguir interrogándome. Coloco la nota de nuevo en su sitio y, por fin, me obligo a hacerme cargo de la bandeja.

—Gracias.

El hombre me sonríe con elegante cortesía y se da la vuelta para bajar los escalones que separan el porche del bungaló del caminito adoquinado. Sin embargo, en el último momento, cuando estoy a punto de patear la puerta para cerrarla, me mira por encima de su hombro y dice:

—Procure comerse primero eso —señala la campana metálica— o se estropeará. Feliz día.

Y así, con esas últimas instrucciones, se marcha a paso vivo en dirección al edificio principal del complejo.

Blake me ha enviado el desayuno, un copioso desayuno he de decir, y una nota de disculpa. Pero… ¿qué demonios hay bajo la campana?

Apenas dejo la bandeja sobre la cama, con cuidado de no derramar el café, levanto la tapa y… No puedo evitar echarme a reír. Me inclino hacia delante para asegurarme de que es lo que creo que es.

—Helado de plátano —me río porque no tengo ni idea de cómo ha podido recordarlo.

Las tres bolas de helado están coronadas por una cantidad absurda de sirope de chocolate, tal y como me gusta. No puedo creer que Blake se fijara en un detalle como ese. Es ridículo…

Busco mi móvil y tecleo tan solo una palabra en un mensaje para Blake: *Gracias*.

Después, permanezco durante un rato inmóvil, observando el desayuno y, en concreto, el bol de helado mientras este comienza a derretirse. Ahora me resulta aún más complicado pensar qué actitud adoptar frente a Blake cuando nos veamos de nuevo, y comprendo entonces que tal vez…, quizá…, yo también estoy un poco asustada.

Blake

Me encuentro a Travis recostado en uno de los sillones de la lujosa recepción, sentado con un pie apoyado sobre la rodilla y los brazos abiertos a lo largo del respaldo, como si fuera el puto dueño de este sitio. Tiene veinticinco años, un humor de mil demonios y no admite un no por respuesta.

—No parece que estuvieras durmiendo —se burla nada más verme.

—Vamos. —Es todo cuanto contesto. No tengo ningunas ganas de discutir.

Mi hermano siempre ha tenido el don de la oportunidad. Aparece en el momento más inesperado y por los peores motivos posibles. Toda la mierda que hay a su alrededor me saca de quicio y él lo sabe, pero ello no le impide recurrir a mí cada vez. Más que hermanos, somos como un maldito matrimonio, aunque, en vez de «en lo bueno y en lo malo», estamos en lo malo y en lo peor.

—¿Qué ha sido esta vez?

Se toma su tiempo para contestar mientras se pone en pie y alcanza su bolsa. Se encoge de hombros cuando me dice:

—Mi casero me ha echado del apartamento. Se presentó allí la…

Levanto la mano para silenciarlo.

—¿Sabes qué? Déjalo, prefiero no saberlo.

Vuelve a encogerse de hombros. No le importa; nada le importa una puta mierda.

Inspiro profundamente y me recuerdo que ha pasado por mucho. No solo por mis padres y su *maravilloso* estilo de vida, sino por…, bueno, por todo lo demás.

Echamos a andar hacia la zona de bungalós. Vamos a tener que compartir el mío esta noche, la peor noche posible. ¡Joder! La he cagado pero bien. He traicionado la confianza de Thomas, me he comportado como un animal con Raylee y, para rematar la faena, la he dejado tirada después de haberme acostado con ella.

—Te estabas revolcando con una tía cuando te he llamado, ¿verdad?

Mi cabeza gira como un látigo hacia mi hermano, que camina un poco por detrás de mí, y estoy seguro de que mi expresión es suficiente respuesta. El muy capullo se limita a sonreír de esa manera tan perturbadora que tiene de hacerlo, curvando apenas un poco la línea de los labios, como si conociera hasta la última de tus miserias y, además, como si las compartiera y le pesaran tanto que tan solo pudiera reírse de ellas para no acabar destrozado.

—Tío, hueles como si hubieras estado follando desde el principio de los tiempos —continúa, sin cortarse lo más mínimo.

—Ni siquiera estás lo bastante cerca como para olerme.

—No, puede que no, pero el chupetón de tu cuello es bastante revelador.

Me llevo la mano al cuello por puro instinto y, de inmediato, pienso en las marcas amoratadas de Raylee… Maldigo en silencio mientras Travis se parte de risa, aunque sus carcajadas duran poco. Nunca se ríe demasiado, ni tampoco parece que lo haga por verdadera diversión. En cuanto a revelar sus emociones, siempre me ha dado la sensación de que es como si hiciera lo que los demás esperamos que haga. Lo justo para no desentonar demasiado.

—Qué fácil es pillarte, hermanito —añade, y enseguida comprendo que no hay ninguna maldita marca en mi cuello.

—Eres un capullo.

—No soy yo el que ha dejado a una chavala a medias.

Sin pretenderlo, Travis da en el clavo. No porque Raylee se haya quedado insatisfecha; joder, aún me palpita la polla al recordar su coño contrayéndose a mi alrededor, su forma de gemir mi nombre… Se ha corrido de una forma tan brutal como yo, estoy seguro. Pero me he largado como si ella no me importase nada, como si se tratara de un simple polvo al que olvidas en cuanto lo has terminado. Lo estoy haciendo todo tan mal con ella que no sabría ni por dónde empezar a arreglarlo.

«Oh, sí. Sí que sabes lo que tienes que hacer», replica una voz en mi cabeza, tal vez la parte de mí que entiende algo de lo que está pasando con Raylee. Pero decido ignorarla por ahora.

Echo a andar de nuevo sin tan siquiera esperar a ver si Travis me sigue.

—No la cagues, Trav, ¿me oyes? Es la boda de mi mejor amigo y yo soy el padrino.

—Tu mejor amigo, el hermano que nunca tuviste —repone él, el sarcasmo oculto en su tono, pero, aun así, evidente para mí—. Me portaré bien.

Eso mismo le he dicho yo a Raylee, que me portaría bien. Quizá cagarla sea la seña de identidad de mi familia. Lo cierto es que los Anderson no tenemos ni puta idea de relaciones. No sabemos lo que es el cariño o el amor… ¡Joder! ¡Amor! ¿Por qué demonios pienso siquiera en eso?

—Más te vale comportarte. No te atrevas a mirar a Clare dos veces —le advierto, aunque hace mucho que no lo veo tontear con una chica—, y ni se te ocurra acercarte a la hermana de Thomas.

Hipócrita, eso es lo que soy, un maldito hipócrita.

—¿Está buena? —pregunta, colocándose a mi lado cuando me detengo frente al bungaló.

—Ni lo pienses. Si la tocas, seré yo mismo quien te lleve a rastras a una comisaría y les cuente a qué te dedicas en tu tiempo libre.

—Tal vez ella quiera que la toque —se burla, ignorando mi amenaza—. No será ella con quien estabas, ¿no?

Niego de forma firme.

Un peso se instala en mi pecho mientras reniego de Raylee, un nuevo clavo en el ataúd de mi comportamiento lamentable. Dios, soy un hipócrita y un mentiroso repugnante.

Le cedo el paso a Travis, que enseguida lanza su bolsa a un lado y echa un vistazo a su alrededor. Yo entro detrás de él. El bungaló es idéntico al de Raylee, una cama enorme con sábanas de un blanco impoluto, muebles de mimbre y decoración con motivos marinos que te hacen pensar en una de esas playas paradisíacas del Caribe. Hay un minibar, al que mi hermano se dirige casi de inmediato, y justo a su lado una televisión de pantalla plana que ni siquiera he llegado a encender.

Pero todo lo que yo veo es a Raylee sobre el colchón de su propia habitación, tan diminuta y sola, acurrucada bajo las sábanas y de espaldas a mí. Y luego, como si mi mente —o más bien mi cuerpo— también recordara, su sabor me cubre la lengua y sus gemidos vuelven a llenarme los oídos; cualquier otro sonido queda desterrado de ellos. La veo tocándose, y yo tocándola a ella. Bajo mi cuerpo. A mi alrededor, llenando todo el puto espacio, ocupándolo todo.

Raylee pidiéndome más. Más duro, más fuerte. Más, más, más.

—Tío, ¿acabas de gemir? —suelta mi hermano, y de repente soy consciente de que no es Raylee con quien estoy y que vuelvo a estar empalmado.

Mascullo una palabrota mientras Travis me observa con las cejas arqueadas y la curiosidad asomando a unos ojos de un verde tan distinto al de los míos, azules. Ladea la cabeza con una expresión interesada que lo hace parecer más joven y mucho menos… cínico que de costumbre.

—Ni se te ocurra meterte así en la cama conmigo. —No me molesto en comprobar qué parte de mi cuerpo está señalando.

—Vete a la mierda, Trav.

Ignoro las burlas posteriores y, tras advertirle que apenas podremos dormir un par de horas (pienso arrastrarlo con nosotros a la excursión organizada por Clare), me meto en el baño con la excusa de darme una ducha.

Voy a hacerlo. Ducharme, quiero decir. Pero ambos sabemos que, o regreso a la habitación de Raylee para solucionar lo de mi inoportuna erección, o voy a tener que machacármela yo mismo. Me he masturbado más en los días que llevo de vacaciones que cuando tenía quince años.

Volver con ella no es una opción, por mucho que lo desee, así que recurro a la única alternativa que me queda.

Aún escucho las carcajadas de Travis cuando abro la mampara de cristal y me meto en la ducha. Las imágenes de Raylee desnuda, bajo mi cuerpo, se apoderan de nuevo de mi mente. La sensación húmeda de su sexo en los dedos, la dulzura de su boca en mis labios y ese aroma increíble y delicioso que desprende me llena los pulmones hasta que parece que me estoy ahogando en ella.

Apoyo la frente en los azulejos y dejo que el agua caliente resbale por mi espalda, consciente de que eso no hará que mis músculos se relajen. Solo puedo pensar en Raylee y en sus piernas rodeándome, sus caderas empujando, moviéndose en perfecta armonía en respuesta a mis embestidas.

La sensación de estar dentro de ella parece casi real.

—Estás obsesionado —farfullo mientras me rodeo la polla totalmente erecta con la mano.

Se me escapa un pequeño gruñido y me siento un gilipollas porque, al parecer, además de estar más cachondo de lo que lo he estado en toda mi vida, ahora también hablo solo.

He estado con una buena cantidad de mujeres, aunque es posible que no tantas como imagina Raylee, pero no he deseado a ninguna de esta forma. Nunca me he sentido tan satisfecho y a la vez tan... hambriento. Necesitado. ¡Joder! Quiero ir a buscarla y follarla contra la pared tal y como le he dicho, follarla una y otra vez hasta que no podamos mantenernos en pie. Hasta que olvide a cualquier otro tío que la haya tocado y yo no alcance a recordar a ninguna otra mujer (algo que, en realidad, ya está sucediendo). Quiero acariciar y besar cada rincón de su cuerpo; quiero volver a saborearla y hacer que se corra en mi cara. Follarla con los dedos y con la polla.

Gimo mientras me toco y olvido que mi hermano está a una pared de distancia. Que le den a Travis; que le den a él y a sus apariciones inesperadas. Quiero salir de aquí ahora mismo e ir a buscar a Raylee.

«Y luego ¿qué?».

Aprieto con más fuerza. Aumento el ritmo mientras me acaricio, arriba y abajo, e imagino que es Raylee la que lo hace. Que es ella quien mantiene su mano en torno a mí, sus labios rozándome la punta, y su lengua...

—Oh, joder...

«¿Qué demonios estás haciendo, Blake?», me pregunto. Y no, no me refiero a estar cascándomela con mi hermano en la habitación de al lado mientras me recreo en alguien en quien claramente no debería pensar.

¿Qué puedo ofrecerle yo a Raylee? Si ni siquiera he podido cumplir una maldita promesa y he salido corriendo a las primeras de cambio. No tengo ni puta idea de cómo tratarla; eso sin contar con lo que dirá Thomas cuando se entere.

No obstante, aunque resulta obvio el desastre que he provocado, cuando no hago más que cometer una equivocación tras otra, estoy convencido de que jamás podré pensar en Raylee como un error. Que jamás podré dejar de pensar en ella.

Y es entonces, al imaginarla subida a mi regazo, pegada a mi pecho, con sus labios contra los míos y los dedos enterrados en mi pelo, con esa maldita sonrisa que consigue iluminar todo a su alrededor, cuando mi mano parece encontrar por fin el ritmo adecuado, y mi cuerpo, la liberación que tanto ansía.

Raylee

No vamos de excursión.

Después de lo mucho que ha estado hablando Clare sobre visitar el parque nacional Islas del Canal, Thomas y ella han tenido que cancelarlo todo por una pequeña crisis con la organización de la boda. No sé muy bien cuál es el problema, pero la organizadora ha aparecido resoplando y con expresión de pánico cuando ya estábamos en la recepción, esperando para que nos entregaran las llaves del coche que Clare había alquilado.

Todos tenemos mala cara y es obvio que nadie ha dormido demasiado. Clare está de resaca, lo que debería resultar gracioso porque nunca la había visto en ese estado, pero la pobrecita no deja de lamentarse por haber bebido tanto a pocos días de su boda. Thomas ha bromeado al respecto y le ha restado importancia mientras se marchaban a solucionar lo que sea que vaya mal con la ceremonia.

Y Blake…

Blake casi ni me mira al aparecer con Travis, salvo para presentármelo con un gruñido.

—¡Encantada de conocerte al fin! —le digo, aunque puede que mi entusiasmo no sea del todo sincero.

El tipo me observa como si supiera exactamente que mi opinión sobre él no es demasiado buena, a pesar de que intento no juzgarlo antes de poder conocerlo más.

Le echo un rápido vistazo. Es tan alto como Blake, aunque algo más desgarbado. Aun así, es evidente que le presta cierta atención a su cuerpo, o que su herencia genética es tan buena como la de su hermano. Sin embargo, a diferencia de este, Travis cuenta con una buena cantidad de tinta en la piel. Un tatuaje asoma por el borde de la camiseta blanca que lleva y también alcanza parte de su cuello. Bajo la manga de uno de sus brazos se adivinan más dibujos y formas geométricas. Pero lo más inquietante es la manera en la que sonríe, si se le puede llamar así a lo que está haciendo mientras soporta con estoicismo mi escrutinio y, a su vez, me repasa de arriba abajo sin pudor ni disimulo.

Sus ojos verdes, muy diferentes a los de Blake, se reencuentran con los míos; su rostro carente de emoción, inexpresivo.

—El placer es mío, Raylee —responde, y juraría que Blake ha gruñido cuando su hermano ha pronunciado mi nombre—. ¿Desayunamos? —añade.

Blake resopla.

—Te dije que comieras algo antes de salir.

Travis no desvía la vista de mí para responderle:

—Antes no tenía hambre. Ahora sí.

Y yo que pensaba que Blake era intenso. Travis parece capaz de mantenerte clavada en el sitio únicamente con una de sus miradas. Solo que, a pesar de su atractivo y ese magnetismo que desprende, no me provoca absolutamente nada más que simple curiosidad.

No, él no es Blake.

Observo a este mientras fulmina a Travis sin esconder su malestar. Está claro que lo saca de quicio, y también que su hermano no hace nada por evitarlo.

Sigue decidido a no mirarme, cosa que ha hecho también con Thomas de una forma tan evidente que pensé que mi hermano se daría cuenta. Pero supongo que ha estado demasiado pendiente de Clare para hacerlo.

No obtuve respuesta al mensaje que le envié hace unas horas agradeciéndole el detalle del desayuno, por lo que no tengo ni idea de en qué punto estamos. Mi enfado se ha atenuado ligeramente, lo suficiente como para llegar a pensar que deberíamos hablar en cuanto estemos a solas y, tal vez, para hacer caso de los consejos de Tara y ser clara con él.

—El bufet aún debe estar abierto —le digo a Travis, ya que Blake no parece tener intención de decir nada.

El chico nos mira de forma alternativa y, por un momento, me pregunto si la tensión existente entre Blake y yo resultará tan obvia para él como para mí. Parece un tipo observador, uno de esos que se percatan de cada detalle de lo que los rodea, hablan poco, pero miran mucho, y saben exactamente lo que pasa en todo momento, como si el control de cada situación formara parte de lo que son o de lo que necesitan ser para sentirse seguros.

—Te acompaño —interviene de pronto Blake, mucho más solícito que hace un momento.

Cualquiera diría que no quiere quedarse a solas conmigo.

Arqueo las cejas, esperando que me mire y hacerle comprender que sé lo que está intentando. Pero sus ojos siguen posándose en cualquier lugar menos en mi rostro. Su hermano, por el contrario, está totalmente pendiente de mí.

Travis se encoge de hombros y, en esta ocasión, cuando asegura que prefiere que sea yo la que lo acompañe hasta el bufet, juro que Blake sí que ha gruñido.

«¿Celoso?», siento deseos de preguntarle. Pero, como ha decidido ignorarme, opto por colgarme del brazo de Travis y brindarle una sonrisa. Tal vez así Blake se decida a reconocer de una vez mi presencia.

Travis parece de repente sorprendido, como si no esperara que me mostrara tan efusiva en mis atenciones, pero se recupera enseguida y su rostro vuelve a convertirse en una máscara inexpresiva.

Dios, no se parece en nada a Blake…

—Vamos, preciosa, me muero de hambre.

—Travis —lo reclama Blake, la advertencia implícita en su tono grave y serio.

Pero su hermano solo le lanza una breve mirada por encima del hombro mientras echa a andar, arrastrándome a mí con él, y le dice:

—Ya te lo he dicho, hermanito. Me portaré bien.

¿Han hablado de mí? ¿Le ha contado Blake lo nuestro? ¿O se refiere a otra cosa completamente diferente? Me extraña que haya sido capaz de confesarle a su hermano algo de lo sucedido, teniendo en cuenta que no parecen llevarse demasiado bien. Tal vez no tenga nada que ver conmigo y solo esté paranoica.

Nos sentamos en la zona de la terraza, rodeados de otros muchos clientes del hotel; las mesas preparadas con evidente esmero y listas para el servicio. El día ha amanecido despejado y caluroso. No hay nubes en el horizonte y solo corre una suave brisa procedente del mar que no es suficiente para aplacar el bochorno. Casi agradezco que la excursión se haya suspendido. Aunque mi resaca no puede competir con la de Clare, las pocas horas de sueño y la inquietud por el comportamiento receloso de Blake no permiten que me relaje del todo.

El silencio se mantiene, denso y cargante, mientras Travis da buena cuenta de un variado desayuno. Blake se limita a quedarse sentado frente a mí, sus ojos muy lejos de mi rostro, y yo doy pequeños sorbitos a una taza de café.

Cuando Travis parece haber saciado al menos parte de su apetito, se gira hacia mí. No me pasa desapercibido que Blake se tensa a la espera de su siguiente movimiento. Su hermano, sin embargo, no da muestras de ser consciente de la atención con la que nos observa.

Ignorando por completo a Blake, Travis pasa la siguiente media hora charlando conmigo de forma amigable. Se interesa por mi vida en la universidad, los amigos que he hecho en el campus, las asignaturas que curso y un puñado de temas de lo más típico cuando acabas de conocer a alguien. Su voz es cadenciosa y pausada, casi melodiosa a pesar de su tono grave y ligeramente ronco. Es el tipo de persona que no dice nada antes de pararse a reflexionar sobre ello.

El tatuaje de su cuello le ondula sobre la piel mientras me interroga y, después de los primeros minutos, me percato de que tiene un piercing en la lengua, una pequeña bolita que destella de vez en cuando entre sus dientes. No puedo dejar de pensar en que Tara ya hubiera entrado a matar con él y casi se me escapa una carcajada al imaginar lo que puede suceder cuando se conozcan en unos días.

—Bueno, entonces, ¿qué podemos hacer por aquí para divertirnos un poco? —pregunta con la sombra de una sonrisa en los labios, reclinándose contra el respaldo de la silla.

Un camarero se acerca a la mesa y nos solicita permiso para recoger los platos ahora que hemos terminado. Blake asiente, más formal de lo que lo he visto nunca. No creo que sea debido al trato cortés de los empleados del hotel, pero no tengo ni idea de si es por mí o se debe a la presencia de su hermano.

—¿Qué tal si cogemos algunas olas, hermanito? —sugiere Travis. Por primera vez desde que nos hemos sentado se dirige a Blake, aunque sus ojos regresan muy pronto a mí—. ¿Qué me dices, Raylee? ¿Te gusta el surf?

Me echo a reír.

Nunca me he subido a una tabla de surf y no me veo capaz de mantener el equilibrio mientras una ola rompe bajo mis pies, pero el rostro de Blake se ilumina de tal forma que me encuentro asintiendo. De repente, su ceño ya no está fruncido y la manera en la que mira a Travis es totalmente diferente; más suave y, en cierto modo, un poco nostálgica.

—Os advierto que nunca lo he probado —admito—, así que solo… intentad que no me ahogue.

Travis se pone en pie y coloca las manos en el respaldo de mi silla. Empuja hacia atrás para permitir que me levante e incluso se inclina un poco con una elegancia que contrasta con la imagen de chico malo que proyecta. Un chico de pelo revuelto y tatuado, inquietantes ojos verdes y sonrisa aún más perturbadora.

Pero, antes de que pueda agradecerle el gesto, Blake ya está junto a él, inclinándose sobre mí. Sus dedos se enredan con los míos y el roce envía un chispazo que me recorre de pies a cabeza. Me brinda una sonrisa de medio lado, como si supiera exactamente lo mucho que me altera su cercanía. Y no se contenta con eso, sino que acerca los labios a mi oído, rozándome apenas el lóbulo al hablar.

—No dejaré que te hagas daño, peque —susurra muy bajito.

Travis tose para ocultar una carcajada y yo me veo obligada a apretar los labios para no ceder tampoco a la risa. Pero la verdad es que me es prácticamente imposible controlar las estúpidas mariposas que levantan el vuelo en mi estómago. ¿Cómo demonios consigue Blake provocarme tanto con tan poco?

—Estoy seguro de eso —se burla Travis, pero Blake lo ignora.

Se aleja lo justo para —¡por fin!— mirarme a la cara y sus ojos, turbulentos y cargados de miles de promesas, se anclan a los míos.

Siento deseos de decirle que no haga promesas que no puede cumplir.

Resulta obvio que solo se está comportando así porque su hermano me está dedicando toda su atención; quizá su rivalidad provenga de alguna antigua pelea por una chica. A cualquiera con ojos en la cara le resultaría difícil elegir entre ambos. Aun así, la preocupación de Blake es en vano. Tal vez, de no haberlo conocido a él antes, hubiera podido fijarme en Travis. Pero su hermano pequeño no tiene nada que hacer; es más, dudo siquiera que tenga un interés real en mí. Más bien creo que solo intenta ser amable conmigo y, quizá, sacar un poco de quicio a su hermano.

Blake continúa mirándome como si estuviésemos solos. Como si no tuviéramos a varias docenas de personas a nuestro alrededor y no hubiera camareros deslizándose entre las mesas, clientes charlando y comiendo, y su propio hermano no admirase con curiosidad la forma en la que me observa. Como si Travis no pudiera sospechar lo que hay entre nosotros…

Retrocedo de inmediato, sabedora de que Blake no está pensando con claridad. Si no se lleva bien con su hermano, a saber de qué modo puede emplear este dicha información. No quiero meterlo en problemas. Yo puedo lidiar con Thomas y su complejo de padre, pero Blake… No, no parece que él esté preparado para perder la estima de su mejor amigo.

Me aclaro la garganta.

—Bueno, ¡pues vamos a surfear unas olas! —digo, con un entusiasmo que me suena fingido incluso a mí.

Blake también retrocede un paso y parpadea, confuso, y supongo que esa es la confirmación que necesitaba sobre sus intenciones, o la falta de ellas. La decepción tiene un sabor amargo sobre mi lengua, pero no permito que altere la sonrisa falsa de mis labios y opto por colgarme de nuevo del brazo de Travis. En realidad, no es mi intención darle celos a Blake. Todo lo que deseo es disponer de unos pocos minutos para pensar qué hacer o si debería apartarlo a un lado y exigirle respuestas. Pero la verdad es que ni siquiera yo creo tener muy claro lo que quiero de él.

«Mentirosa. Mentirosa. Mentirosa».

Ahogo un gemido de frustración y echo a andar del brazo de Travis.

Nos dirigimos primero a los bungalós para ponernos el bañador. Blake obliga a entrar a su hermano en el suyo antes de hacerlo él. Yo sigo caminando hacia el mío, y mentiría si dijera que, en el fondo, no espero que Blake aproveche para ir tras de mí y poder hablar a solas. Me siento un poco estúpida cuando no lo hace, estúpida y enfadada. Debería hacerlo yo. Dar el primer paso.

«Si no le dices cómo te sientes, ¿cómo quieres que lo sepa?».

Es fácil y obvio, y evidente, y mil cosas más, que debería simplemente hablar con él. Pero no vuelvo atrás para hacerlo. Continúo avanzando hacia el lugar en el que anoche me besaba como si no deseara besar nunca a nadie más, y no puedo evitar recordar las palabras de Tara al respecto:

—Creía que era eso lo que querías, Raylee —farfullo en voz alta.

Pero no, no lo era.

Estoy totalmente colgada de Blake Anderson.

Raylee

No puedo ir a hacer surf, a no ser que quiera que las marcas de mis muslos pasen a ser de dominio público, y las preguntas, sobre todo las de Thomas, comiencen a caer sobre mí.

Estoy en mi bungaló ya hace rato, sentada en la cama mirándome las piernas como una idiota. También he pasado un tiempo frente al espejo para apreciar las que tengo en la zona de la clavícula, aunque esas se disimulan mejor; son solo un par de raspones. Pero no hay nada que hacer con las otras.

Le he mandado un mensaje a Blake para decirle que vayan sin mí. He omitido la razón. Me pareció que ayer se sentía ya bastante culpable para alentarlo aún más a machacarse por ello. Cada vez que recuerdo lo sucedido, sus embestidas, la forma en la que me mantenía contra su cuerpo, la manera en la que me llenaba, la piel ardiendo y la necesidad de más, como si no pudiera saciarme nunca de él…

Me estremezco cuando las imágenes comienzan a desfilar ante mis ojos y aprieto los muslos, repentinamente acalorada.

Doy un respingo cuando llaman a la puerta. Esta vez, tiene que ser Thomas. Solo llevo puesto el biquini, así que corro a ponerme los shorts vaqueros y tapar así las huellas del crimen.

—¡Voy enseguida! —grito mientras me abrocho el último botón.

Al abrir, descubro que, de nuevo, no se trata de Thomas, sino de Blake. Mi mirada busca la suya con cierta cautela, supongo que para comprobar cuál es su estado de ánimo. Él me observa también con precaución, como si esperase que comenzara a gritarle en cualquier momento. Pero, además, parece confuso y… triste. Tiene el ceño fruncido y me dan ganas de extender la mano y alisar la arruga que cruza su frente con la punta de los dedos.

No me muevo.

—No puedo ir con vosotros —le digo, solo para evitar que el silencio nos asfixie.

—Lo imaginaba.

Me tiende un bulto en el que ni siquiera había reparado, demasiado pendiente de su expresión. Al tomarlo de sus manos no tengo ni idea de lo que es, pero, cuando la prenda se despliega y cae, comprendo de qué se trata: un mono corto de neopreno.

Blake comienza a balancearse. Alterna el peso de un pie a otro, repentinamente tímido. Si no estuviera tan desconcertada, resultaría adorable.

—Es… Bueno, tapará lo suficiente. Las marcas. Supongo.

Hay dolor en su voz. Culpa.

Y aun así no puede resultar más atractivo. Es condenadamente guapo. Los hombros anchos, los brazos que asoman bajo su camiseta de manga corta, la cintura estrecha sobre la que hace equilibrios un bañador azul de tipo bermuda. La piel dorada y los mechones de pelo rubio que caen desordenados sobre su frente. Ojalá estuviera sonriendo y pudiera apreciar sus hoyuelos.

Con el pulso acelerado por la necesidad de rodearle el cuello con los brazos y apropiarme de su boca, desvío la vista y me quedo mirando la prenda de tonos negros y grises. No es demasiado gruesa, por lo que es perfecta para pasar un rato en el agua sin morirme de calor ni de frío, y también para tapar los moretones de la parte alta de mis muslos. Está claro que ha pensado en todo y, aunque no deja de maravillarme la preocupación de Blake (ni siquiera sabía que fuera la clase de tío que presta atención a ese tipo de detalles), me cabrea que siga creyendo que me hizo daño anoche.

—Entra —le ordeno, porque estoy dispuesta a zanjar este asunto ahora mismo. Pero él titubea en el umbral, así que añado—: Ya, Blake. Tenemos que hablar.

No se me escapa que prácticamente se encoge al escuchar esas tres palabras malditas. Nadie quiere que le digan «Tenemos que hablar». Es como una sentencia condenatoria; sabes que no saldrá nada bueno de ahí.

Pero mi intención es muy diferente, y sé que voy a tener que hablar rápido si no quiero que empiece a poner pegas a mis argumentos.

—Vamos a dejar esto claro —le digo, conforme avanza un par de pasos hacia el interior—. Lo de anoche ocurrió porque yo quería que pasara. Yo te pedí más y me gustó, así que deja de poner esa expresión horrorizada cada vez que me miras las piernas. Hazte a la idea de que es como un chupetón en el cuello. Para el caso es lo mismo.

—Raylee, no…

—A callar —lo interrumpo, sabiendo lo que va a decir, y él arquea las cejas, perplejo—. Si te arrepientes de acostarte conmigo, puedo entenderlo. Pero que no sea por esto. —Tiro del dobladillo de la camiseta para dejar las marcas al descubierto.

Sus ojos descienden por mi cuerpo, directos a mis caderas, apenas cubiertas por las finas tiras de mi biquini. Mientras me observa, se mordisquea primero el labio inferior y luego exhala un leve quejido.

—Oh, mierda, Raylee. Deja de hacer eso…

Sonrío, de mucho mejor humor que hace un momento, consciente de que no es la piel amoratada lo que ha llamado su atención. Nunca pensé que Blake se sentiría tan afectado por mí; soy yo la que me derretía cada vez que me miraba, la que no podía controlar la lujuria de mis pensamientos en su presencia.

—No es nada que no hayas visto ya —repongo, solo para comprobar si puedo turbarlo aún más.

Levanta la mirada hacia mi rostro con pereza, recorriendo el camino lentamente y de forma concienzuda; el azul profundo de sus ojos empañado por el deseo y su respiración irregular. La necesidad de que me acaricie estalla bajo mi piel. Me quema por dentro y por fuera. Mi sangre parece espesarse y arder también, convertida en lava fundida. Creo que he olvidado de qué estábamos hablando o por qué se supone que había venido él a mi bungaló.

Blake traga saliva antes de decir:

—Vamos, ponte el mono.

Bueno, puede que al final no esté tan afectado como yo, dado que quiere que me vista en vez de desear que me arranque la camiseta. Eso es justo lo que me gustaría a mí que hiciera él. Aunque, bien pensando, va a tener que hacerlo para meterse en el agua a coger olas.

Eso podría ser interesante...

—Está bien —termino por ceder.

Tiro más hacia arriba del dobladillo y Blake reacciona dándose la vuelta. Me dan ganas de reír. ¿De repente se ha vuelto tímido?

—Llevo puesto el biquini, Blake.

—Ya, bueno, no es que te tape mucho...

Decido no torturarlo más, pero aún hay algo que quiero asegurarme de que ha entendido.

—No más remordimientos por las marcas, ¿de acuerdo?

El cambio de tono en la conversación parece dejarlo fuera de juego durante un momento. Lo escucho suspirar y se lleva la mano al pelo en ademán nervioso, pero, acto seguido, contesta:

—No volverá a pasar.

Y no sé si se refiere a la culpabilidad o, por el contrario, está afirmando que no va a haber nada más entre nosotros.

Sea como sea, mientras me enfundo el neopreno a tirones, no puedo evitar pensar que ya es tarde para mí. Ahora que he probado el sabor de los besos de Blake Anderson, no pienso marcharme de regreso a la universidad sin disfrutarlo de nuevo. No importa si termina rompiéndome el corazón. Después de todo, aunque me he prometido no enamorarme de él, las reglas están para saltárselas…

—Ya está.

El traje me queda como una segunda piel, y la verdad es que no me sorprende que Blake haya acertado con la talla teniendo en cuenta que anoche recorrió cada curva de mi cuerpo con la mano y con la boca. El pensamiento me arranca una sonrisa estúpida que se hace aún más amplia cuando Blake gira sobre sí mismo y clava la mirada en mí.

—Bueno, está claro que te queda bien —murmura poco después de aclararse la garganta; su tono aún más áspero que un momento antes.

Se dirige a la puerta de forma tan apresurada que casi parece que la habitación hubiera estallado en llamas. En mi caso, desde luego, no puede ser más cierto. Tengo la piel caliente y me pican las palmas de las manos. Me muero de ganas de saltar sobre él, enredar las piernas en torno a su cintura y pedirle —rogarle— que me bese de nuevo.

Pero, para cuando quiero darme cuenta, Blake está ya fuera, bajo un cielo sin nubes y con el sol de California cayendo sobre él. Supongo que el resto de la charla sobre nosotros tendrá que esperar.

La mañana discurre con más rapidez de lo que hubiera esperado. En la zona final de la playa, junto a la cala en la que Blake y yo descubrimos a Clare y a mi hermano revolcándose ayer, hay una caseta de madera con un guardatablas en el que Travis ya ha alquilado tres tablas de surf; la mía es algo más grande y robusta que las otras dos. Una tabla de novata, supongo.

Cuando el chico a cargo de los alquileres sugiere llamar a uno de los instructores para que me dé una clase rápida, Blake le asegura que no es necesario. Él será mi profesor, lo cual, durante un rato, despierta mi lado más morboso. Pero eso es hasta que empieza a darme indicaciones y hace que me tire sobre la tabla, aún en la arena, para practicar el modo en el que tengo que ponerme de pie. Me siento ridícula.

Con Travis ya metido en el agua, Blake se dedica a supervisar cada uno de mis movimientos. En determinado momento, me agarra por el tobillo y coloca mis pies en la posición adecuada. Sus dedos se demoran algo más de lo necesario sobre mi piel y una descarga asciende por mi muslo, directa a mi entrepierna. Dios, soy una obsesa. No hay manera de que pueda estar cerca de Blake sin pensar en él dentro de mí, empujando sin control mientras gime mi nombre…

—Bien. Sí, así. ¿Lo tienes? —me dice, y, cuando ve que no respondo, añade—: Enana, ¿me estás escuchando?

La sonrisa se refleja en su tono de voz, evidentemente divertido a pesar de que regreso enseguida de mi mundo de perversión y lujuria, y asiento como si de verdad hubiera comprendido sus indicaciones.

—Sí, sí. Es fácil.

Blake se incorpora y agita la cabeza de un lado a otro, negando, con los brazos cruzados sobre el pecho. ¿He dicho ya que se ha quitado la camiseta en cuanto ha empezado a ladrarme instrucciones? Pues lo ha hecho y está para comérselo, así no hay quien se concentre en el dichoso surf.

—Vas a tener que ir andando mar adentro para pasar la zona de entrada. Aunque me encantaría verte con ese precioso culito en pompa tratando de sumergirte con la tabla para evitar las olas, será mejor que lo evitemos por ahora.

Dice algo más sobre que las olas rompen *a-frame*, por lo que podremos coger la ola a la vez, aunque luego agrega que casi mejor que me quede en la zona de espuma y él me ayudará. Yo asiento como si me estuviera enterando de algo, pero, cuando comienzo a meterme en el agua, en realidad no tengo ni idea de lo que estoy haciendo.

No tardo mucho en darme cuenta de que practicar surf es aún más difícil de lo que pensaba. A pesar de que Blake me ayuda a arrastrar la tabla hasta la zona donde empieza la espuma, y de que no creía estar en tan baja forma, las olas que van rompiendo tiran de mi tabla y de mí hacia fuera con fuerza.

—Puedes con esto —dice Blake, sonriendo, al descubrirme observando a Travis surfeando una ola con el estilo de un maestro.

—Vaya… ¿Tú lo haces igual?

Blake me muestra una de sus sonrisas repletas de hoyuelos, no de un modo arrogante, sino de pura felicidad. Sabía que Thomas y él iban a menudo a coger olas los fines de semana, pero no tenía ni idea de que le apasionaba tanto este deporte. Me encanta descubrir cosas nuevas sobre él. Además, es curioso, pero, en cuanto hemos cogido las tablas, la hostilidad que parece existir entre ambos hermanos se ha esfumado como por arte de magia. Incluso se han sonreído, ¡todo un avance! Como si el mar los obligara a concederse una tregua en la batalla que sea que mantienen.

Las primeras veces, Blake se queda junto a mí. Agarra mi tabla mientras esperamos a que llegue la ola adecuada y, entonces, me empuja y me grita que reme con todas mis fuerzas. Se supone que una vez que salga disparada hacia delante tengo que ponerme de pie. ¡Ja! Esa parte es una mierda. ¿Conservar el equilibrio mientras te arrodillas y saltas para ponerte de pie sobre un trozo de madera arrastrado por el mar a toda velocidad? Creedme, es muy muy complicado.

En el proceso las olas me revuelcan y me trago la mitad del océano. Las carcajadas de Blake, y también de Travis, se oyen por toda la playa, y mi dedo corazón no hace más que salir a saludarlos cada vez que me la pego. Sin embargo, y a pesar de lo agotador del proceso, mi espíritu competitivo hace de las suyas y me lo paso genial retándome a mí misma a conseguirlo.

—Vamos, vamos. Arriba —me urge Blake mientras sujeta la tabla y contempla la siguiente ola por encima de su hombro. Al girarse, yo ya estoy tumbada boca abajo y mi trasero queda justo entre sus brazos, delante mismo de su rostro—. Joder, enana —gruñe, en voz mucho más baja, pero de todas formas lo escucho con claridad.

Suelto una risita que se interrumpe en cuanto compruebo que un muro de agua más alto que cualquiera de los anteriores está a punto de alcanzarnos.

—¡Ay, madre! ¡Para! ¡Para, Blake! —le grito, pero ya es demasiado tarde.

El agua me lanza hacia delante como un puñetero cohete.

Me digo que puedo hacerlo, porque a estas alturas me niego a salir del agua sin haber sido capaz de ponerme en pie aunque solo sea una vez. Así que lo intento de nuevo. Con las manos planas sobre la tabla, impulso el torso hacia arriba y encojo una pierna hasta apoyar la rodilla; luego tiro de la otra y coloco el pie… y…

—¡Estoy de pie! —grito a pleno pulmón—. ¡Lo estoy haciendo!

No me atrevo a mirar hacia atrás por miedo a perder el equilibrio, pero escucho a Blake jaleándome y un largo silbido que supongo que proviene de Travis. Apenas son unos segundos hasta que alcanzo la orilla y la ola pierde fuerza; sin embargo, el subidón de adrenalina es increíble. Ahora entiendo por qué hay gente que se pasa tanto tiempo en el mar, los madrugones, ir de un lado a otro en busca de la ola perfecta… Resulta adictivo.

En la orilla, me bajo de la tabla de forma algo torpe, pero consigo, por primera vez, no caer. Enseguida me giro para mirar a Blake, con los brazos alzados por encima de la cabeza y dando saltitos. Está aplaudiendo mientras me brinda una sonrisa cargada de orgullo y tan tierna que me derrite.

—¡Lo he hecho! —grito de nuevo, y él asiente.

Me lanzo en su dirección con fuerzas renovadas, aunque mis músculos protestan por el esfuerzo mientras lucho por llegar a su altura. Travis pasa a mi lado subido en su tabla; viéndolo, parece mucho más fácil de lo que es. Pero ahora mismo nada de eso me importa.

¡Me he puesto de pie! ¡Soy la hostia!

Lo último debo de haberlo dicho en voz alta, porque Travis baja la vista hacia mí un segundo y me sonríe.

—Que no se te suba a la cabeza, preciosa —se ríe, y yo le saco la lengua.

Ni siquiera creo que lo haya visto. Ya va camino de la orilla. Tiene incluso un pequeño grupito de fans observándolo desde la arena; un puñado de chicas que no le quitan ojo ni a él ni a Blake.

No puedo culparlas. Dos tíos con cuerpos esculturales en bañador, todo músculos y abdominales, como el puñetero Henry Cavill, y, en el caso de Travis, buena parte de la piel cubierta de tatuajes, moviéndose sobre las olas.

Al alcanzar a Blake, me lanzo sobre él, eufórica, y me cuelgo de su cuello.

—¿Me has visto? —inquiero, aunque sé de sobra que lo ha hecho.

Blake me envuelve con los brazos y, de repente, me encuentro aplastada contra su pecho. Demasiado cerca. Gotitas de agua le caen por la cara y el cuello, y la piel le brilla bajo el sol. Seguro que parezco un perro mojado, aunque no me da tiempo a pensarlo. Lo único que sé es que todas las partes importantes de mi cuerpo están íntimamente pegadas a las del suyo.

—Te he visto, peque —susurra, con la cabeza baja y los ojos fijos en mi rostro.

Apoya la frente en la mía y su aliento revolotea sobre mis labios. Parece ajeno a todo lo que nos rodea, y el mundo entero desaparece también para mí. No hay playa, Travis no está mirándonos mientras vuelve a remar mar adentro y un montón de clientes del hotel —entre los que podría estar Thomas— no nos está observando.

Solo estamos Blake y yo.

Y entonces él suelta un suspiro envuelto en un pequeño quejido antes de agregar:

—No podría dejar de mirarte aunque quisiera.

Blake

Después de mi pequeño tropiezo con Raylee, me obligo a mantener la distancia con ella. Me había prometido no ceder a la necesidad imperiosa que me ataca cada vez que la tengo cerca, lo cual está siendo algo más difícil de lo que creía. Me vuelve loco en todos los sentidos, incluso sin intentarlo. Basta una de sus sonrisas para que se me acelere el corazón y el deseo se encienda. Es irracional y perturbador, y una completa locura.

Ahora, sentados sobre la tabla de principiante de Raylee mar adentro, lejos del pico de las olas, el mar nos balancea con suavidad y yo no puedo dejar de mirarla. ¿Cómo demonios hemos terminado aquí?

—Hay un sitio al norte de San Francisco donde las olas son espectaculares: Half Moon Bay. Es donde se producen las famosas *mavericks*. Te llevaré un día para que las veas —le digo, sin pensar siquiera en el hecho de que esté haciendo planes con ella cuando es probable que nunca vayan a tener lugar.

Raylee se inclina un poco hacia mí, interesada. Está sentada a horcajadas sobre la tabla; las manos a los lados para estabilizarse. El sol cae sobre sus mejillas y destaca un puñado de pecas que ni siquiera sabía que tenía, y sus ojos brillantes hacen juego con la luminosa sonrisa que me dedica.

Es preciosa, tan hermosa que se me encoge el corazón en el pecho al pensarlo.

—¿Has surfeado allí alguna vez?

Me echo a reír.

—No, no soy tan bueno ni estoy tan loco. Son olas gigantes; muchos surfistas se han ahogado tratando de coger una ola en esas aguas —le explico. Extiendo la mano y le coloco un mechón húmedo tras la oreja. Mis dedos acarician por iniciativa propia la piel de su cuello antes de retirarse—. Pero es una pasada ver a los surfistas locales o a los profesionales cabalgando uno de esos monstruos.

—Así que tu idea de una cita es llevarme a un casino o a ver a gente intentando no ahogarse —replica, y de inmediato aprieta los labios, como si no hubiera querido decirlo en voz alta.

Pero a mí, en cambio, el comentario me arranca una sonrisa. Una agradable sensación se extiende por mi pecho. Le guiño un ojo con mi habitual descaro y, de repente, caigo en la cuenta de que estoy coqueteando con ella intencionadamente. Diga lo que diga, y a pesar de mi decisión de cortar esto de raíz, es como si mi mente fuera por un lado y mi cuerpo por otro.

—¿Una cita? —pregunto, en un tono juguetón, divertido por el sonrojo que asciende por su cuello y se va acumulando en sus mejillas. Estoy bastante seguro de que no es producto del sol—. ¿Es eso lo que quieres de mí, enana?

La diversión se esfuma con la misma celeridad con la que ha aparecido al comprender que ansío saber la respuesta a esa pregunta más de lo que debería; más de lo que creía posible, tratándose de mí.

Raylee baja la vista y observa sus dedos aferrados a los bordes de la tabla con una intensidad que me desconcierta y me hace dudar. Tal vez lo único que quiere de mí sea un poco de sexo… Y me digo que eso, en realidad, sería lo mejor para los dos.

Un silbido atrae nuestra atención. Travis siempre tan oportuno; casi había olvidado que estaba con nosotros.

—¡Voy fuera! —nos grita desde la zona del pico de las olas, listo para coger la siguiente.

Le hago un gesto con la mano para hacerle saber que lo he escuchado.

Tanto Raylee como yo lo observamos comenzar a remar conforme la ola se le acerca y empieza a romper. Travis ha decidido cogerla de izquierda y, durante un instante, parece volar sobre la cresta, amagando giros y deslizándose con un equilibrio impecable.

—¿Hacéis esto a menudo? —pregunta Raylee, con la mirada aún fija en mi hermano.

—Antes, sí. Ahora… es más complicado —termino diciendo, porque la explicación completa es demasiado larga.

—Lo imaginaba.

—¿Por qué lo dices?

Raylee se encoge de hombros.

—Es como si al entrar en el mar hubierais dejado vuestras diferencias a un lado. A Thomas y a mí nos pasa lo mismo con ciertas aficiones comunes o en determinados momentos, como cuando mamá llega demasiado cansada del trabajo y nos ponemos de acuerdo para hacer la cena, poner la mesa… Ya sabes, hacerla sentir mejor.

No le digo que, en mi caso, mis padres solo acrecientan la tensión entre mi hermano y yo. Pero lleva razón en lo del surf. Cuando éramos poco más que dos adolescentes y aún nos llevábamos relativamente bien, nos escapábamos a la playa con nuestras tablas; solo él y yo, lejos de casa. Eran de los pocos momentos de verdadera paz con los que contábamos. El mar siempre nos unió.

—Echo de menos madrugar con él para ir en busca de buenas olas; la excitación previa, mientras nos vestíamos con los neoprenos en la arena, observando el pico; las charlas mientras esperábamos la llegada de la siguiente ola, o las que manteníamos después, exhaustos por las horas en el agua, pero satisfechos. Felices.

Raylee me sonríe y solo entonces comprendo que he hablado en voz alta. No pretendía contárselo; no es algo que le haya confesado a nadie, ni siquiera a Thomas.

—Deberíais volver a hacerlo.

Sin pensarlo, deslizo la mano por el borde de la tabla hasta alcanzar la suya. Apenas nos tocamos, pero ese suave roce es suficiente, tranquilizador; una paz diferente pero igual de potente. Tanto que me asusta.

—Está bien. Salgamos —sugiero, repentinamente inquieto.

Raylee parece confusa ante mi cambio de actitud, pero no dice nada. Solo asiente.

La tabla de principiante es ancha y tan larga que permite que ambos nos tumbemos sobre ella y rememos hacia la playa; sin embargo, tendría que acostarme sobre Raylee, o ella sobre mí, y no confío tanto en mi autocontrol.

Me dejo caer al agua y le indico que se tumbe.

—Coge la siguiente. Yo iré nadando.

No parece muy convencida. Una discreta arruga cruza su frente mientras se mordisquea el labio inferior. El gesto me hace desear ser yo el que le muerda la boca.

—Vale —acepta finalmente.

Comienzo a dar brazadas, directo hacia la orilla, pero enseguida me alcanza. Rema con fuerza y con algo más de decisión que al inicio de la mañana, haciéndome sonreír. Una ola no demasiado grande me sobrepasa y la empuja hacia la playa. No la pierdo de vista.

—¡Inténtalo, Raylee! —le grito, animándola.

Ella, ya en movimiento para ponerse de pie, se desequilibra al escuchar mi grito. No obstante, logra mantenerse sobre la tabla y erguirse por completo.

—¡Eso es! ¡Lo haces genial! —continúo animándola, con un orgullo extraño y, de nuevo, esa estúpida sensación cálida me invade el pecho.

Travis no pierde detalle desde la arena, donde un grupo de chicas ya lo han asaltado varias veces en el tiempo que lleva fuera. No parece prestarles demasiada atención, pero sí que mira a Raylee, e incluso se acerca hasta la orilla para recibirla.

Aunque luce insegura, ella se mantiene sobre la tabla, y al llegar muy cerca de donde se encuentra mi hermano aprovecha para bajarse con un saltito de la tabla. Pero, en vez de sostenerse en pie, prácticamente se derrumba y me doy cuenta de que algo va mal de inmediato.

Empiezo a nadar más rápido. Travis, mucho más cerca, se ha lanzado hacia ella y la está ayudando a levantarse.

—¿Qué pasa? —grito, tragando algo de agua en el intento—. ¡Joder!

En cuanto hago pie, echo a correr hacia ellos. Mi hermano la tiene agarrada por la cintura y pegada a su cuerpo. ¡¿Qué coño…?!

—¿Qué pasa? ¿Estás bien, peque? —Travis me lanza una breve mirada cargada de sorpresa al escuchar el apodo cariñoso, pero lo ignoro.

—No es nada —asegura Raylee, aunque no hace amago de deshacerse del abrazo de mi hermano—. Solo… he caído mal.

Prácticamente se la arranco de los brazos a Travis y la alzo en vilo para sacarla del agua; la preocupación y un instinto de protección desconocido para mí apoderándose de mi estómago. Ella se revuelve y protesta, farfullando una ristra de maldiciones.

—¡Por Dios, Blake! ¡Puedo andar perfectamente! Solo es una torcedura.

Enarco las cejas y la aprieto más contra mi pecho.

—Así que admites que sí es algo. —No la dejo contestar—. Cálmate, solo quiero echarle un vistazo.

La llevo hasta donde hemos dejado nuestras cosas. Un empleado del hotel, el mismo tipo que nos ha alquilado las tablas, se nos acerca a toda prisa con expresión preocupada.

—¿Va todo bien? —pregunta, solícito; todo el personal del hotel lo es.

—Se ha torcido el tobillo.

—No es nada —contesta Raylee a su vez.

—Iré a por hielo —interviene Travis, y su buena disposición sí que resulta sorprendente.

No me paro a reflexionar sobre ello; luego habrá tiempo para pensar en el motivo por el que mi hermano, normalmente hosco e impertinente, se muestra tan amable con Raylee.

—El hotel cuenta con un médico y servicio de enfermería —nos informa el chico—. Avisaré para que los estén esperando de ser necesario.

Deposito a Raylee con cuidado sobre una toalla. No para de refunfuñar, poner los ojos en blanco y maldecir como un camionero.

A pesar de la situación, me hace sonreír.

—Vaya boca te gastas, enana —comento, y sé que no es la primera vez que se lo digo.

Aunque la situación era muy distinta la última vez, y el mero recuerdo me la pondría dura en cualquier otro momento, me limito a rozarle la mejilla con la punta de los dedos y dedicarle una sonrisa estúpida.

—Venga, deja que te eche un vistazo.

Cruzada de brazos, exhala un suspiro resignado.

—Está bien. Pero que sepas que no es nada. Y no te preocupes por Thomas, le diré que todo esto del surf ha sido cosa mía.

Me siento en la arena caliente y me coloco su pie en el regazo con mucho cuidado. Tanteo el hueso del tobillo de forma suave pero firme y pruebo a movérselo de un lado a otro antes de pararme a pensar en lo que ha dicho.

—Me importa una mierda lo que diga tu hermano —suelto, porque espero que no crea que mi desasosiego se debe al temor a la reacción de Thomas.

Lo único que me preocupa es que se haya hecho daño.

Demasiado concentrado en su pie, no levanto siquiera la vista para observar su reacción a mis palabras, pero añado:

—Si quiere enfadarse con alguien, que sea conmigo.

Raylee suelta un quejido cuando le aprieto en un punto en concreto y yo maldigo en voz baja.

—Se te está hinchando. Te lo has torcido, puede incluso que sea un esguince.

—Pero si estoy bien —se queja, aunque con mucho menos ímpetu que hace un momento.

Miro al chico del alquiler de tablas.

—Iremos a ver el médico, ¿puedes avisarlo?

Las protestas de Raylee no cesan durante todo el trayecto hasta el edificio principal del hotel, aunque es probable que sea porque la llevo en brazos de nuevo en vez de permitir que camine apoyándose en mí. Travis nos acompaña, y la bolsa de hielo que ha traído hace equilibrio sobre el tobillo hinchado de Raylee.

—¿Quieres que avise a Thomas? —me pregunta.

—No, luego hablaré con él. Déjalo que arregle el tema de la boda, ya tiene suficientes preocupaciones.

—No voy a permitir que te eche la culpa, Blake —interviene Raylee, y Travis se echa a reír.

—Creo que llegas tarde para eso.

La burla de mi hermano, y la consiguiente miradita que me lanza, no llega a oídos de Raylee, que sigue protestando sin descanso y exigiendo que la deje en el suelo.

—¿Qué cojones quieres decir? —articulo con los labios, sin llegar a decirlo en voz alta para que ella no sea consciente de mi pregunta, aunque puedo imaginarme a qué se refiere mi hermano.

Puede ser muy pasota cuando quiere, pero también es tan observador como para haberse dado cuenta de la forma en la que miro a Raylee; estoy seguro de que no le ha costado atar cabos y sabe que ella es la chica con la que estaba anoche. Lo que no entiendo del todo es por qué creería él que eso supone un problema. No conoce a Thomas, y tampoco creo que sea consciente de lo poco idóneo que me siento cuando se trata de Raylee.

Mi hermano tan solo curva las comisuras de los labios y, por su expresión de suficiencia, se diría que sabe algo que yo desconozco. Me prometo tener una charla con él más tarde. No tengo ni idea de qué demonios le pasa con Raylee, pero, si la ha escogido precisamente a ella para reanudar su vida amorosa —o lo que es peor, su vida sexual—, mucho me temo que quien llega tarde es él.

La amargura de los celos y un intenso sentimiento posesivo, uno que jamás había albergado por una chica, me golpea con tanta fuerza que a punto estoy de tropezar y dejar caer a Raylee.

—Cuidado, hermanito —dice Travis, sujetándome del brazo y estabilizándome—. ¿No querrás hacerle daño a tu pequeña?

—No soy ni pequeña ni suya —señala Raylee, que esta vez sí lo ha escuchado.

No, no lo es. No es nada mío. Y eso solo consigue que mi amargura sea aún mayor.

«¿Qué mierda estás haciendo conmigo, Raylee?».

Blake

Al llegar al hall, ya nos está esperando uno de los recepcionistas, que nos guía por varios pasillos tan lujosos como el resto del complejo y nos hace entrar en una salita. Incluso esta estancia, a pesar de resultar evidente que es donde el médico atiende los pequeños incidentes de los clientes del hotel, está decorada con un gusto impecable. Los armaritos rellenos de vendas, soluciones desinfectantes e instrumental conviven con cuadros vanguardistas, varias esculturas de pequeño tamaño y algunas plantas que contribuyen a la atmósfera de serenidad que reina en la consulta.

El recepcionista nos deja a solas y nos informa de que el médico acudirá enseguida. Abandona la consulta y se lleva a Travis con él.

—Esto es del todo absurdo e innecesario —dice Raylee, después de que la sitúe sobre la camilla.

Tan pronto como me separo de ella, se incorpora para sentarse. El movimiento, demasiado brusco, hace que su rostro se contraiga de dolor en una mueca que no alcanza a ocultarme. Sus piernas cuelgan por el lateral y su tobillo está cada vez más hinchado.

—No, no lo es. Deja de quejarte.

Me planto frente a ella y le echo un vistazo rápido.

A veces olvido lo menuda que es, aunque eso no quiere decir que piense que es débil. Todo lo contrario. La chica que tengo frente a mí no tiene nada de frágil; es fuerte, exigente y también muy cabezota, y sé que está tratando de disimular el dolor solo para evitar que me sienta culpable. Me gustaría decirle que es imposible que no lo haga por múltiples motivos, algunos de ellos ni siquiera tienen que ver con su torcedura.

—Estás haciendo una montaña de un grano de arena, Blake. ¿Sabes? Estás loco si crees que voy a permitir que me venden el pie. A Clare le dará algo si aparezco en la boda sin los tacones que ha elegido para las damas de honor.

Me echo a reír.

—Adoro a Clare, enana, pero ¿de verdad consideras que en este momento me importa lo que ella piense o los malditos zapatos que llevarás en la boda? No puedo creer que sea eso lo que te preocupa.

Se encoge de hombros. Apoya las manos en el borde de la camilla y se inclina un poco hacia mí.

—Me preocupan muchas más cosas además de eso.

—Ah, ¿sí? —replico, acercando yo también mi rostro al suyo—. Dime cuáles.

Su mirada desciende hasta mis labios y se queda ahí durante lo que se me antoja toda una eternidad. Teniendo en cuenta lo cerca que estamos, solo tendría que moverme unos pocos centímetros para rozar sus labios y volver a perderme en su exquisito sabor.

—Tú —dice finalmente.

No trato de alejarme cuando pronuncia en un susurro esa única palabra. Nuestros alientos se enredan y mis ojos buscan en su rostro una señal que me indique a qué se refiere exactamente.

—¿Yo?

—Sí… Tú. Nosotros. —Por el rabillo del ojo veo que alza la mano y hace un gesto para señalarme. Para señalarnos—. Me preocupa todo esto. Sea lo que sea.

El calor asciende por su cuello en forma de un delicioso rubor que se extiende hasta alcanzar sus mejillas. Y de verdad que es muy posible que sea un capullo, porque, a pesar de que está herida, lo único en lo que puedo pensar es en besarla de una vez.

Es imposible permanecer inmóvil.

Pero cuando, al balancear la pierna, su pie choca contra mi muslo y esboza otra mueca de dolor, no puedo evitar tomar su rostro entre las manos.

—Estate quieta —gruño, no sé bien si porque es incapaz de hacerme caso o por la necesidad que no cesa de crecer en mi interior.

—Sigues siendo un mandón.

Pongo los ojos en blanco, pero no la suelto. Es como si mis dedos se negaran a alejarse de su piel. Tan suave, tan cálida. Tan suya.

Me había prometido hablar con Thomas, contarle lo que ha pasado y, por supuesto, no volver a tocar a Raylee. Eso es lo que debería hacer, y no estar aquí acunando su rostro y deseando besarla hasta que me duelan los labios.

Pero, como siempre, mi boca va por libre.

—Te encanta cuando me pongo mandón.

Raylee resopla, y entonces yo empujo un poco más sus rodillas con las caderas, hasta que consigo colarme entre sus piernas. Mis manos vuelan a la parte baja de su espalda. Si no fuera por el maldito neopreno…

—También es verdad que eres muy sobón —se burla, y su risa me llena los oídos hasta hacerme reír a mí también.

Raylee levanta la mano y me pasa los dedos por la comisura de la boca. Muy despacio y de forma cautelosa. El roce consigue que mis carcajadas cesen de golpe. No tengo ni idea de por qué mi cuerpo reacciona a ella de esta manera, pero sí sé que terminaré por volverme loco si continúa tocándome así.

Aparto el rostro, pero solo para inclinarme sobre su oído.

—Enana, me lo estás poniendo muy muy difícil —murmuro, bajito; mi voz más ronca que segundos antes.

Ojalá fuera capaz de controlar el deseo furioso que me provoca. La necesidad de tocarla, de revolotear continuamente a su alrededor, es cada vez mayor. Y me sorprendo preguntándome cómo demonios voy a pasar sin verla cuando se celebre la boda y ambos volvamos a nuestras vidas. Cómo me sentiré cuando no pueda escucharla reír o suspirar, cuando no pueda, simplemente, hablar con ella cada día.

—Blake —susurra ella, titubeante. Como cada vez que dice mi nombre, un escalofrío delicioso repta por mi espalda—. Nuestro pacto…

Retrocedo de inmediato para estudiar su rostro, y trato por todos los medios de controlar mis emociones y que no se reflejen en mi expresión.

—No voy a tocarte de esa forma —le digo, con una seguridad que no siento y a pesar de que eso… me mata.

La sorpresa se apodera de sus rasgos y, tras ella, llega la ira. Su enfado es evidente.

—Vaya. No pensaba que te hubiera resultado tan desagradable.

—Raylee…

—No. —Levanta la mano para silenciarme, más enfadada de lo que la he visto jamás—. Esto es culpa mía. Fui yo la que sugerí…

—Nada de esto es culpa tuya —la interrumpo, porque soy yo el que lo ha hecho todo mal con ella. Con todo el mundo—. Voy a hablar con Thomas. Es lo que debí hacer desde el principio.

Ahora es ella la que parece querer interponer distancia entre nosotros, aunque, dado que está sentada sobre la camilla, todo lo que puede hacer es inclinarse hacia atrás.

—¡Ni de coña! Thomas no tiene por qué saber nada de esto.

—Es tu hermano y mi mejor amigo. ¡Me ha elegido padrino de su boda, por el amor de Dios! ¡Se lo debo! —exclamo, perdiendo los papeles durante un segundo.

Me esfuerzo para calmarme. No quiero discutir con Raylee, menos aún cuando acaba de hacerse daño. El médico llegará en cualquier momento, y tal vez incluso lo haga también Thomas.

Ella, por el contrario, no se molesta en ocultar sus emociones. Sus labios forman una línea apretada y sus ojos arden, aunque esta vez no es por el deseo, sino de pura furia. Durante un instante no dice nada. Solo me fulmina con la mirada, con el ceño fruncido y los brazos ahora cruzados sobre el pecho, como si tuviera que protegerse de mí.

Odio verla así, y odio aún más ser yo quien provoca esta situación. Pero no es justo para Thomas que le mienta de esta manera y tampoco lo es para la propia Raylee. Tal vez no lo comprenda en este momento; sin embargo, es lo correcto, a pesar de que estoy seguro de que Thomas no va a tomárselo nada bien.

Al menos, si soy yo quien se lo cuenta, podré relatarle lo sucedido de modo que sea conmigo con quien descargue su enfado.

Y a Raylee… A ella le irá mucho mejor lejos de mí.

—No tienes que decirle nada —insiste, con cierta desesperación—. Además, esto no va a ir más lejos. Ha pasado y ya está. Se acabó, Blake —concluye, y esas dos palabras duelen como el mismísimo infierno—. De eso se trataba, ¿no? Ya hemos tenido nuestra aventura. Mi hermano no necesita saber que hemos follado. Solo ha sido sexo.

—Eso es —replico, retrocediendo aún más hasta que mi espalda topa contra la pared—. Solo sexo —afirmo, sin ningún control sobre lo que sale de mi boca.

Raylee aparta la vista y la fija en el suelo.

—Pues entonces no tiene sentido que hables con Thomas y le estropees la boda. Piénsalo, Blake. Sabes perfectamente cómo se lo tomará y que te hará responsable de todo, aunque sea yo la que empezó con… esto.

No atino a contestar. No se me ocurre nada que pueda decir. Mi mente sigue dándole vueltas y más vueltas a lo que ha dicho: «Se acabó, Blake».

No es la primera vez que una chica da por concluido un rollo conmigo, pero nunca le dedicaba más de un par de pensamientos cuando la aventura terminaba. Eran eso, simples aventuras, rollos de una o un par de noches; nada serio ni que requiriera un compromiso por mi parte.

Y comprendo entonces que puede que sea yo quien se está planteando lo mío con Raylee de un modo erróneo. ¿Por qué debería querer ella de mí algo más que un revolcón? Fue clara conmigo desde el principio, me dijo que solo buscaba una cosa de mí: un puto orgasmo. Y ya lo ha obtenido. Durante estos días me he empeñado en creer que, además de a Thomas, iba a hacerle daño a Raylee. Y al final soy yo quien quiere... más. Mucho más.

Esa certeza es como una patada en la boca del estómago.

Me quedo inmóvil, contra la pared, rumiando mi desconcertante descubrimiento y sin poder apartar los ojos de ella, aunque ni siquiera me está mirando. Incluso cuando sé que no hay nada de mí que pueda ofrecerle a alguien como Raylee. Que no sabría ni por dónde empezar... ¿Una relación? ¿Pareja? ¡Joder! Si ni siquiera soy capaz de llevarme bien con mi propio hermano y aún menos con mis padres. Hasta ahora, todo lo que deseaba eran nuevos proyectos que desafiaran mi capacidad en el trabajo y aventuras que me distrajeran en mi tiempo libre. Pero, en unos pocos días, Raylee se ha encargado de poner esa vida sencilla patas arriba.

Cuando me doy cuenta, Raylee está hablando de nuevo y no tengo ni idea de lo que me está diciendo.

—Lo siento. ¿Qué?

Levanta la barbilla para mirarme. Sus cejas forman dos arcos perfectos sobre sus ojos color chocolate. Siempre tan dulces y cálidos, no importa lo cabreada que esté.

—Ni siquiera estabas escuchándome.

Niego por inercia y, como es obvio, eso no ayuda a menguar su enfado.

—Lo siento —repito, aturdido.

Necesito salir de esta habitación. Necesito alejarme de Raylee para poder pensar con claridad y convencerme de que todo esto es absurdo; de que no quiero una relación con ella; de que el hecho de pensar que la echaré de menos cuando las vacaciones acaben es solo… circunstancial. No significa nada. Eso es. Nada.

Y, por una vez, el puñetero destino me pone las cosas fáciles. La puerta se abre y entra un hombre de mediana edad. No lleva bata sobre los pantalones de pinza y la camisa blanca de botones que viste, pero supongo que se trata del médico.

A punto estoy de lanzarme a sus pies para agradecerle la interrupción.

—Buenos días —saluda, alternando la vista entre Raylee y yo—. Me han informado de que alguien ha tenido un pequeño percance practicando surf. Supongo que tú eres mi paciente —añade, dirigiéndose ahora directamente a Raylee.

—Esperaré fuera —intervengo, antes de que ella pueda contestar.

Sin perder un segundo, ni darles la oportunidad de replicar a ninguno de los dos, abandono la consulta. Después de cerrar la puerta tras de mí, me apoyo un momento en ella y exhalo un suspiro cargado de amargura.

«Joder, Blake. Eres un idiota», me digo, aún abrumado y más perdido de lo que lo he estado nunca.

Ni siquiera me doy cuenta de que hay alguien esperando en el pasillo hasta que escucho decir:

—Esta vez la has cagado pero bien, Blake. No me gustaría estar en tu pellejo.

Raylee

Como ya suponía, mi torcedura no es nada grave. Aun así, el médico me venda el tobillo y me da algunos analgésicos y antiinflamatorios que debo tomar durante un par de días. También me explica que se quedaría más tranquilo si me acercara a la clínica local para que me realizaran una radiografía y confirmar que el daño no es mayor de lo que aparenta. Por desgracia para mí, esa recomendación la hace casi al despedirnos, cuando Thomas ya ha tenido tiempo de enterarse del percance y, por tanto, plantarse fuera de la consulta a esperarme, junto con Clare y Travis.

Gestiono la preocupación de mi hermano lo mejor que puedo, y le aseguro que la idea de hacer surf ha sido mía para evitar que le eche la bronca a Blake, aunque él es el único que no se encuentra en el pasillo esperando, tal y como ha dicho que haría.

No debería haberme enfadado con él por querer hacer lo correcto, pero la sola idea de enturbiar su relación con mi hermano hace que se me revuelva el estómago. Nunca me había dado cuenta de lo solitaria que era la vida de Blake. Siempre había pensado que vivía de fiesta en fiesta, algo que es probable que haga, pero no puedo dejar de pensar en nuestra conversación en la playa y en la admiración que sé que siente por Thomas; lo importante que es para él mi hermano. Dado que lo nuestro no va a ningún lado, es absurdo poner en riesgo de ese modo su amistad.

Me he comportado como una niñata egoísta. Exigiéndole, tentándolo y provocándolo. A sabiendas de que todo lo que sacaría de esto sería una aventura fugaz. Seamos realistas, Blake ni siquiera me estaba prestando atención cuando he intentado explicarle que lo sucedido no tenía por qué cambiar nada entre nosotros; de todas formas, eso era lo que él quería. Casi esperaba que me contradijera, que escogiera justo ese momento para repetirme que yo no soy como las demás. Que esto no es una simple aventura... Pero está claro que eso solo fue algo que dijo por decir.

Los siguientes días pasan sin más. La boda cada vez está más cerca, y Thomas y Clare quieren tenerlo todo hablado con la organizadora para antes de que lleguen los invitados, el viernes, y así poder centrarse en recibirlos con tranquilidad. No paso demasiado tiempo con ellos. Me dedico a ir a la playa y tumbarme a tomar el sol mientras leo un libro; la venda de mi tobillo no me permite mucho más.

Blake prácticamente desaparece. Tampoco es que yo lo busque, pero está claro que me evita. Solo se presenta en las comidas y, a veces, ni eso. Elude mi mirada siempre que coincidimos, aunque en ocasiones lo pillo observándome con expresión indescifrable. Él aparta la mirada sin excepción cada vez, sin darme tiempo a bucear en sus ojos azules y tratar de descubrir en qué está pensando.

Para cuando llega el viernes, estoy dividida entre acorralarlo y pedirle explicaciones y rendirme del todo, olvidar lo que ha sucedido entre nosotros. Pero ceder, convertir lo mío con Blake en una simple aventura, se me antoja una quimera. Me encuentro echando de menos no solo sus besos o sus caricias, sino su risa, las charlas en voz baja, su manera de mirarme, esperando mi reacción a sus tonterías. Lo echo de menos a él y no al Blake Anderson que creía que era.

Debería estar pasándomelo bien. Disfrutar de mis días aquí, en este maravilloso entorno, se suponía que resultaría sencillo. Al menos Tara está a punto de llegar, tal vez ella pueda brindarme algo de consuelo o uno de sus acertados consejos.

En la recepción, nuestro pequeño grupo, salvo Travis, espera impaciente la llegada de algunos de los invitados. Mi hermano y Clare cuchichean en voz baja tomados de la cintura y muy cerca el uno del otro. Los contemplo con un anhelo extraño, uno que no había sentido nunca hasta ahora. Se quieren de tal manera que es imposible que alguien los mire y no vea el cariño y el amor que se profesan. Mientras Clare susurra algo y Thomas suelta una carcajada, de repente echo de menos aún con más intensidad la sonrisa de Blake. Sus hoyuelos.

Él está algo separado del resto, apoyado en una pared junto a la entrada, con los brazos cruzados sobre el pecho y la mirada ausente. Casi como si no deseara en absoluto estar aquí. Incómodo, así es como debe sentirse; incapaz de saber cómo tratarme o comportarse en mi presencia.

—Ey, Raylee, ¿estás bien? —me dice Clare, apareciendo a mi lado.

Thomas está ahora junto a Blake y ni siquiera me he dado cuenta. He vuelto a quedarme ensimismada, como tantas otras veces en estos días.

Asiento y le brindo a mi futura cuñada una sonrisa tensa que espero que la tranquilice. Pero ella frunce el ceño. Echa un rápido vistazo a Thomas, o quizá esté mirando a Blake, no tengo manera de saberlo. Luego, su atención regresa a mí.

—Siento que no hayamos pasado más tiempo juntas estos días —continúa, con su dulzura habitual—. Los preparativos han sido una locura.

—No seas tonta. Habéis tenido mucho que hacer. —Me encojo de hombros—. Y yo he tomado el sol y he descansado todo lo que quería.

Bajo la vista hasta mis pies. La venda sigue en torno a mi tobillo, aunque el médico me ha visto esta mañana y me ha dicho que puedo quitármela para la boda. Ha ayudado que, finalmente, Thomas me arrastró ayer a la clínica del pueblo y en la radiografía salió todo bien.

Cuando vuelvo a mirar a Clare, se está mordiendo el labio. Sus ojos deambulan por mi rostro con actitud nerviosa.

—¿Sabes? La noche que cenamos en el italiano y me puse tan mal...

Río con genuina sinceridad al recordarlo, pero, de inmediato, la imagen de Blake abrazándome en la playa aparece en mi mente y mi sonrisa pierde brío. Es inútil. Cada recuerdo de estos días termina llevándome a él.

—Esa noche... —prosigue Clare.

Pero entonces mi madre atraviesa la entrada al hotel y no le doy tiempo a concluir la frase.

—¡Mamá!

Me lanzó a la carrera sobre ella, que abre los brazos para recibirme, sonriente.

—Mi pequeña, te he echado de menos —me dice mientras me aprieta contra su pecho.

La universidad no me ha permitido visitarla en las últimas semanas. Tenía que adelantar un montón de trabajo y doblar turnos en la cafetería si quería escaparme durante esta semana, por lo que viajar a casa quedaba descartado. Y mamá... Bueno, a pesar de que Thomas gana un buen sueldo y aporta parte de este a la economía familiar, ella continúa haciendo horas extras siempre que puede. Creo que lleva tanto tiempo dándolo todo por nosotros que ahora es incapaz de parar.

—Yo también, mamá.

Nos abrazamos aún un momento más y luego es el turno de mi hermano. Mientras él, y también Clare, intercambian saludos con mi madre, no puedo evitar buscar a Blake con la mirada. ¿Qué sentirá al ver a mi familia reunida y la calidez y el cariño que inevitablemente mostramos cuando mi madre está presente? Él nunca lo ha disfrutado con su propia familia.

Antes de que lo localice, los padres de Clare aparecen también y la escena de abrazos y besos se repite. Jack, el futuro suegro de mi hermano, entra en la recepción dando voces, alegre, preguntando por los novios. Y Jenna, su madre, parece a punto de echarse a llorar de pura felicidad. El matrimonio es, seguramente, tan rico como los padres de Blake y Travis, pero nunca han convertido ese detalle en una forma de humillar o despreciar la relación de su hija con Thomas. Al contrario, siempre han querido prestarles su ayuda. Si no se han casado antes es porque mi hermano quería asegurarse de que pudieran vivir por su cuenta sin necesitar la ayuda de nadie. Supongo que el esfuerzo de mi madre, año tras año, por darnos una buena vida ha dejado una huella en él.

Por fin, encuentro a Blake a pocos pasos de nosotros. Está de pie, inmóvil y muy serio. Se me parte el corazón al descubrir la manera en la que observa al animado grupo. Sin siquiera pensarlo, mis pies se mueven para avanzar hacia él, desesperada por hacerle sentir que no está solo; no importa lo que haya sucedido entre nosotros.

—¡Blake, muchacho! —exclama mi madre en ese momento—. Ven aquí.

Ni siquiera espera a que él se acerque. Mi madre camina hacia él y envuelve su cintura con los brazos a pesar de que es casi tan bajita como yo y de que, junto a él, parece aún más diminuta. Me pregunto si es así como luzco con Blake, como una niña pequeña. Tal vez eso sea parte del problema; quizá Blake en realidad quiera a su lado a alguien que esté a su altura.

—¡Dios, estás cada día más alto! —ríe mi madre, separándose de él para mirarlo a la cara—. ¡Y más guapo! ¿Has encontrado ya a una chica con la que sentar la cabeza?

Gimo por lo bajo, avergonzada, mientras Thomas se parte de risa, divertido por la pregunta de nuestra madre. Durante un instante, casi espero que Blake desvíe la mirada hacia mí; sin embargo, todo lo que hace es inclinarse sobre su oído y susurrarle algo que no alcanzo a escuchar.

Mi madre ríe de nuevo antes de decirle:

—Luego hablaremos.

Le da un golpecito en la mejilla y Blake, por fin, sonríe y le muestra los hoyuelos; la melancolía lejos ahora de su expresión.

—¡Ya estoy aquí! —La voz de Tara, a mi espalda, me provoca un súbito alivio.

Me vuelvo a tiempo para verla dejando caer una bolsa enorme al suelo; los rizos de su pelo rubio alborotados alrededor de la cabeza, formando un halo disparatado, y una sonrisa maravillosa en los labios que se le refleja también en la mirada.

Lleva unos vaqueros con tantos rotos que parecen sacados de un contenedor y una camiseta que apenas alcanza a cubrirle la parte alta del estómago. Su piel dorada, los ojos rasgados y un buen puñado de curvas suelen convertirla en el objetivo de la mayoría de los chicos de nuestro campus, pero yo siempre he creído que lo mejor de ella es su carácter extrovertido, la locura con la que afronta cada situación. Nunca se rinde.

—Te necesitaba aquí —le susurro, abrazándola, en cuanto estoy segura de que nadie nos escucha—. Mucho.

—Quiero que me lo cuentes todo y… —Deshace nuestro abrazo y echa un vistazo por encima de mi hombro. Sé lo que está buscando incluso antes de que diga—: Tú debes ser Blake.

—Tara —le advierto en voz baja.

Conociéndola, es capaz de soltarle un sermón aquí mismo, delante de todos. Pero, gracias a Dios, murmura un «lo sé» solo para mis oídos. Sonríe y se acerca a él, arrastrándome tras ella. Le da un golpe en el hombro a Thomas a modo de saludo y este le guiña un ojo, mientras que Clare se desliza a su lado para darle un beso a la mejilla. Todos la adoran.

Pero Blake no la conoce.

—Esta es Tara —la presento—. Mi…

—Mejor amiga —termina él por mí, y el sonido de su voz me acelera un poco el pulso.

Resulta ridículo lo mucho que me altera su cercanía e incluso un simple comentario como ese, dos palabras sin mayor importancia.

Yo asiento, y Tara y Blake hablan a la vez:

—He oído hablar mucho de ti.

Vaya, eso sí que es incómodo; no debería haber motivo para que yo le hubiera hablado de Blake a Tara.

Le echo un vistazo rápido a Thomas, por si el comentario por parte de Tara le resulta extraño, pero no da muestra alguna de haber llamado su atención. Mamá charla con los padres de Clare, pero no deja de mirarnos. Nuestros ojos se cruzan durante un segundo y ella sonríe.

Por suerte, a mi amiga no le da tiempo de soltar ninguna tontería. Thomas empieza a repartir entre los recién llegados las tarjetas magnéticas que dan acceso a los bungalós reservados para ellos y pone en marcha a todo el mundo. Tara se alojará conmigo, mientras que mi madre tendrá su propia suite y también los padres de Clare.

—Tenéis la tarde libre y todas las instalaciones del complejo están a vuestra disposición —dice mi hermano, ejerciendo de perfecto anfitrión—. Mamá —añade—, hay un spa del que espero que hagas uso.

Mi madre le da un beso en la mejilla y le susurra un «gracias». Ni siquiera el rastro leve de sus ojeras bajo los ojos o ese moño del que escapan mechones en todas direcciones le resta atractivo. Luce cansada, pero igual de hermosa.

—¿Vamos? —me dice Tara, colgándose de mi brazo y con la bolsa ya al hombro.

Antes de que podamos encaminarnos al exterior, Blake por fin se digna a dirigirme la palabra.

—¿Necesitáis ayuda?

—No, nosotras no —contesta Tara por mí—. Pero tal vez tú sí.

La confusión es evidente en el rostro de Blake, y dudo entre intervenir o mantenerme al margen. Sabiendo cómo es Tara, demasiado estaba tardando en hacer uso de su legendario sarcasmo.

—Me refería al equipaje.

—Puedo con él —replica ella, y se suelta de mi brazo—. Pero quizá quieras acompañar a mi mejor amiga. Está convaleciente.

Señala mi tobillo y yo resisto el impulso de poner los ojos en blanco. Tara sabe tan bien como yo que ya estoy prácticamente recuperada. No hemos dejado de intercambiar mensajes y llamadas durante estos días; lo único que ignora es la profunda amargura y el desencanto que me ha provocado la conducta huidiza de Blake.

—Y ya de paso —añade Tara, sonriendo con malicia, y comprendo demasiado tarde que el desastre es inminente—, tal vez puedas aprovechar para explicarle por qué no has dejado de evitarla después de tirártela.

Raylee

En cuanto llegamos al bungaló, Tara se desploma sobre la cama con tanto dramatismo que me dan ganas de reír, casi me hace olvidar el numerito que ha montado con Blake.

—Se te ha ido un poco de las manos, ¿no? —la reprendo a pesar de que no estoy de verdad enfadada con ella—. Thomas podría haberte escuchado.

Después de soltar el comentario bomba, ha tirado de mí y nos hemos largado de la recepción con las prisas de dos delincuentes al escuchar las sirenas de la policía. Ni siquiera ha dejado que Blake contestara, aunque, por su expresión, dudo que hubiera sabido qué decir.

—Ese chico necesita un empujoncito.

—No hay empujón que valga, Tara. Ya te lo he dicho. Yo quería una aventura y eso es lo que he obtenido. Se acabó —replico, con toda la determinación que soy capaz de reunir.

No sé a quién trato de convencer, si a ella o a mí.

Tara apoya los codos en el colchón y se incorpora para mirarme. Tenerla aquí supone mucho para mí, a pesar de saber que me exigiría las respuestas que no ha obtenido por teléfono.

—Chica, estás ciega. Pero ¿tú has visto cómo te mira? —inquiere, ladeando la cabeza al tiempo que enarca las cejas—. Está colgado por ti.

—Has pasado cinco minutos con él, dudo que puedas saber algo así en ese tiempo.

—No subestimes mi capacidad de observación —me dice, con una sonrisa floreciendo en sus labios—. El tipo no te perdía de vista…

—Nunca he dicho que no haya atracción entre nosotros —le recuerdo, sin dejarla terminar de hablar—. La hay.

«¡Oh, sí! De eso nos sobra».

A estas alturas, que Blake me desea resulta bastante obvio, pero eso… Eso no es suficiente.

—Créeme, Raylee. No es deseo lo que había en sus ojos. Era anhelo, verdadera necesidad. —Levanta la mano para silenciar mis protestas y continúa sin detenerse—: Daba la impresión de que le resultaba doloroso no poder acercase a ti o tocarte. ¡Por favor! ¡Le duele de verdad! Si es que es tan evidente… Te lo dice alguien que sabe muy bien lo que es solo atracción sexual y lo que no. A mí un tío nunca me ha mirado de esa forma, me habría dado cuenta.

Agito la cabeza de un lado a otro, negando, y me acerco para tumbarme junto a ella. Nos colocamos de lado, frente a frente. La postura me recuerda a la noche que pasé con Blake, cuando era él quien estaba en esta misma cama y nos susurrábamos confesiones como dos chiquillos que no quieren que sus padres sepan que aún están despiertos de madrugada.

—Tara… Agradezco que trates de animarme, pero estás viendo solo lo que quieres ver.

Ella resopla y pone los ojos en blanco.

—Siento ser yo la que te diga esto, pero no trato de animarte. En realidad, ¿sabes lo que creo? Que ambos sois unos cobardes.

—¿Perdón? —No, no era lo que esperaba que dijera, aunque Tara no es de las que suavizan la verdad, o lo que ella cree que es verdad.

—Ya me has oído. No dejas de decir que esto es por Thomas. Tú no quieres estropear la amistad de tu hermano con Blake, y Blake no quiere decepcionar a su mejor amigo. Pero la verdad es que estáis usándolo de excusa; bastante burda, a decir verdad. Thomas os quiere, a ambos. Si le dijerais que estáis juntos, se alegraría por vosotros. Y, si no fuera así, el problema lo tendría él.

—Se volvería loco si supiera que nos hemos acostado, conozco a mi hermano. Cree que tiene que protegerme a toda costa de cualquier tipo de sufrimiento. Y puede que quiera a Blake con locura, pero es muy consciente de que no es de los que tienen relaciones o se enamoran —le digo, pero ella sigue negándose a escuchar cualquier razón que pueda aducir.

—De todas formas, ¿cuándo has hecho caso de lo que te dice Thomas?

—No quiero perjudicar a Blake.

—Lo que no quieres es que te hagan daño —responde, suavizando el tono—, pero esto va así, Raylee. Quien no arriesga no gana. Y la Raylee que yo conozco no se rinde a las primeras de cambio.

—¿Hablamos de mí o de ti?

Tara vuelve a incorporarse de nuevo sobre uno de sus codos, más seria.

—Te subestimas, como siempre. Mírate, eres una luchadora, como tu madre. Te pareces más a ella de lo que crees. Y Thomas también. Tu hermano solo busca lo mejor para ti, pero ¿quién dice que tenga que protegerte de Blake?

La pregunta permanece flotando entre nosotras durante unos pocos segundos. Hasta que Tara añade:

—Quizá Thomas solo necesita saber que él es lo suficientemente bueno para su hermanita pequeña. Y también puede que tú tengas que decidir de una vez si crees que lo es…

Sigo negando y buscando un argumento para rebatir su teoría. Y no tardo en dar con él.

—Hablas como si pensaras que Blake quiere tener una relación conmigo.

Tara sonríe. Hay cariño en la curva de sus labios y en las pequeñas arruguitas que florecen en torno a sus ojos; y también hay comprensión y amabilidad.

—Tal vez deberías preguntarle al respecto, Raylee. Quizá solo tengáis que dejar de dar vueltas el uno en torno al otro y de elucubrar acerca de vuestros respectivos sentimientos.

Tras esa sentencia, su expresión pierde intensidad y la emoción que flota en el ambiente se aligera. Tara chasquea la lengua y se incorpora del todo.

—¿Qué te parece si vamos a buscar a tu madre y nos pasamos la tarde poniéndonos a punto en el spa? Necesito adecentarme un poco para la boda —dice. Se pone en pie y se dirige a la entrada, donde su bolsa yace a un lado de la puerta.

—Estás estupenda —replico, sentándome también—. No necesitas adecentarte, pero será divertido.

Y me ayudará a no pensar en sus palabras ni en Blake. Sobre todo, en Blake.

—Bien. Porque quiero que me hables de ese hermanito tan intenso, y potencialmente soltero, que tiene Blake. —Hace un movimiento sugerente con las cejas—. Estoy más que dispuesta a quitarme el mal sabor de boca que me ha dejado Mark.

Me echo a reír.

—Es probable que la que tenga mal sabor de boca sea la tía con la que lo sorprendiste en la fiesta —me burlo, a sabiendas de que mi amiga captará la doble intención.

Ella permanece pensativa unos segundos, pero enseguida secunda mis risas.

—Pues también es verdad.

Pasamos la tarde envueltas en batas de seda y atendidas por el complaciente personal del spa del hotel. Mi madre, Clare, Tara y yo. Todas, incluso sin saberlo, me ayudan a dejar a un lado mi inquietud. Con mi mejor amiga, cualquier cosa siempre supone una aventura. Y tanto Clare como mamá convierten nuestra pequeña reunión en algo divertido y relajante a la vez. Charlamos mientras nos untan en media docena de cremas, nos masajean, nos hacen la manicura y la pedicura y, en definitiva, nos ponen a punto para la celebración del día siguiente.

Clare no se muestra en absoluto nerviosa. Supongo que tener la certeza de que vas a casarte con la persona adecuada para ti, a la que amas sin duda alguna, le da ese halo de serenidad y felicidad que la acompaña en estas horas previas. La verdad es que está radiante. Y, cada vez que alguna de nosotras menciona a Thomas, su mirada adquiere un brillo soñador. Aunque eso provoca no pocas bromas a su costa, no puedo evitar preguntarme si ese brillo es el que Tara dice haber vislumbrado en Blake y si no llevará razón sobre mi hermano y todo lo demás.

«Ah, ya estoy pensando de nuevo en él», maldigo para mí misma.

—Hija —me llama mi madre desde la silla en la que una esteticista se afana con sus uñas—, ¿sabes qué le pasa a Blake?

Me pongo a toser al atragantarme con mi propia saliva.

«Sí, muy bien, señorita Obviedades. También podrías ponerte a confesar a lo que te has dedicado durante las primeras noches de tus vacaciones».

—¡¿Qué?! ¿A qué te refieres? Está bien. Bueno…, supongo. En realidad, no tengo ni idea. No hemos hablado mucho —parloteo, quedando en evidencia.

Tara trata de ocultar la risa, mientras que mi madre me observa intrigada. Clare, en cambio, parece compartir la diversión que mi balbuceo sin sentido ha provocado en mi mejor amiga. Y es Tara precisamente la que toma la palabra.

—A mí me da la sensación de que ese bombón está enamorado.

Giro en la butaca para fulminarla con la mirada. Pero, gracias a Dios, mamá se concentra en la referencia al atractivo de Blake y ríe, de acuerdo con Tara. La distracción, junto con mi esperanza de salir indemne de la situación, dura poco.

—La verdad es que ha estado actuando de forma extraña desde que llegamos —apunta Clare, con los ojos fijos en mi rostro.

Una de sus cejas se eleva de manera casi imperceptible y, por su expresión, cualquiera diría que sospecha lo que hay, o más bien lo que ha habido, entre Blake y yo. La sonrisa socarrona posterior a ese gesto aumenta dicha sensación.

—No lo he visto tontear con ninguna chica —continúa divagando mi futura cuñada, dirigiéndose de nuevo a mi madre. Y me planteo que quizá no llegue a la boda, tal vez me la cargue si sigue hablando—. Bueno, salvo…

Entonces, todas mis mentiras se vienen abajo en una décima de segundo, y ni siquiera ha tenido que ser Tara la que me empuje al desastre, sino Clare, la dulce e inocente, o no tanto, Clare.

—Raylee —pronuncia mi nombre como una afirmación, pero yo finjo que tan solo me está llamando.

—¿Qué? Ya os he dicho que yo no sé nada. No tengo ni idea de si está enamorado o no —me río, y mis carcajadas me suenan falsas hasta a mí—. Cualquiera sabe. Sería toda una novedad.

Ah, mierda. No puedo creer que me esté aferrando a la fama de mujeriego de Blake solo para que no me descubran. Me gustaría desdecirme en cuanto pronuncio la última palabra, pero entonces Clare suelta la bomba definitiva, por si mi madre aún no se había dado cuenta de lo que está insinuando:

—¡Te has enamorado de Blake! —dice con un gritito, y esta vez no hay margen para el error.

Es obvio que lo está afirmando y que ni siquiera habla de los sentimientos de Blake. ¡Habla de mí!

—Ay, Dios. ¡No! ¡Claro que no!

—Ray… —me reclama entonces mamá, con un tono suave pero igualmente autoritario.

—No sé de dónde os sacáis eso —la interrumpo, abochornada, mirándolas una a una.

Tara, que ocupa una butaca a mi lado, se limita a cruzarse de brazos y sonreír, con la satisfacción reflejada en su rostro.

Las mujeres que nos atienden también sonríen y me lanzan miraditas; lucen tan deseosas de saber lo sucedido como las demás.

Mi madre se aclara la garganta y se inclina hacia delante.

—¿Lo has rechazado, cariño? —me pregunta, de forma inesperada—. Porque conozco a ese muchacho como si fuera mi propio hijo y esta mañana parecía... dolido.

—Ajá —coincide Tara, para luego volverse hacia mí y articular un «te lo dije» silencioso.

Yo solo las observo con la mandíbula abierta. ¿Se están poniendo de su lado? ¿Mi madre está preocupada por él y no por mí?

—Blake lo ha pasado mal —prosigue regañándome mamá—. No es muy dado a mostrar cariño o admitir siquiera que lo siente por alguien. Si te ha dado a entender que él no...

—¡Mamá! —protesto—. ¿De qué estás hablando? ¿Y por qué me preguntas por él y no por lo que yo siento?

Y, ¡diablos!, ¿por qué no parece ni un poquito molesta por la posibilidad de que haya algo entre Blake y yo? Creía que la diferencia de edad o precisamente el hecho de que lo considere casi su propio hijo le haría detestar la idea; eso sin contar con su historial amoroso.

No puedo decir que me enfade su preocupación por Blake. Mamá, durante años, ha ejercido de madre con él; lo ha aconsejado cuando no tenía a quién recurrir y lo ha amonestado si creía que lo merecía. Como si se tratase de Thomas o de mí.

Pero mentiría si dijera que la situación no es de lo más rara. Desde luego, no es lo que esperaba.

—¿Y bien? Entonces ¿estás enamorada de Blake?

Todas las presentes, incluidas las encargadas del spa, me miran, y yo me encojo en la butaca, rezando para que me trague y me evite tener que contestar a una pregunta que he eludido a toda costa hacerme en los últimos días.

«¿Has roto tu propia regla, Raylee? ¿Te has enamorado de Blake Anderson?».

Blake

Días antes. Exterior de la consulta del médico

—Esta vez la has cagado pero bien, Blake. No me gustaría estar en tu pellejo.

—¡Mierda, Travis! Me has dado un susto de muerte.

Apoyo la espalda contra la pared y miro a mi hermano, que me observa con una sutil expresión reprobatoria. Ni siquiera habría percibido su disgusto si no le conociera tan bien; Travis es un genio ocultando sus emociones a los que le rodean.

—No estoy de humor para esta mierda —añado cuando logro que el latido de mi corazón recobre un ritmo normal. Por un momento había pensado que era Thomas el que estaba esperándome y que el reproche significaba que había descubierto la verdad—. De todas formas, ¿puedes explicarme qué demonios te pasa con Raylee?

Pronunciar su nombre ensancha ese extraño hueco de mi pecho, el mismo que ella ha provocado al afirmar hace un momento que lo nuestro se ha acabado. Pero trato de concentrarme solo en la conversación. Travis no suele ser demasiado amable con la gente; mantiene a todo el mundo alejado de él y no se permite entablar relaciones, ni siquiera de amistad, con nadie. Es como si se hubiera parapetado tras una alta y gruesa muralla y, con él, también sus emociones.

Pero eso no se aplica con Raylee. Los he visto juntos. Se ríe con ella, se muestra cortés (todo lo que alguien con su actitud puede mostrarse) e incluso diría que se preocupa por Raylee. Que esté aquí, esperando en el pasillo, es buena prueba de ello. Lo normal sería que se hubiera quedado en la playa, aprovechando las olas que trae consigo la subida de la marea. En cambio, tampoco él se ha molestado siquiera en quitarse el bañador. Yo he dejado parte del suelo de la consulta lleno de charcos, y él ha hecho lo mismo allí donde ha permanecido mientras Raylee y yo estábamos en el interior.

Travis alterna el peso entre sus pies descalzos, y eso, ya de por sí, es bastante revelador. No le gusta nada que esté interrogándolo sobre este tema.

—Te estás acostando con la hermana pequeña de tu mejor amigo, ¿no es así? —inquiere, evitando mi pregunta de manera evidente.

No hay nada en su tono que indique mala intención, más bien, solo refleja curiosidad.

—Pero ¿cómo demonios sabes tú eso? —Ahora sí, una de sus comisuras se eleva y casi casi se convierte en una sonrisa—. Además, ¿qué más te da si así fuera? ¿O es que te has colgado de ella? ¿Es eso? ¿Te gusta Raylee?

Es lo único que se me ocurre. Resultaría una broma del destino que así fuera. Travis lleva mucho tiempo sin mostrar interés por ninguna chica; al menos no un interés serio. Supongo que tendrá algún que otro rollo de vez en cuando, pero nada de novias formales; eso se acabó para él.

Espero que no sea así, porque, por muy mal que nos llevemos, me jodería ser yo la causa de su infelicidad. Eso suponiendo que Raylee corresponda su interés, claro está.

Pensar en ella enamorada de otro tío, sea quien sea...

—¿Te gusta, Travis? —insisto, y me esfuerzo para emplear un tono mucho más suave y conciliador.

¡Joder! No quiero discutir de algo así con él, no justo después de lo sucedido con Raylee. Estoy demasiado confuso, y enfadado, muy muy cabreado, y ni siquiera sé bien por qué.

Espero pacientemente la respuesta de mi hermano, y el alivio me inunda cuando mueve la cabeza de un lado a otro, negando. No puedo evitar soltar un suspiro.

—Entonces ¿qué?

Tras unos pocos segundos, y sin molestarse en contestar, me da la espalda y echa a andar por el pasillo. Voy tras él y lo agarro del brazo para detenerlo. En cualquier momento aparecerá algún empleado del hotel y probablemente nos eche la bronca por estar en bañador y descalzos por las instalaciones. Deberíamos ir a cambiarnos y dejar esta conversación para otro momento, cuando yo esté más tranquilo, pero necesito saber qué le pasa a Travis, quizá porque preocuparme por él evita que piense en Raylee.

—¿Qué cojones te pasa?

—Déjalo estar, Blake. Tu chica no me interesa, ¿qué más quieres? Preocúpate por ser sincero contigo mismo.

—¡¿Y eso qué se supone que significa?!

De un tirón, se zafa de mi agarre. Por un momento espero que eche a andar de nuevo y se largue sin contestar. Pero entonces Travis dice lo único que no esperaba que dijese:

—¿Te preocupa que la trate bien? —gruñe, malhumorado—. Si hago un esfuerzo por ella es solo porque…, porque… ¡Joder, tío! ¿Es que no lo ves? Solo intentaba caerle bien y que, por una vez, no tuvieras que cargar conmigo.

Su confesión me deja boquiabierto; no tengo una respuesta sarcástica con la que replicar a mi hermano. ¿Cargar con él? ¿Eso es lo que piensa que hago?

Bueno, en parte supongo que es así, dado su empeño en llevar el estilo de vida que lleva, pero que se haya estado esforzando para superar su habitual estado melancólico, su característica rebeldía, es más sorprendente que cualquier otra cosa que haya hecho antes.

—Trav, yo…

Exhala otro gruñido y, antes de que yo pueda añadir nada más, se apresura a decir:

—Raylee me cae bien, es divertida y te hace…, te hace bien. No te había visto sonreírle de esa forma a una chica nunca, ni mirarla como lo haces. Haz las cosas como debes con ella, tío. Debe pensar que te la has tirado y has pasado a la siguiente. Un buen revolcón y vuelve a ser solo la hermanita de tu colega.

Cuando estoy a punto de contradecirlo, de alegar que Raylee es mucho más que un revolcón, me interrumpe una tercera persona; la última que debería estar en este pasillo y escuchar lo que Travis acaba de decir: Thomas.

—¡¿Qué cojones, Blake?!—grita desde el fondo del pasillo.

¡Dios! ¿Lo habrá escuchado todo? ¿Solo la última parte? ¿A Travis refiriéndose a ella como un simple revolcón? Estoy jodido de más maneras de las que puedo comprender, y ya no es solo porque Thomas acabe de descubrir lo mío con su hermana de la peor forma posible, sino porque lo que ha dicho Travis, lo que yo mismo he dicho, que Raylee es algo más…

En ese mismo instante, comprendo por fin que es verdad. No ha sido un revolcón, no ha sido un buen polvo y ya está.

Y una mierda voy a permitir que Raylee regrese a la universidad pensando que solo ha sido una más para mí.

—Thomas, no es lo que piensas, deja que te explique —le digo mientras se acerca a mí como un puñetero tren a punto de descarrilar.

Mientras él gana terreno y acorta la distancia entre nosotros, me preparo para permitirle a mi mejor amigo romperme la cara si eso le hace sentir mejor. Porque, después, voy a tener que encontrar la manera de hacerle entender que no pienso renunciar a su hermana. Mantenerme alejado de Raylee ya no es una opción para mí, signifique eso lo que signifique.

—Thomas… —trato de apaciguarlo cuando ya está casi encima de mí.

Pero, entonces, Travis se interpone entre nosotros. Las manos alzadas y abiertas, mostrándole las palmas a Thomas, pero el cuerpo en tensión. Y sé, de alguna manera sé con total seguridad, que mi hermano está dispuesto a encajar cualquier golpe dirigido a mí.

—Vamos —le dice a mi mejor amigo—, desahógate. Pero que sepas que te devolveré los golpes.

Tal vez sea por lo sorprendente del acto, pero Thomas se detiene; su rostro entre la ira y la perplejidad. Durante unos pocos segundos, se queda mirando a mi hermano como si acabara de salirle una segunda cabeza; sin embargo, muy pronto sus ojos se posan sobre mí. La furia regresa y comienza a increparme.

—Eres un cabrón —escupe, y yo me encojo un poco al escuchar el veneno en su voz—. ¿Te has tirado a mi hermana y luego has pasado de ella como si fuera solo otro de tus putos rollos de una noche? No quiero verte cerca de Raylee, ¿lo entiendes? Vas a mantenerte alejado de ella hasta la boda y ejercerás de padrino solo para no disgustar a Clare —prosigue, sin darme opción a decir nada—. Ni se te ocurra decirle nada a ninguna de las dos. Y luego no vuelvas a dirigirme la palabra jamás.

—Thomas, no…

—¡No me hables, joder! —me interrumpe, lanzándose hacia delante.

Travis lo empuja para hacerlo retroceder.

Nunca lo había visto tan enfadado, y no lo culpo. Debería haber hablado con él desde el primer momento o, mejor aún, no follarme a su hermana como si se tratase de otra tía cualquiera. Pero la cuestión es que lo he hecho y ahora ya no hay vuelta atrás.

Con la mano sobre el hombro de Travis, lo aparto a un lado; aunque agradezco que de repente parezca que le importa lo que me pase, no voy a esconderme detrás de mi hermano pequeño. He hecho lo que he hecho, así que toca afrontar las consecuencias.

Pero, de nuevo, Thomas no me da opción.

—Mantente lejos de Raylee —me advierte una vez más, antes de darme la espalda para quedarse mirando luego la puerta de la consulta. Las siguientes palabras salen de su boca casi con gruñido—. Y ahora lárgate de aquí. No quiero ver tu maldita cara más tiempo del estrictamente necesario.

Durante un instante me planteo si negarme y permanecer allí. Le he dicho a Raylee que esperaría. Pero no creo que montar un numerito en este momento solucione nada, así que, finalmente, cedo a los deseos de mi mejor amigo, a sabiendas de que necesita tranquilizarse y también comprobar que su hermana está bien.

Yo, por mi parte, también necesito un poco de tiempo. Necesito saber qué demonios siento por Raylee y cómo voy a arreglar esta jodida situación.

Viernes, un día antes de la boda

Estoy molesto e irritado; intranquilo e incluso un poco ansioso. Llevo días dando vueltas por el complejo, de un lado a otro, sin rumbo fijo. Raylee ha pasado ese mismo tiempo evitándome, lo cual resulta irónico porque yo también la evito a ella. A su vez, Thomas me evita a mí… Sigue cabreado, muy cabreado, tanto que no me ha permitido explicarme.

Las veces que coincidimos todos para las comidas, se dedica a fingir que las cosas van bien entre nosotros y que no hay ningún problema. Su madre ya me ha acorralado en un par de ocasiones para preguntarme qué está pasando, porque, por mucho que ambos disimulemos, supongo que la tensión es evidente para ella. A la señora Brooks no suele escapársele nada cuando se trata de sus hijos, ni de mí. Pero contarle lo que ha sucedido, lo que ha habido entre Raylee y yo, me provoca tal bochorno que no le he dicho ni una palabra. Y no es que me avergüence de Raylee, en absoluto; es que la he cagado tanto con ella como con Thomas. De quien me avergüenzo es de mí mismo.

Esto es un puto desastre, ¡joder!

—Tío, deberías hablar con la pequeñaja —dice Travis. Está tirado sobre la cama del bungaló, las manos detrás de la cabeza y las piernas cruzadas a la altura de los tobillos.

Resulta irónico que le advirtiera a su llegada que se portase bien y haya sido yo quien haya provocado este lío.

—Te mataría si supieras que la llamas así —me río, muy a mi pesar—. Y Thomas explotará si me acerco a ella.

—Ya está cabreado de todas formas…

—No quiero empeorarlo —replico, pero sé que eso es solo en parte el motivo por el que he seguido al pie de la letra las indicaciones de Thomas.

Hay una parte de mí, una no tan pequeña como me gustaría, que sigue creyendo que tal vez Raylee no esté interesada en mí más allá de nuestra burda aventura. Tampoco ella ha hecho nada por hablar conmigo y estoy seguro de que su hermano no le ha dicho nada al respecto, porque si no Thomas no se estaría esforzando tanto para fingir que todo va bien entre nosotros. Lo que me lleva a pensar que Raylee mantiene las distancias por propia elección.

¡Joder! La única verdad es que estoy aterrado como nunca lo había estado antes.

—Está bien —acepta Travis, incorporándose sobre el colchón, y me dedica una de sus inquietantes sonrisas—. Entonces haremos lo que cualquier tío haría en una situación como esta: vamos a emborracharnos.

Raylee

—Podríamos ir a tomar una copa al chiringuito de la playa —sugiere Tara, a pesar de que ya llevamos puesto el pijama—. Algo en plan tranqui.

Apenas quedan unas horas para el enlace de Clare y Thomas. Todo está listo y una parte de los invitados, los que viven más lejos, ya descansan en distintas habitaciones del complejo. El resto llegarán mañana por la mañana.

Después de la cena, la novia se ha ido a dormir a la suite de sus padres, alegando que será allí donde se preparará mañana. Mi hermano ha refunfuñado durante un rato, pero ha terminado por ceder. Mi madre se ha marchado casi enseguida también; la sesión en el spa la ha dejado tan relajada que prácticamente se estaba durmiendo durante la cena.

Yo, en cambio, no puedo estar más tensa.

—Clare me matará si aparezco mañana con ojeras y, conociéndote, no sería solo una copa —me burlo, y Tara esboza un mohín.

—Bueno, entonces, ¿qué vas a hacer?

—Dormir —replico, y ella resopla.

Sé perfectamente a qué, o más bien a quién, se está refiriendo, pero el silencio y la indiferencia de Blake durante estos últimos días solo se explica de una manera: se acabó; de verdad todo acabó para nosotros. Se ha mantenido lo más alejado de mí que le ha sido posible y, aunque a veces lo he sorprendido observándome en las comidas o cuando nos cruzábamos por el complejo, eso ha sido todo lo que ha hecho. Mirar.

—Sigo creyendo que Blake está totalmente colgado de ti.

—¿Por qué soy yo la única que asume la realidad? Blake no quiere nada más conmigo —expongo, aunque decirlo en voz alta resulta… doloroso.

Ni siquiera sé cuándo ha pasado esto, cuándo la aventura se transformó en algo más y empecé a desear que no terminara. Cuál ha sido el momento en que escuchar reír a Blake comenzó a resultar una necesidad, y besarlo, el alivio que buscaban mis labios. Seguramente, mucho antes de lo que creía, quizá antes incluso de estas vacaciones. Quizá desde que venía a casa de visita con mi hermano y se sentaba a mi lado en el porche para preguntarme qué tal me había ido el día en el instituto. O cuando se reía de mi diminuta estatura, o de mis mezclas imposibles para el desayuno. Quizá entonces surgió la amistad que más tarde se convertiría en… esto, lo que quiera que sea.

—Estás equivocada…

Levanto una mano para silenciar sus argumentos, unos que ha repetido hasta la extenuación en las pocas horas que lleva aquí. Pero alguien empieza a aporrear la puerta y me interrumpe a mí a su vez.

—¿Qué demonios…? —Los golpes cesan unos segundos, pero enseguida se reanudan.

—¿Raylee? ¿Peque? —gritan desde el exterior, y reconocería esa voz en cualquier momento y lugar—. ¿Estás… ahí? Aaabreee… —agrega, arrastrando ligeramente las palabras.

Tara enarca las cejas y me mira. La diversión es evidente en su rostro. Es la clase de drama que le encanta, aunque ella suele ser de las que envía de vuelta a su casa a cualquier idiota al que se le ocurra plantarse borracho en su puerta.

—Es Blake.

—Abre, abre —sugiere ella, riendo—. Esto va a ser interesante.

Se acomoda sobre la cama, cruzando las piernas y apoyando los codos en las rodillas. Ni siquiera me he movido cuando Blake comienza a gritar de nuevo.

—¡Sé que estás ahí, peque! ¡Ábreeeme!

Mascullo una maldición.

—Despertará a todo el puñetero hotel —farfullo, dirigiéndome a la entrada.

Apenas he abierto y ya estoy increpándolo:

—¿Qué se supone que haces, Blake? ¿Quieres que nos echen?

Mentiría si dijera que el estómago no me da un vuelco al contemplarlo frente a mí, con esa estúpida sonrisa en los labios y el celeste de sus ojos ligeramente empañado por el alcohol.

Echo un vistazo sobre su hombro para darme cuenta de que también está Travis. El tipo luce mucho mejor que su hermano. Está plantado en mitad del camino, con las manos en los bolsillos y observando la estampa con el mismo interés malicioso que Tara. Vaya dos…

—No está tan borracho como parece —me dice él, al ser consciente de que lo estoy mirando—. No hemos bebido tanto.

—Lo suficiente —replico, y devuelvo mi atención a Blake—. ¿Qué quieres?

Cruzo los brazos en actitud defensiva. Lo que quiera que haya venido a buscar, no creo que pueda dárselo.

—Hablar.

—Eso sí que es una novedad, dado lo esquivo que te has mostrado en estos últimos días.

Aprieta los labios y un músculo palpita en su mandíbula. De repente, parece mucho menos ebrio, y me pregunto si Travis no tendrá razón sobre su estado y Blake solo busca una excusa para colarse de nuevo en mi cama.

—Puedo explicarlo.

—No sé si quiero saberlo. —Me rindo, no tengo ganas de pelearme con él—. Será mejor que te vayas a dormir la mona.

Doy media vuelta para volver al interior del bungaló, pero Tara ya está detrás de mí. Pasa a mi lado, vestida con una sudadera sobre el pijama, y me susurra:

—Arregladlo. Yo dormiré en su habitación.

—¿Con Travis? —inquiero, algo preocupada, aunque no sé si por mi amiga o por el pobre hermano de Blake.

—No me importa sacrificarme por el bien común.

Para cuando quiero darme cuenta, Blake ya ha accedido al bungaló y Tara está fuera, frente a Travis, que no parece muy contento con la situación. La mira como si se tratase de algún raro espécimen al que no tuviera ni idea de cómo manejar.

—Procura guardar un poco las formas —digo, resignada.

Travis saca las manos de los bolsillos. Se yergue, los músculos tensos y la barbilla alta, y me lanza una mirada solemne.

—No voy a tocar a tu amiga —replica, y yo no puedo evitar echarme a reír.

—Se lo decía a ella.

Tara le sonríe de una manera que da un poco de repelús, como si estuviera maquinando la forma de hacerle perder la cabeza, la vergüenza y, seguramente, también la ropa.

—Ni se te ocurra —le advierto, pero creo que ella ni siquiera me está escuchando.

Hará lo que le dé la gana, como hace siempre. Casi siento pena por Travis, no tiene ni idea de lo que le espera.

—Suerte —me dice mi amiga, con toda la intención.

Cierro la puerta y me giro para encontrarme a Blake tirado sobre el colchón… ¡¿dormido?!

Me acerco hasta la cama y lo observo, indecisa. Durante estos días, cada vez que nos encontrábamos, no sabía muy bien si estaba cansado o irritado por tropezarse conmigo. Pero ahora, viéndolo aquí, pudiendo admirarlo a placer sin tener que esconder nada… Hay marcas oscuras bajo sus ojos, aunque su rostro está completamente relajado, libre de tensión o preocupación. Dios, ojalá no fuera tan guapo ni me sacara tanto de quicio. Pero la cuestión es que ya no se trata solo de atracción. Lo sé…, en lo más profundo de mi corazón soy muy consciente de que es algo más.

Pienso en Tara y su «Thomas lo comprenderá». ¿Lo hará? Y, aunque así fuera, ¿ve Blake en mí también algo más que un simple escarceo sexual?

—Eres como un grano en el culo —le digo, porque ha vuelto mi vida del revés. Regresar a mi rutina, a la universidad y las clases, lejos de él…

—Y tú eres preciosa —farfulla, medio dormido, sin molestarse en abrir los ojos—. Y no me voy a rendir…

Lo último casi no puedo entenderlo, pero creo que es eso lo que ha dicho. ¿Que no va a rendirse? Rendirse ¿con qué? ¿Con quién?

Le pongo la mano en el hombro y lo zarandeo con suavidad.

—Blake, ¿a qué te refieres? —le pregunto; el pulso golpeándome las sienes. ¿Se refiere a mí? ¿Rendirse conmigo? No puede ser—. Blake, por favor…

Pero nada, no hay manera. No, claro. Qué fácil sería si ahora abriera los ojos, me mirase y me dijera: me lo juego todo por ti, no me importa lo que diga tu hermano; nadie en realidad. Pero el caso es que el tipo se ha quedado frito.

Suspiro una, dos y hasta tres veces, y me digo que hacerse ilusiones no es una buena idea, sobre todo cuando se trata de Blake Anderson. Así que me limito a tumbarme en el otro lado de la cama e intentar dormirme. Aunque hay espacio entre nosotros, no puedo evitar pensar en si lo que pasó la última vez volverá a repetirse, si me despertaré en mitad de la noche pegada a él, entre sus brazos, y no sé si enfadarme conmigo misma por albergar cierta esperanza al respecto. Porque, da igual lo cabreada que esté con él, no puedo dejar de anhelar su contacto y de desear que, de un modo u otro, esta semana no llegue a su fin.

Mis expectativas no se ven cumplidas... O no en la manera que podría haber esperado.

En algún momento de la noche me despierto, sí, pero Blake ni siquiera está en la cama. Tanteo el colchón a mi lado a pesar de que la luz de la luna procedente de la ventana es suficiente para comprobar que no hay nadie más que yo en la habitación. No puedo creer que se haya marchado sin más. Claro que es probable que no quisiera terminar aquí en realidad y se haya largado en cuanto ha sido consciente de en dónde estaba.

Pero entonces, mientras me maldigo a mí misma por ser tan tonta y haberle permitido entrar —en la habitación y en mi vida—, la puerta del baño se abre y la claridad se derrama desde el interior, deslumbrándome momentáneamente.

Cierro los ojos y, cuando los abro de nuevo, Blake ya está en mitad de la estancia. Todo cuanto viste es una toalla blanca en torno a sus estrechas caderas, y decenas de gotitas resbalan por su torso desnudo. Músculos, piel suave y mojada, la espalda ancha, el abdomen plano... Las manos me hormiguean, ansiosas por trazar cada línea que mi mirada dibuja, y la sangre se acelera en mis venas.

Lleva el pelo mojado y peinado hacia atrás, y su mirada se pasea por la habitación hasta que sus ojos tropiezan con los míos y se da cuenta de que estoy despierta.

—¡Joder! —maldice, y aferra el borde de la toalla con una fuerza innecesaria—. Pensaba que estabas durmiendo.

No respondo. ¿Qué voy a decirle, si va a largarse una vez más? Odio haber perdido el norte con él y no ser dueña de mis sentimientos. Más que eso, odio albergar sentimientos por Blake, y odio especialmente que, incluso ahora, todo mi cuerpo reaccione a él con tanta intensidad.

—Siento... Siento haber aparecido aquí.

—Ya, eso me ha parecido.

Frunce el ceño ante mi respuesta. Avanza un paso hacia mí y me observa desde arriba.

—Yo… Joder, peque, no pienses ni por un momento que me arrepiento de nada de lo que ha pasado entre nosotros.

Me enfurece aún más que diga eso. No quiero una disculpa, ni excusas.

—Ah, ¿no? —le pincho a sabiendas, porque cabrearle tanto como yo lo estoy es la única manera que encuentra mi frustración de abrirse paso hasta el exterior.

Saco los pies de la cama y la rodeo hasta plantarme justo frente a él. No me queda más remedio que mirar hacia arriba, y de nuevo maldigo por ser tan bajita.

—Pues eso es justo lo que parece.

—Raylee, no lo entiendes… —Lo hago callar situando dos de mis dedos sobre sus labios.

En cuanto rozo su boca, un estremecimiento me recuerda que no es buena idea. Para nada.

—No quiero oír más de tus excusas, Blake, guárdatelas para la siguiente. A mí no me…

Y entonces es él quien me interrumpe. En un momento se encuentra frente a mí, observándome, y al siguiente acuna mi rostro entre las manos con suavidad y su boca está sobre la mía. Su lengua irrumpe sin pedir perdón ni permiso, empujando, atravesando cualquier defensa que hubiera podido erigir frente a él y apropiándose de mi voluntad a su paso. Es como tratar de contener un huracán, imposible. Imparable.

Me devora con ansia. Pura necesidad. Pero al mismo tiempo consigue besarme con ternura. Sus manos se deslizan por mi cuello, luego por mis hombros y enseguida recorren mis costados, hasta que clava los dedos en mis caderas y me atrae hacia él. Un gruñido escapa de su garganta y hace eco en mi pecho y en otras partes de mi cuerpo en las que no quiero pensar. Siento calor y frío, y deseo y odio, y un montón de emociones más. Blake exige y me entrega tanto con tan poco que me da vueltas la cabeza. Resulta abrumador.

Percibo el momento exacto en el que la toalla que lo cubre resbala y cae al suelo, y entonces soy tan consciente de la ropa que me cubre y se interpone entre nuestras pieles que siento deseos de arrancármela de un tirón.

—No puedo dejar de besarte —murmura, con voz entrecortada, entre beso y beso—. No quiero…

Sé, muy en el fondo sé, que rendirme a Blake no es una buena idea. Pero, al pensar en que tras la boda esto acabará de todas formas, una parte de mí se niega a dejarlo ir, sin importar el daño que me haga en el proceso. Supongo que, en ocasiones, todos tomamos malas decisiones a sabiendas de que la caída será dura… Y en el caso de Blake va a ser muy muy dura.

—No lo hagas. No pares, por favor.

Blake

Seguramente esto sea una pésima idea. Debería parar, detener esta locura antes de que la traición a mi mejor amigo sea doble. Y, más allá de eso, debería hablar con Raylee y aclarar las cosas, y no dedicarme a devorarla como si esta fuera la última vez que vamos a estar juntos.

Pero... ¿y si lo es? ¿Y si esto es solo nuestra despedida?

El pensamiento espolea mi ansiedad, una tan intensa como no había sentido antes; al menos no por una chica. Así que hago a un lado mi sentido común y esa voz que me dice que, de nuevo, estoy haciéndolo todo mal con Raylee. Me siento como un completo idiota.

Deslizo las manos hasta sus muslos y tiro de ella hacia arriba. Raylee entiende sin problemas lo que intento y enreda sus piernas en torno a mis caderas. De mi garganta brota un gruñido, más animal que humano, al sentirla apretada contra mi erección. Responde a cada uno de mis besos y mis caricias, a mis movimientos, con la misma ferocidad que se ha adueñado de mí, como si también ella estuviera muriendo un poco más con cada roce.

Cuando hunde los dedos en el nacimiento de mi pelo y tira de un mechón, el siseo que escapa de mis labios la hace sonreír. Es preciosa cuando se ríe, y el pecho me duele al comprender que esa sonrisa es para mí. Solo para mí.

Nadie me ha sonreído jamás de esa forma.

A trompicones, camino con ella entre los brazos hasta alcanzar la pared más cercana, y puede que arremeta contra su pequeño cuerpo con más fuerza de la debida. La aplasto contra el muro, aunque me aseguro de interponer la mano entre su cabeza y este para que no se haga daño. Me apropio de su boca una vez más. Insaciable. Imparable. No importa cuándo, cómo o por qué. Es mía en este instante, y yo, suyo. Sus suspiros, sus gemidos, su piel suave y caliente; por unas horas me pertenecen y pienso aprovecharlas al máximo.

Permito que sus pies regresen al suelo para poder desnudarla. De un tirón, la parte superior de su pijama desaparece y, aunque mi intención es continuar quitándole la ropa, no puedo evitar inclinarme sobre su pecho. Raylee guía mi cabeza con un leve empujón, y su ansiedad me arranca una sonrisa. Está tan desesperada como yo y, de algún modo, eso consigue ponerme aún más cachondo.

—¿Quieres esto, Raylee? —le digo, la voz mucho más suave de lo que hubiera esperado, pidiendo permiso. Aceptación—. ¿Me quieres dentro de ti?

—Sí, sí… —jadea sin aliento.

Deslizo la lengua en torno a uno de sus pezones, duro y desafiante, sin llegar a rozarlo, torturándola con la cercanía de mi boca, pero sin darle lo que ella quiere o, más bien, lo que yo deseo. Pero es imposible resistirse a Raylee, y esa certeza desata aún más mi necesidad. Me hace ceder de una manera que va mucho más allá de lo físico.

Caigo de rodillas sobre el suelo, pero apenas siento el latigazo de dolor que asciende por mis piernas. Lo único de lo que soy consciente es de lo cálida y reconfortante que resulta Raylee. Es el hogar al que regresas cuando todo se tuerce, aunque yo nunca he tenido un verdadero hogar.

Raylee, sin ninguna duda, podría convertirse en el mío.

Apoyo la cabeza en su estómago y la rodeo con los brazos, sintiéndome más débil y vulnerable que nunca y, sin embargo, no me importa. No con ella.

—¿Blake? ¿Estás bien? —farfulla, con el pecho subiendo y bajando a un ritmo endemoniado.

Asiento para que pueda sentir el movimiento afirmativo contra su cuerpo y levanto un poco la barbilla, lo justo para que nuestras miradas se crucen. Tiene las mejillas sonrojadas y los labios, entreabiertos, hinchados por mis besos. Me pregunto si alguna vez podré volver a admirar su rostro sin pensar en este momento.

No quiero responder a su pregunta, no sabría cómo hacerlo, tal es mi turbación. Así que dejo que mis labios recorran el límite que marca la cinturilla de sus diminutos pantalones, y mis manos, la piel cremosa de sus muslos.

Enredo los dedos en la tela y arrastro el pantalón y sus bragas hacia abajo. Raylee se mantiene inmóvil mientras la desnudo, y en la habitación no se escucha otro sonido que no sea el de su agitada respiración. Yo, en cambio, contengo el aliento y el deseo feroz de hundirme en ella en este mismo instante, sin esperas ni demoras.

Pero le debo algo más que eso. Y, aunque estoy desesperado por sentirla rodeándome de una forma en la que jamás había llegado a sentirme antes, dedico los siguientes minutos a besar cada centímetro de piel expuesta. Aún de rodillas frente a ella, mis manos recorren sus tobillos, la piel más sensible del interior de sus muslos, su pecho, la redondez de sus caderas y su cintura… Adorándola.

Y cuando ella murmura mi nombre y me pide más, solo entonces, deslizo los dedos entre sus piernas y hundo uno de ellos en su interior. Está tan húmeda y apretada que soy yo quien gime al sentirla.

—Oh, Dios… Blake.

—Shhh —replico, esforzándome para no ceder al temblor que sacude mi cuerpo—. Lo sé…

Incapaz de esperar a probar su sabor, retiro el dedo y mi boca ocupa enseguida el lugar de mi mano. Ella arde bajo mi lengua y su boca exhala gemido tras gemido mientras la devoro sin concesiones, sin ningún tipo de piedad.

—Podría vivir aquí siempre —me río, a pesar de todo—. Entre tus piernas.

Y, aunque pudiera parecer una exageración, me doy cuenta de que es verdad. Entre sus piernas, sobre su piel, en su boca. Con ella.

Continúo lamiéndola, devorándola. Hambriento. Con sus dedos enredados en mi pelo y sus caderas balanceándose contra mi cara para buscar alivio.

—Blake, creo que voy…, voy a correrme —farfulla a duras penas mientras mi lengua traza círculos en torno a su centro.

—Hazlo, cariño. Córrete para mí.

Sin previo aviso, succiono su clítoris con fuerza al tiempo que hundo en ella dos dedos hasta los nudillos. Su espalda se arquea. Se estremece y jadea, y percibo el instante exacto en el que las paredes de su sexo comienzan a palpitar. El orgasmo la sacude con tal intensidad que me veo obligado a colocar una mano sobre su vientre y sujetarla contra la pared para evitar que se derrumbe.

Acto seguido, y sin darle tregua, me incorporo y la beso. Un beso profundo y largo, una declaración de intenciones en toda regla.

—Esto no ha hecho más que empezar —le digo, y me la llevo en volandas hasta la cama.

La dejo caer sobre el colchón y su cuerpo rebota contra este, arrancándole una carcajada que suena a música celestial. Dios, podría acostumbrarme a tenerla tumbada en mi cama, riendo. Para siempre.

Estoy tan duro, tan desesperado por clavarme en ella, que apenas le doy tiempo a decir una palabra y ya estoy sobre ella. Mi polla se aprieta contra su entrada, deliciosamente húmeda, y sé que tan solo un empujón bastaría para colarme en su interior. Hasta que me doy cuenta de que no me he puesto el condón.

—Necesitamos un preservativo —murmuro, sin dejar de besarla.

Mordisqueo su labio inferior y le doy un leve tirón solo para provocarla, pero ella aparta el rostro. Su boca se posa en la base de mi cuello y su lengua se desliza entre mis clavículas para luego repartir pequeños mordiscos por la piel de su alrededor. Succionar, lamer. También Raylee sabe jugar. Provocarme.

—En mi maleta. El neceser —gime contra mi hombro, pero sus manos no se apartan de mi espalda. Me clava las uñas y vuelve a buscar mi boca. Me envuelve en un beso, uno al que no soy capaz de resistirme, y añade—: Date prisa.

No sé lo que hago o dónde estoy cuando me obligo a separarme de ella. Rebusco en su maleta hasta dar con los malditos condones a pesar de que sé muy bien que estoy limpio. Nunca me acuesto con alguien sin tomar precauciones, pero no voy a poner a Raylee en esa situación. Tal vez, si fuera mi novia…

Se me escapa una carcajada mientras regreso junto a ella, una carcajada nerviosa. Terrible y anhelante, como si el hecho de imaginarnos juntos me aterrorizara y me encantara al mismo tiempo.

—No tienes ni idea de lo que has hecho conmigo —le digo, al tiempo que me coloco el preservativo, sentado entre sus piernas abiertas, sin apartar la mirada de su rostro—. Ni puñetera idea, enana.

Sé que no comprenderá nada de lo que estoy murmurando, pero me da igual porque Raylee sonríe y tira de mí, como si a ella tampoco le importara que farfulle tonterías.

«¿Cuándo he tenido yo una novia? ¿Cuándo siquiera me lo he planteado?», me digo.

Durante un instante, permanezco inmóvil, contemplándola. Pero Raylee no parece dispuesta a esperar. Se incorpora y clava las rodillas en el colchón, una pierna a cada lado de mis caderas, y entonces desciende muy poco a poco sobre mí…

—¡Hostia puta! —El exabrupto escapa de mis labios sin que pueda hacer nada por evitarlo.

—Eres un malhablado, Anderson —ríe ella, deteniéndose un momento para acomodarse a mi tamaño.

—Harás que me corra antes de tiempo —replico. Sostengo su cuerpo con las palmas de las manos extendidas sobre sus omóplatos—. Y eres tú la que tiene la boca sucia, ¿recuerdas?

Sin contestar, comienza a moverse de nuevo, tan lentamente que resulta una auténtica tortura. Abriéndose poco a poco a mí, apretada a mi alrededor, húmeda y cálida. Hasta que estoy totalmente clavado en su interior. Sin espacio alguno entre nuestros cuerpos. Unidos.

—Eres el puto paraíso. Mi puto paraíso —aclaro, porque eso es para mí, más allá del sexo, de este momento. Más allá de todo.

—Malhablado —repite, con un balanceo de caderas que hace que me dé vueltas la cabeza.

Mantengo los brazos cruzados sobre su espalda, pero arrastro las manos hasta sus hombros de tal modo que me permitan empujarla hacia abajo, mientras ella, por el contrario, tira de su cuerpo hacia arriba. Y así, como si hubiésemos nacido para estar juntos, para complementarnos, los movimientos de uno se adaptan a los del otro; ella se retira y yo la atraigo hacia mí. Una, y otra y otra vez. Como si Raylee huyera y yo la retuviera a mi lado sin un solo titubeo, sin dudas.

Sus caderas buscan las mías, su boca atrapa mis labios y toda ella se apropia de mi puñetero corazón de alguna manera que no consigo ni empezar a imaginar.

Se lo doy todo porque es imposible no hacerlo. Porque a mi cuerpo, a mi mente, le parece ridículo guardarse algo con Raylee. Le doy mis momentos malos, los buenos; le ofrezco mis sonrisas y las pocas lágrimas que odiaría derramar. Le entrego mis miedos, mis dudas, mis esperanzas.

Ella… Ella es mi esperanza.

Quizá entonces, en ese instante, me doy cuenta de que no hay marcha atrás. Al margen de lo que piense, de lo que crea posible o no, Raylee forma parte de mí. Y las dos malditas palabras que no he pronunciado nunca se precipitan a mis labios…

Pero no las pronuncio. Me limito a abrazar a Raylee mientras me hundo en ella, una embestida tras otra, temblando, aturdido por mis propias emociones. Perdido. Me siento más pequeño de lo que me haya sentido jamás y, a la vez, el puto amo del mundo. Soy tan suyo que me da miedo que este momento termine y que ella no se sienta de la misma forma respecto a mí.

Así, con ese temor oculto, dejo pasar las horas que restan de noche. Tomándola, y dejando que me tome, en más posiciones y sitios de los que luego seré capaz de recordar. En algún momento, nos dormimos uno en brazos del otro, sin hablar, solo observándonos. Y más tarde despertamos, poco antes del amanecer. Y entonces todo vuelve a empezar.

La arrastro hasta la ducha y la coloco delante de mí. Raylee me deja hacer, más preguntas asomando a sus ojos conforme la claridad del sol ilumina la habitación y el tiempo se nos agota. Aun así, no llega a ponerles voz y yo me niego a desaprovechar un solo segundo con ella.

La inclino frente a mí, mi polla apretada contra sus nalgas, y tomo sus manos para situarlas sobre los azulejos.

—Voy a follarte. Duro. Y luego te llevaré de nuevo a la cama y te haré el amor —susurro junto a su oído. Y Raylee suelta una leve exclamación de sorpresa, tal vez por mi última afirmación—. Y después de eso nos prepararemos para la boda de tu hermano. Lo sabe. Lo nuestro —añado. Intenta darse la vuelta, pero la sujeto. Si me mira, no seré capaz de terminar de hablar—. No me habla desde hace días, no si puede evitarlo. Aunque hemos fingido que todo iba bien.

Le separo las piernas y me hundo en ella de una sola embestida antes de proseguir hablando, mi voz más ronca, rota; un profundo jadeo arrancado de sus labios.

—Hablaré con él. Haré lo que haga falta…

—¿De qué…? ¿De qué estás hablando, Blake? —inquiere, y por un momento mi seguridad se tambalea.

Tal vez ella no… Tal vez yo lo he interpretado todo mal…

—No importa —le digo mientras comienzo a moverme.

No importa, porque voy a hacerlo de todas formas. Porque voy a hacer lo que tenía que haber hecho desde el principio. Porque, aunque Raylee no quiera formar parte de mi vida, yo no me resigno a no formar parte de la de ella.

Raylee

Me duelen partes del cuerpo que ni sabía que existían, entre ellas, ese hueco en mi pecho que anoche parecía haberse rellenado, que creía cerrado, sellado gracias a Blake; a la emoción en sus ojos, sus besos dulces, su manera de follarme, de hacerme el amor, apasionada y tan entregada que apenas si podía pronunciar una sola palabra sin que su voz se quebrase.

Me he perdido la hora del desayuno porque alguien debe haber silenciado la alarma de mi móvil y me ha dejado dormir. Por cierto, también ha decidido que largarse sin despedirse era una buena forma de dar la bienvenida al día.

No entiendo nada, nada en absoluto. Ni siquiera sabría por dónde empezar a hablar de lo que sucedió anoche entre nosotros, de lo poco que dijo, pero lo mucho que significó. Y tal vez solo sea una ingenua engañándome a mí misma y convirtiendo un polvo, varios en realidad, en algo que no es.

Compruebo mi teléfono.

Ni rastro de Tara, y ya debería estar aquí para comenzar a vestirse para la boda. El pensamiento me recuerda a Blake asegurando que nos prepararíamos juntos. ¡Maldito cabrón mentiroso!

Como si lo hubiera invocado, el móvil vibra en mi mano con la llegada de un mensaje suyo.

> Resérvame un baile, enana.

Me quedo mirando esas cuatro palabras como si fueran a convertirse en una explicación, algo que, como es obvio, no sucede. Tampoco llegan nuevos mensajes.

Nada. No tengo nada más que el dolor de mis músculos y el de mi pecho, y la sensación de haber tropezado de nuevo en una piedra que debería haber apartado de mi camino desde el principio.

Repaso lo sucedido anoche una vez más y de repente recuerdo que Blake dijo que Thomas está al tanto de todo. ¡Dios! Esto va a ser una pesadilla… ¿Y dónde demonios se ha metido Tara?

Permanezco unos minutos más en pie, con el móvil entre las manos y los labios apretados, y es probable que me quedase aquí a saber por cuánto tiempo más si no llegan a llamar a la puerta. Durante unos segundos albergo la esperanza de que sea Blake; no puedo ser más estúpida.

Es Tara, claro está.

Al abrirle, mi amiga entra en el bungaló a grandes zancadas y vomitando improperios por la boca con la soltura que la caracteriza.

—¡Será cabrón! ¡Ese tío es un gilipollas! —Eso es lo más suave que dice y de lo poco que logro entender.

—Bueno, es Blake, pero sí, esperaba mucho más de él —replico con tristeza.

La cabeza de Tara gira hacia mí como un látigo y sus ojos se clavan en mí. Estoy segura de que el movimiento ha tenido que dolerle.

—¿De qué estás hablando? ¿Blake? —Ni siquiera me deja contestar—. ¡Hablo de su hermano! ¡Ese imbécil de Travis es lo puto peor!

Muy a mi pesar, y aunque no es alegría precisamente lo que siento, reprimo una sonrisa. Tara no suele dejar que ningún tío empañe su humor; incluso con Mark, después de pillarlo con la polla en la boca de otra tía, se lo tomó todo con mucha más resignación. Ella no se altera, simplemente le da la patada al idiota en cuestión y pasa a otra cosa. Siempre la he envidiado por eso.

—¿Travis? —inquiero, desconcertada.

Hace un gesto con la mano, desestimando de inmediato mi curiosidad, aunque es evidente que arde de ira por lo que sea que le ha hecho el hermano de Blake.

—Olvida a ese capullo. ¿Qué quieres decir con que esperabas más de Blake? Acabo de cruzarme con él y parecía un niño el día de Navidad. No le cabía la sonrisa en la cara, por Dios. Ha sido un poco patético, y me hubiera reído a su costa de no haber estado gritándole a ese seta con un palo metido por el culo que tiene por hermano. Ese tipo necesita con urgencia clases de educación…

—¿Blake o Travis? —Me estoy liando.

Lo que cuenta Tara sobre Travis no tiene ningún sentido. Es verdad que puede ser un tipo un poco serio, a veces incluso inquietante, pero estos días se ha comportado de lo más amable conmigo. Se ha asegurado de que tenía cualquier cosa que pudiera necesitar para mi tobillo, incluso me ha mandado mensajes de vez en cuando para saber qué hacía y si estaba bien. No entiendo por qué iba a actuar diferente con Tara.

Pero mi amiga no parece capaz de centrarse lo suficiente para explicarme qué ha pasado y cambia de tema de nuevo.

—¿Qué ha pasado con Blake?

—Ha vuelto a largarse.

Me encojo de hombros. Pero Tara sabe ver más allá de mi aparente indiferencia. Supongo que puede leerme mejor que yo a ella.

—¿Mientras dormías?

A pesar de la sorpresa que ese dato le despierta, sigue habiendo rabia en su mirada. Tal vez por Blake, tal vez por Travis… No tengo ni idea.

—Mientras dormía, sí. Solo me ha mandado un mensaje para que le reserve un baile… Una hostia es lo que tengo reservada para él.

Tara rompe a reír, su rostro recuperando por fin parte de su alegría habitual.

—Dios, no te rías, Tara. Soy un puñetero desastre. Sabía que no tenía que dejar entrar al idiota de Blake Anderson en mi vida y voy y le permito que se cuele hasta el fondo, hasta mi puto corazón.

—Hasta el fondo sí que debe habértela metido —continúa riendo—. Tienes aspecto de haber pasado la noche haciendo verdaderas virguerías sexuales…

Pongo los ojos en blanco, porque solo ella se fijaría en esa clase de detalles en este momento. Pero sí que tengo aún los labios algo enrojecidos, el pelo totalmente revuelto y, seguramente, nuevas marcas sobre la piel.

—Al menos admites que te has enamorado de él. Ve a ducharte, anda. Todo se arreglará —me dice finalmente, un poco más tranquila.

Decido hacerle caso. No porque crea que las cosas entre Blake y yo van a tomar un rumbo diferente, sino porque hoy debería ser un día feliz. Thomas se casa…

—¡Oh, mierda! Blake dijo que mi hermano sabe lo nuestro.

Tara arquea las cejas, pero sonríe.

—Dios, Raylee, a veces eres una ingenua. Creo que lo que sentís el uno por el otro es bastante obvio a ojos de todos. Menos a los vuestros. Sois idiotas, los dos.

—Thomas no le habla, Tara. Así que no creo que se lo haya tomado muy bien. Y yo no estoy tan segura de que Blake…

—Vete-a-la-ducha. ¡Ahora! —me ordena—. Y deja de preocuparte. Ningún tío que sonría como Blake lo hacía esta mañana está pensando en abandonar. Ese tío tiene un plan, te lo digo yo. Tal vez se pegue con tu hermano en plena boda, ¿te imaginas? A lo mejor lucha por tu amor a puñetazo limpio…

Vuelvo a poner los ojos en blanco, pero no puedo evitar reírme, que es justo lo que Tara está buscando, que me relaje.

261

—Vamos —insiste, tomándome de los hombros y empujándome hacia el baño—. Ve a ducharte y luego lo haré yo. Tenemos que empezar a vestirnos.

No permito que me mueva. La observo con los ojos entrecerrados, mi mirada sobre su cuello. ¿Qué demonios…? Al apartarle el pelo, que por cierto luce tan despeinado como yo, descubro una marca morada tras su oreja.

—¡Tara! ¡Dime que no te has acostado con Travis!

—Paparruchas —suelta, y me empuja una vez más—. No tocaría a ese idiota ni con un palo.

Me lleva hasta la puerta del baño prácticamente a la fuerza. No me lo puedo creer…

—Entonces ¿por qué tienes un chupetón en el cuello?

—Un golpe. Mientras dormía. Ya sabes lo mucho que me muevo. —Esboza una sonrisita socarrona que da a entender que los movimientos en la cama esta noche no han sido precisamente durmiendo—. Pero no hablemos de mí. Dúchate. Ya.

De un último empujón, me mete en el interior del baño y cierra la puerta para dejarme encerrada dentro.

—¡Vas a tener que explicarte! —le grito, porque estoy segura de que puede oírme y no pienso dejar que se libre del interrogatorio con tanta facilidad.

—¡Paparruchas! —repite ella, también a gritos, solo porque sabe que resulta tan absurdo que me echaré a reír.

Y lo hago. Me río a pesar de todo. Del dolor y la incertidumbre. Porque ese es el efecto que tiene Tara en la gente. Te desespera, te desconcierta, te vuelve totalmente loco y, a la vez, siempre te hace sentir mejor. Si ha habido algo entre Travis y ella…

Sea como sea, estoy segura de que la boda de mi hermano no va a resultar en absoluto aburrida.

En la celebración hay más gente de la que esperaba. No conozco a la mayoría; parientes de Clare, cuya familia es mucho más numerosa que la mía, compañeros de trabajo de Thomas y de ella, amigos de la universidad… Todos sonrientes y encantados de asistir por fin a un enlace que han esperado con impaciencia.

—Deja de tocarte el pelo —protesta Tara, que se ha pasado alrededor de una hora asegurándome que no ha habido nada entre Travis y ella al tiempo que su expresión decía lo contrario—. Y deja de buscar a Blake con la mirada. Aparecerá. Es el padrino, no le queda otro remedio.

Mientras observo la marea de invitados desde la ventana de la sala en la que debemos esperar las damas de honor a que aparezca la novia, me da por pensar en la posibilidad de que Thomas y Blake se hayan peleado y mi hermano haya sustituido a su padrino en el último momento. Si lo sabe… ¡Santo Dios! Debe habérselo tomado fatal.

—Estás increíble —añade Tara—. Blake perderá la cabeza cuando te vea.

El vestido de dama de honor, en los tonos anaranjados de un bonito amanecer, y que también visten otras dos primas de Clare, tiene un corte diferente para cada una de nosotras. Mi futura cuñada ha elegido para mí uno con escote en forma de corazón que realza mi pecho. Dos bandas de gasa se ciñen a mi cintura perfectamente y se extienden más allá de mis caderas, hasta por encima de las rodillas. Así vestida tengo un aspecto etéreo y delicado, casi de ninfa del bosque. Por la parte trasera, la tela cae hasta rozarme los tobillos, ya sin rastro de la venda. Los zapatos, también naranjas, se anudan con dos tiras hasta la mitad de la pierna. El conjunto resulta precioso, pero la verdad es que lo último que me preocupa es lo que piense Blake cuando me vea.

—Tengo que irme ya. Clare debe estar al llegar —dice Tara, tras darme un beso rápido en la mejilla y un apretón de consuelo en el hombro—. Todo irá bien.

Asiento por inercia.

Tara tiene que ir a sentarse con el resto de los invitados, que ya ocupan las sillas diseminadas a lo largo de todo un tramo de playa. El día es luminoso, sin rastro de nubes, y apenas una leve brisa llega desde el mar. Hay multitud de carpas montadas en la zona anexa al chiringuito donde estuvimos la noche de nuestra llegada, el mismo donde Blake me miró por primera vez como a una adulta, como a una mujer y no una niña.

Parece que haga siglos de eso.

Aunque Tara está segura de que todo va a salir bien, yo no tengo ninguna esperanza, la verdad. No ya por Thomas, en eso es posible que Tara siempre haya llevado razón; mi hermano ha sido la excusa perfecta, al menos para mí. Me he escudado en él para no hacer frente a la posibilidad de que para Blake, en realidad, esto no haya sido más que la aventura que yo misma le propuse.

Tengo lo que tanto he buscado.

—Todas preparadas. Viene la novia —anuncia la organizadora de la ceremonia desde la entrada.

Las dos primas de Clare, que hasta ahora han pasado el rato sentadas a un lado, conversando entre ellas, se ponen de pie. Echo un rápido vistazo por la ventana y descubro que Thomas ya está en la playa, junto al arco bajo el cual se celebrará la ceremonia.

A su lado…, Blake.

Apenas dispongo de unos segundos para devorar su imagen desde la distancia. El esmoquin le sienta como un guante, aunque parece tenso al lado de mi hermano. No se dirigen la palabra, no hablan entre ellos. Ni se miran siquiera.

—¡Estáis preciosas! —Escucho exclamar a Clare a mi espalda.

Me obligo a darme la vuelta.

—Oh, Dios, Clare. Tú sí que estás preciosa.

Nunca he sido de las que lloran con facilidad, pero eso no evita que se me humedezcan los ojos al descubrirla en mitad de la estancia, vestida finalmente de novia y con una sonrisa tan radiante que estoy segura de que va a deslumbrar a mi hermano.

La organizadora nos hace señas para que salgamos. El padre de Clare está junto a la puerta, también sonriendo, casi tan radiante como su hija. Adora a Thomas, y yo no puedo alegrarme más de que sea así. Toda su familia lo adora en realidad.

Dos pequeñajos, una niña y un niño de apenas seis o siete años, corretean delante de mí y del resto de las damas con los anillos y un cestito de pétalos de flores. Me echo a reír al comprobar lo poco que van a durarles, dado lo mucho que se esfuerzan por lanzar puñados al aire con sus pequeñas manitas. A Clare, colgada ya del brazo de su padre, no parece importarle en absoluto.

Ella me lanza una mirada que no sé cómo interpretar cuando la observo por encima de mi hombro, pero sigo avanzando, directa hacia la playa. Cuando enfilo el camino de tablas que lleva al arco, a pesar del esfuerzo para evitar que los tacones se cuelen en las hendiduras de la madera, a pesar de que todas las cabezas se han girado hacia mí, a pesar de los nervios, de la decepción que supone la huida de Blake de esta mañana. A pesar de todo… Solo lo veo a él. Como si yo fuese la novia que camina hacia el altar, y él, el novio que me espera impaciente.

Blake sonríe, los dos hoyuelos visibles bajo la comisura de sus labios; sus ojos también sonríen, todo su puñetero cuerpo. Y… Dios, me contempla embelesado, como si también yo fuera lo único que ve, como si solo existiésemos nosotros.

Su mirada no se aparta de mí en ningún momento, y entonces, cuando estoy a punto de hacerme a un lado para permitir a Clare situarse en el lugar que le corresponde, junto a mi hermano, Blake mueve los labios: «Lo siento», articula en silencio, y luego añade algo más que no soy capaz de entender.

Mi hermano le da un golpecito en el hombro para llamar su atención. Thomas observa su rostro y luego se vuelve hacia mí.

Frunce el ceño, pero aparto la mirada antes de que pueda dedicarme una de sus expresiones de reproche.

La ceremonia comienza de inmediato. Tara está sentada varias filas por detrás de mí y mi madre a tres sillas de distancia, junto a los padres de Clare. No tengo a nadie conocido con quien hablar, así que me limito a contemplar la ceremonia, tratando por todos los medios de no centrar la vista en las anchas espaldas de Blake. ¿Por qué demonios me ha pedido perdón? ¿Por dejarme tirada? ¿Por hacer después como si no hubiera pasado nada, pidiéndome que le reserve un baile? ¿Por ser un idiota y comportarse como tal? Las posibilidades son infinitas, al contrario que el tiempo que nos resta juntos.

Se ha acabado. El almuerzo, algo de charla correcta delante de los invitados, tal vez un baile, y nuestro tiempo habrá llegado a su fin.

Como si presintiera mi amargura, nuevas lágrimas asoman a mis ojos, pero no por los motivos adecuados, Blake gira la cabeza hacia mí. No sé lo que ve en mi expresión, pero su sonrisa se desvanece y, por un momento, casi parece que va a acercarse hasta mí. Luego, un segundo más tarde, debe recordar cuál es su lugar y se queda quieto.

Sus miradas son más insistentes conforme la ceremonia avanza; su rostro más serio y su mandíbula está apretada. Cuando por fin Thomas besa a Clare y los presentes irrumpen en un atronador aplauso, me levanto y me dirijo de inmediato hacia mi madre.

—Ha sido precioso —me dice esta, con los ojos llorosos, y me envuelve entre sus brazos. A continuación, me susurra—: No seas demasiado dura con él.

Cuando estoy a punto de preguntarle a quién se refiere, los padres de Clare se nos acercan y no me queda más remedio que esperar a que se feliciten entre ellos y compartan impresiones. Tara aparece también junto a nosotros, dando palmadas y saltitos, todo a la vez; está claro que ya ha olvidado su encontronazo con Travis.

—¡Me muero de hambre! —exclama, y luego baja la voz—: El padrino no deja de mirarte como si fuera él quien se casa. Contigo, claro está. Ah, mira, viene hacia aquí…

Tiro de Tara y me la llevo entre la gente, dispuesta a evitar a Blake durante todo el tiempo que sea posible.

—No quiero hablar con él.

—No seas cobarde, Raylee.

Continúo eludiendo a los invitados, colándome entre ellos, para ir directa hacia las mesas en las que se celebrará el banquete. Ni siquiera he felicitado a los novios; ni siquiera sé bien por qué casi estoy corriendo.

Tal vez sí que soy una cobarde. Tal vez estoy muerta de miedo.

Raylee

Blake no está en mi mesa. Tanto él como mamá tienen reservado un sitio, junto con los padres de Clare y las otras dos damas de honor, en la mesa de los novios. Yo pedí específicamente a mi hermano que me sentara con Tara, así que ahora ocupo mi lugar a su lado y con algunos familiares de mi recién estrenada cuñada.

—Blake viene directo hacia aquí —canturrea Tara. Claramente, está disfrutando de mi drama personal.

Gruño en respuesta y ella tan solo se ríe. Traidora. Ya ajustaremos cuentas más tarde.

Blake se sitúa tras mi silla. Su presencia a mi espalda es como un puñetero imán que tira con fuerza de mí, que me arrastra sin control. ¿Qué demonios quiere ahora?

Percibo cómo se inclina sobre mí, y muy pronto sus labios están junto a mi oído; su aliento cálido, promesa y recuerdo al mismo tiempo, consigue que me estremezca. Ni siquiera sabía que se pudiera echar tanto de menos a alguien que tienes junto a ti.

—Enana —susurra, a modo de saludo, empleando ese tono suave pero profundo que hace que los dedos se me enrosquen dentro de los zapatos—. Estás jodidamente preciosa, pero ¿hay alguna razón por la que hayas salido corriendo nada más verme?

No me dejo vencer por su encanto. Eso se acabó, como lo nuestro. Con un golpe de cabeza, me giro y clavo mi mirada en él.

—Supongo que es algo que he aprendido de ti. Se te da realmente bien largarte sin despedirte.

Mi reproche lo hace retroceder, casi como si acabase de abofetearlo.

—¿Qué…? —Frunce el ceño y sus ojos recorren mi rostro con avidez. Después de unos segundos, me tiende la mano—. Concédeme unos segundos.

—Aún queda un rato para esa parte. La del baile, quiero decir.

Pero su mano continúa extendida frente a mí, y la gente que va ocupando su lugar en la mesa ha comenzado a mirarnos con curiosidad. Apuesto a que hay humo saliendo de mis orejas.

Tara, desde luego, no pierde detalle.

—Vamos, peque. Sé lo que estás pensando… —comienza, cuando ve que no me muevo. Exhala un suspiro—. Siento haberme marchado esta mañana.

Me pongo en pie y, mientras nos separamos tan solo unos pocos pasos de la mesa, echo un rápido vistazo a la mesa de los novios. Mi hermano nos está mirando.

A la mierda…

—¿Qué quieres, Blake? —pregunto, directa al grano.

No tiene sentido andarse con rodeos. Ya no.

—A ti.

Durante un instante mi mente no procesa su respuesta. Luego, se me aflojan un poco las rodillas, y mis brazos, cruzados sobre el pecho, caen a los lados de mi cuerpo. Y con ellos lo hace también mi mandíbula, evidenciando mi desconcierto. Pero dos segundos más tarde me rehago al comprender que lo que ha dicho no tiene por qué significar nada.

—A ti, enana —repite, cuando debe resultar obvio que no estoy entendiendo lo que dice—. Siento haberme marchado, pero necesitaba… Fui a hablar con tu madre.

—¿Con mamá?

Blake asiente, pero no me da tiempo a preguntarle el motivo de esa charla. Blake enseguida continúa hablando:

—Supongo que necesitaba consejo. También quería hablar con Thomas, pero él se ha negado a escucharme una y otra vez durante los últimos días. Él... Thomas es como un hermano para mí, ya lo sabes. Ha estado ahí para mí siempre. No es que pensara renunciar a ti de todas formas —suelta como si tal cosa, como si no estuviera... declarándose, o lo que quiera que haga. No me atrevo a pensarlo siquiera—. Pero tu madre por fin me ha hecho comprender algo: Thomas cree que esto, que lo nuestro, no es más que un revolcón —explica, muy serio; los ojos fijos en los míos.

Eso era lo que yo creía también.

Sus dedos rozan con delicadeza el dorso de mi mano. Ninguna otra parte de nuestro cuerpo se está tocando, solo esa leve caricia con la yema de sus dedos sobre mi piel, pero mi corazón está a punto de abandonar mi pecho y salir por la garganta. A él también parece que le cuesta cierto esfuerzo respirar.

Es... ¡Dios! Es tan absurdo todo lo que me hace sentir.

Como si supiera exactamente lo que estoy pensando, sus comisuras se curvan y dos hoyuelos aparecen junto a su boca. Y lo que veo en sus ojos no es deseo, aunque la atracción que sentimos esté ahí, latiendo bajo la piel, reclamándonos. No. Es algo más profundo que simple necesidad. Más bien un anhelo tierno, tan dulce... Justo lo que Tara no dejaba de repetirme. Casi como si le doliera no poder tocarme, abrazarme. No poder estar más cerca de mí.

—Me vuelves loco, enana —admite, sin dejar de mirarme, totalmente ajeno al resto de los invitados, a Thomas, al mundo entero—. Loco de verdad. Desde el instante en el que te vi sentada frente a la barra de ese chiringuito, que comprendí que no eras una niña, sino la mujer más hermosa que he contemplado jamás.

Desde el momento en que me descubrí deseando no solo tocarte, sino que me conocieras de verdad…, que me aceptaras. Yo… Me fui esta mañana porque sabía que no creerías nada de lo que dijera. Porque, al final, lo que quedan son los hechos y no las palabras. Porque lo que pasó anoche me acojonó de tal forma que comprendí que…

Uno de los camareros se nos acerca y el resto de la confesión de Blake no llega a abandonar sus labios. La mayoría de los invitados ya se han sentado y el hombre nos indica que el almuerzo va a comenzar a servirse y debemos ocupar nuestros respectivos asientos.

Desde su mesa, Thomas parece a punto de venir a buscar a Blake y arrastrarlo a su lado; lo más lejos posible de mí. Comprendo su enfado. Su afán protector conmigo es totalmente desproporcionado la mayoría de las veces, pero, además, al igual que Blake lo considera un hermano, Thomas se siente de la misma forma respecto a él. Para él, Blake ha traicionado su confianza solo para darse un revolcón conmigo; eso es lo que de verdad le duele. Eso y que se lo hayamos ocultado. No el hecho de que nos hayamos acostado.

Blake asiente a las instrucciones del camarero y, decidido, me dice:

—Le haré comprender. Y también a ti.

Se muerde el labio inferior, vulnerable y, aun así, más Blake que nunca. Se inclina durante un breve instante hacia mí, como si quisiera besarme. Pero, finalmente, su boca tan solo roza mi sien.

—Espero ese baile, enana. No te escabullas —concluye, antes de dar media vuelta y marcharse hacia la mesa principal.

Regreso a mi mesa y me desplomo en el asiento. ¿Qué se supone que acaba de suceder? Blake ha…

—Ay, Dios. —Tara se ríe, dando saltitos en su asiento—. Lo ha hecho, ¿no?

—¿Hacer? Hacer ¿qué? —respondo, distraída.

Blake Anderson… El mejor amigo de mi hermano… Me he enamorado de él, totalmente y de forma irremediable. Y él acaba de decir…

—Coger el toro por los cuernos de una vez —replica ella—. Por fin uno de los dos tiene cojones.

Miro a Tara. Luego a mi madre, que me guiña un ojo y sonríe desde su mesa, y por último a mi hermano. Por suerte, él está susurrando algo al oído de la que ya es su mujer y nuestras miradas no llegan a cruzarse.

Mis ojos se trasladan hacia Blake, sentado a su lado. Está sonriéndome. Sus labios se mueven entonces y parece repetir lo que ha dicho hace un momento:

«Le haré comprender».

Agarro del brazo a mi mejor amiga.

—Tara, va a… —Ella asiente, como si supiera mucho más de lo que me ha contado.

¡Madre mía! ¡Madre mía! Blake está dispuesto a hacerlo público delante de más de un centenar de invitados.

—¡Está loco!

—Por ti —vuelve a canturrear Tara—. Y tú por él. Admítelo de una vez, Ray. Blake está dispuesto a afrontar el enfado de Thomas por ti.

Me paso el almuerzo pendiente de cada movimiento en la mesa de los novios, temiendo lo que pueda suceder, más nerviosa de lo que he estado jamás. Pensando en que esto es una verdadera locura. Ni siquiera sé cómo hemos acabado así.

Pero mientras los minutos, y los platos de comida, se suceden, el desconcierto por las palabras de Blake comienza a desaparecer y comprendo por fin que Blake… Blake Anderson está loco por mí y quiere que sigamos viéndonos después de la boda.

El postre está servido y llega el turno de los discursos. Y es entonces cuando Blake golpea su copa con una cucharilla para atraer la atención de todos. Como padrino, resulta algo lógico, pero no creo estar preparada para lo que tenga que decir.

Sin embargo, cuando empieza a hablar, en el silencio que se hace, su voz firme atraviesa la distancia que nos separa para golpear mis oídos y ya solo puedo escucharle a él.

—No sabía lo que era tener una familia de verdad, una madre de verdad —especifica; sus ojos sobre Travis durante unos pocos segundos—, hasta que conocí a Thomas y me invitó a su casa por primera vez. Desde ese momento, los Brooks se convirtieron en amigos a los que recurrir si los necesitaba. Pero, más allá de eso, me brindaron un cariño que yo dudo que haya sabido devolver. Incluso cuando Thomas me pidió que fuera su padrino, que le acompañara en uno de los momentos más importante de su vida, no entendí del todo lo que representaba para él, lo que me estaba pidiendo y a lo que yo accedía. Es más, puede que me haya aprovechado, sin querer y sin saberlo, de la confianza que depositaba en mí. Thomas, Clare, señora Brooks —continúa, deslizando la mirada de un rostro a otro mientras los menciona y posándola finalmente en mí—. Raylee. Lo siento. Lo siento mucho —repone, y desde donde estoy soy muy consciente de la humedad que se acumula en sus ojos. De cómo su voz se quiebra al pronunciar la disculpa.

Aferro el borde de la mesa con ambas manos y apenas puedo contenerme para no ponerme en pie cuando su mirada regresa a mi hermano. Descubro la determinación en sus ojos, en la línea firme de su mandíbula, y sé lo que va a decir.

—Lo siento, Thomas, pero necesito que sepas esto, que todos lo sepáis.

Tara suelta un suspiro de lo más inadecuado. Hinca los codos en la mesa y se inclina en dirección al discreto atril desde el que

Blake está dando su discurso. Mi madre me lanza una mirada rápida, como si también entendiera lo que está sucediendo, y mi hermano... Mi hermano ha empezado a enrojecer, no sé si de vergüenza o de ira.

—No puedo mantenerme apartado de Raylee. —Los murmullos llenan el aire, pero Blake no se detiene—. Creo... Joder, no lo creo, lo sé. La quiero. Me he enamorado de la preciosa mujer que es tu hermana... Quiero con ella lo que tú tienes con Clare.

Lo único que se oye a continuación es el sonido de las olas rompiendo contra la orilla. Incluso los camareros que retiran los platos de las distintas mesas se han quedado quietos. Las llamas de las velitas colocadas como decoración oscilan con la brisa, parpadean, mientras el corazón se me detiene en el pecho durante un breve instante, saltándose un latido, para luego reemprender la marcha a toda velocidad.

—Y sería un completo idiota si la dejara escapar solo porque creas que puedo hacerle daño o que soy malo para ella. No lo soy —dice, con una firmeza que hace que a mí también se me humedezcan los ojos— y ella no es solo otra más. Nunca lo ha sido, desde el primer momento. Jamás le haré daño a sabiendas porque la quiero tanto como a ti, como la he querido siempre, solo que de una manera un poco diferente.

Se escuchan risitas en algunas de las mesas cuando Blake se encoge un poco al pronunciar la última frase. Travis observa a su hermano con una media sonrisa, como si llevase tiempo esperando que esto ocurriera, que dijera cada maldita palabra de las que ha pronunciado.

—Llevas años cuidando de ella —prosigue, dirigiéndose de nuevo a mi hermano—, aunque he de decirte que tu madre ha hecho tan buen trabajo al criarla que no necesita que nadie la proteja. Es una mujer fuerte y estoy seguro de que podría tener a cualquiera mejor que yo. Pero déjame que sea yo ahora quien la cuide… Si ella me lo permite, claro está.

—Baja de ahí —lo interrumpe Thomas, ahora de pie, aunque aún junto a la mesa principal.

Blake se yergue y no titubea en obedecer. Pero no acude a su lado con miedo o temor, sino decidido. Estoy segura de que espera que le parta la cara en cuanto esté a su alcance.

Yo también estoy de pie a pesar de que no sé cuándo me he levantado. Todo el mundo observa a Blake acercarse a mi hermano. Y entonces…

—Yo también lo quiero —se me escapa, a voz en grito, incapaz de controlar el volumen de mi voz.

—Esto es mejor que cualquier culebrón de la tele —murmura Tara a mi lado y me mira con las cejas enarcadas y un «¡Ja! Yo tenía razón» silencioso.

Blake se planta frente a Thomas y ambos se observan durante unos segundos eternos. Entonces mi hermano lo agarra de los hombros y a mí casi me da miedo mirar.

—Siento haberme enfadado tanto contigo. Yo creía que para ti solo era… —dice mi hermano, y aunque no termina la frase puedo imaginar qué iba a decir—. Y, aunque tengo que asumir que mi hermana ya no es una niña y puede tomar sus propias decisiones, supongo que esto es lo que necesitaba que me hubieras dicho desde el principio. De todas formas, y a pesar de que agradezco tu lealtad, no es a mí a quien deberías estar dándole la charla. —Lo hace girar sobre sí mismo y lo empuja hacia mí—. Es a ella. Raylee sabe lo que hace, así que, si ella accede a salir con un idiota como tú, yo… me alegraré mucho por los dos. —Finalmente, suspira y añade—: Te conozco. Te conozco y estoy seguro de que nadie va a tratarla mejor que tú.

Los invitados, todos sin excepción, en silencio hasta ahora, rompen a aplaudir. ¡Santo Dios! Sí que es como un culebrón.

Me echo a reír mientras Blake avanza directo hacia mí, y pienso en mis intenciones iniciales, las de tener una simple aventura, una semana de sexo salvaje con Blake Anderson.

Por algún maravilloso capricho del destino, he acabado totalmente loca por él y él por mí. Y lo que empezó como una de mis absurdas locuras se ha convertido en algo mucho más fuerte, intenso, y absolutamente real.

Blake llega hasta mí y se detiene.

—Eres un idiota —le digo, ante el innecesario despliegue. Aunque en el fondo reconozco que necesitaba esto; necesitaba sentir que no renunciaría, que era yo. Solo yo.

—Dios, soy un puto desastre, Raylee, tú misma lo has visto —comienza a parlotear, repentinamente mucho más nervioso—. No sé qué esperas de mí ni cómo comportarme contigo. Y soy consciente de que he metido mucho la pata y de que probablemente volveré a hacerlo. No sé… No sé cómo…, pero voy a hacerlo funcionar contigo. Y no voy a marcharme nunca más. Eres tú, enana; siempre has sido tú. Solo que no lo sabía. —Hace una pausa, esperando una respuesta—. Di algo, peque. Por favor.

No creo que haya nada que pueda decirle. Así que me acerco a él, coloco las manos sobre su pecho y me pongo de puntillas. Escucho a mi hermano gritar algo acerca de no tentar nuestra suerte, pero me da igual. Con una sonrisa en los labios, tiro de las solapas del esmoquin de Blake para obligarlo a inclinarse.

—¿Sabes? —susurro, con mi boca muy cerca de la suya, nuestros alientos enredados y sus ojos contemplándome con absoluta devoción—. Me prometí no enamorarme de ti, Blake Anderson. Esa fue la única regla que me impuse cuando toda esta locura comenzó. —Hago una pausa para rozar sus labios con suavidad. Se oyen gritos y vítores, pero no me aparto de él—. Me alegro de haber roto mi promesa.

Sus brazos me rodean la espalda y me levanta en vilo. Y entonces ya nada nos detiene. Nos besamos durante un buen rato y de
una forma que seguramente esté avergonzando a mi hermano,
escandalizando a mi madre y emocionando a mi mejor amiga.
Pero lo mejor es que ya no importa.

Cuando Blake por fin deja que mis pies se posen en el suelo,
hay una promesa firme de mucho más brillando en sus ojos. La
promesa de un futuro juntos que solo acaba de comenzar.

—Te quiero, enana.

—Yo también te quiero, Blake Anderson.

Epílogo

Cinco meses después

Raylee se acurruca contra mi pecho con una bonita sonrisa en los labios, una de esas que no me canso de ver, no importa el tiempo que llevemos juntos. Le rodeo la espalda con el brazo y beso su coronilla. Aún sigue sorprendiéndome la sensación de pertenencia que me invade cada vez que la tengo entre los brazos. De estar en el lugar correcto. En casa.

Y no tiene nada que ver con que estemos desnudos, sudorosos y completamente satisfechos después de haber hecho el amor con la misma entrega y pasión que la primera vez. Ya he aceptado que es imposible que me canse de ella. De sus gemidos y la forma en la que su espalda se arquea bajo mi cuerpo; tampoco del sonido de su risa, de su terquedad o del modo en el que simplemente me abraza y aprieta la cabeza contra mi pecho cuando sabe que mi día ha sido una mierda. O, peor aún, que he tenido algún encontronazo con mis padres.

Una parte de mí sigue creyendo que ella debería estar con alguien mejor que yo, pero de ningún modo pienso dejarla ir, así que cada día me esfuerzo para convertirme en el hombre que se merece tener a su lado.

—En un mes es la inauguración del casino. Thomas me ha dicho que Clare quiere ir. ¿Qué tal si te traes a Tara también?

Raylee se incorpora y apoya el codo en la almohada para mirarme. Su sonrisa es ahora enorme.

—¿Puedo?

Le devuelvo la sonrisa porque es imposible no hacerlo. Tiro de ella un poco y le robo un beso antes de contestar:

—Puedes hacer lo que quieras, enana. Me tienes comiendo de la palma de tu mano.

Su ceja se arquea a pesar de que sabe que es verdad, incluso Thomas se burla de mí a veces; creo que es su forma de vengarse por todas las veces que me dediqué a señalar lo colgado que estaba de su esposa.

Jugueteo con los mechones de su pelo y luego dejo que mis dedos desciendan por el centro de su espalda desnuda. Me sé de memoria todas y cada una de las curvas de su cuerpo, las he trazado con las manos y la boca cientos de veces. Lo curioso es que siempre me siento como aquella primera vez en el bungaló del hotel, donde viví ese momento tan intenso y desgarrador.

—Ya será menos, señor Anderson —se ríe, y yo agito la cabeza.

—No tienes ni idea de lo que me haces. De lo mucho que te quiero.

Su expresión se suaviza y le brillan los ojos al escucharme. Le encanta que le diga que la quiero, lo que tal vez no sepa es lo mucho que me gusta a mí decírselo y, aún más, lo poco que me cuesta hacerlo. A pesar de no haber tenido nunca una relación antes de estar con Raylee, y, aunque expresar mis sentimientos nunca ha sido mi fuerte, es fácil con ella.

—Yo también te quiero.

Resbala por mi cuerpo y se sube a horcajadas sobre mí, para acto seguido deslizar las manos por mi pecho con una sonrisita maliciosa asomándole a los labios. A mí se me atasca el aire en la garganta al verla así, erguida y desnuda, con el pelo revuelto y la ternura aún reflejada en los ojos. Y vuelvo a preguntarme cómo es posible que sea un cabrón tan afortunado.

El móvil vibra en la mesilla, pero lo ignoro. Raylee le lanza una mirada fugaz, aunque tampoco dice nada al respecto. Es viernes y me he venido a pasar el fin de semana con ella al apartamento que comparte con Tara en el campus; no estoy dispuesto a desaprovechar ni un segundo del tiempo que pasemos juntos. Por ahora, y mientras Raylee acaba sus estudios, vamos alternando nuestro lugar de residencia entre este piso y mi casa en Los Ángeles. A veces resulta complicado no poder vernos a diario, pero lo estamos haciendo funcionar y seguiremos haciéndolo hasta que se gradúe. Además, el tono de la llamada indica que se trata de Travis, y cualquiera que sea el caos que ha provocado mi hermano pequeño ahora puede esperar un rato más.

—Travis también se ha apuntado —comento, como un pensamiento de última hora.

No estoy muy al tanto de lo que ocurrió entre la mejor amiga de mi novia y él en la boda de Thomas, aquella noche en la que yo aparecí borracho en su bungaló y Tara se fue a dormir al mío acompañada de mi hermano, pero, por lo que he podido pescar aquí y allá, estos dos no se llevan precisamente bien. No es que me sorprenda; la actitud de Travis suele dejar bastante que desear en general y Tara no es de las que le aguanta las mierdas a nadie.

—A Tara le va a encantar —ríe Raylee.

A veces creo que tiene una vena un pelín sádica. O que disfruta provocando desastres tanto como mi hermano. No me extraña que hayan terminado entablando lo más parecido a una amistad que Travis podría tener con alguien. A pesar de todo, y de mis problemas con él, que hayan congeniado me reconforta. Aunque la madre de Raylee y Thomas lleva años tratándome como si fuera de la familia, Travis es todo lo que queda de la mía; mis propios padres no podrían considerarse como tal, y la verdad es que tengo muy pocas esperanzas de que eso vaya a cambiar en un futuro cercano.

—¿Crees que se liaron en la boda? —pregunto.

Sabiendo que mi hermano no es de los que se queda a la mañana siguiente, eso podría explicar la animadversión que muestra Tara cada vez que sale a relucir su nombre en alguna conversación. Aunque, por otro lado, la mayoría del tiempo se comporta como un capullo, así que tampoco habría hecho falta mucho más que tener que pasar una noche en la misma habitación que él para que acabaran discutiendo y mandándose a la mierda mutuamente.

—No estoy segura, pero sé que algo pasó.

Raylee se inclina sobre mi pecho y me roza la boca con los labios con tanta suavidad que no puedo evitar estremecerme. Estoy más que listo para un segundo asalto, pero sé que esta semana ha sido una locura para ella y no es que haya acumulado demasiadas horas de sueño precisamente. La agarro de la nuca para devolverle el beso y me permito perderme tan solo unos pocos segundos en su sabor y la calidez de su cuerpo sobre el mío. Luego, la tomo de las caderas para colocarla a mi lado y envuelvo los brazos alrededor de su cuerpo, hasta que queda de nuevo acurrucada junto a mí.

—Vamos a descansar un poco.

—Pero…

—A descansar, enana —la interrumpo. Bajo la voz y le susurro al oído—: Ya habrá tiempo luego para más.

—Eres un mandón.

—Te encanta cuando me pongo mandón —replico, apretándola más contra mí, lo cual no ayuda en nada a mantener la mente fría.

Y entonces Raylee suelta una de esas carcajadas que siempre me provocan un vuelco en el pecho. Si hay algo que de verdad me gusta es escucharla reír, saber que de verdad es feliz a mi lado, incluso cuando aún no termine de creerme del todo que estoy hecho para mantener una relación. Supongo que, en realidad, solo he necesitado encontrar a la persona adecuada para ello.

—Duerme —vuelvo a susurrar en su oído.

Cuando por fin sus parpados caen y se relaja contra mí, deposito un beso suave en su sien y, con una sonrisa en los labios, yo también cierro los ojos.

Agradecimientos

La parte más complicada de una novela siempre es esta. Reunir a toda la gente que hace posible que mis historias lleguen a vosotros resulta casi imposible; sois muchos.

A Cristina Martín, gracias por tu amistad, tus consejos, tu paciencia. Por estar para mí siempre. Por aguantarme incluso cuando ni yo misma lo hago. Ojalá podamos vernos pronto.

A Yuliss M. Priego, Tamara Arteaga y Nazareth Vargas, mis niñas. Hay gente a la que te encuentras por casualidad en el camino y que no esperas que se convierta en alguien tan importante para ti. Vosotras sois esa serendipia para mí, ese hallazgo afortunado. Sois las mejores y hacéis que cada una de mis batallas sea más sencilla de superar solo por estar a mi lado.

A mi familia, siempre siempre. No me hubiera convertido en lo que soy sin vosotros. A mi padre, que ya no está, pero sigue permaneciendo. Gracias por todo, papá. A mi pequeña Daniela, mi mejor historia. Tú eres lo que no permite que me rinda.

A mis dos editoras, Gemma y Cristina, por incluirme en la gran familia que es Penguin y por querer que los Anderson también formen parte de ella.

A todos los editores que en estos diez años de carrera (¡ya son diez!) confiaron en mí y a los que siguen confiando, a los equipos de prensa y a las personas que han ayudado a que esté donde estoy.

A libreros, bloggers, booktokers y bookstagrammers, por vuestro apoyo y la labor que realizáis. Y, sobre todo, a tantos y tantos lectores que devoran mis historias y piden más. Gracias por vuestros comentarios, fotos, reseñas, mensajes… Sois vosotros los que me permitís seguir soñando, seguir creando. Continuar imaginando historias imposibles con finales felices. Nunca pensé que llegaría hasta aquí y no hubiera sido posible sin vosotros. ¡Gracias, gracias y mil gracias!